古事記以前

工藤隆 著

大修館書店

目　次

はじめに　1

第一部　古事記以前の視線で古事記を読む　5

1　生きている神話とはなにか…6
文字の神話と歌う神話…6　神話の現場の八段階…9　〈古代の古代〉と〈古代の近代〉…14

2　「話型」だけでは古事記は読めない…17

第二部　古事記以前への視点　23

1　ヤマトタケル葬歌は別れの口実を歌った◆◆同じ創世神話が葬儀でも結婚式でも歌われる…25

2　イザナミ・オホゲツヒメ・ウケモチ神話の日本独自性◆◆排泄物から食物が生じる神話は中国少数民族社会に無い…31

3　万葉挽歌の近代性◆◆死霊との闘い…35

4　長江流域から本州まで届く兄妹始祖神話と歌垣の文化圏◆◆兄妹の結婚に進まない洪水神話…40
5　神武天皇は末っ子だった◆◆末っ子が生き残る観念の共通性…49
6　原古事記は戸主によって歌われていただろう◆◆戸主は呪者であり、神話を語る人でもある…50
7　たった一つの神話の古事記は〈古代の近代〉の産物◆◆文字の獲得だけでは神話の統一は行なわれない…51
8　記紀の酒歌謡の神話性◆◆酒を勧める歌には神話叙述的なものとそうでないものがある…54
9　記紀歌謡の歌詞の意味と歌われる目的は必ずしも一致しない◆◆神話は局面によって使い分けられる…75
10　イザナミの呪いとイザナキの呪い返し◆◆呪術支配社会での呪い返しの重要性…78
11　桃の神オホカムヅミは外来種◆◆桃からの英雄の誕生…80
12　〈古代の古代〉の呪術世界に現実感ある像を結ぶ◆◆縄文土偶との類似と占いのそれなりの説得性…82
13　古事記は優勢民族の視点で覆われている◆◆自民族の劣っている点を認める神話…86
14　日本書紀の「探湯《クカタチ》」は実在しただろう◆◆クカタチとの類似性…96
15　左目からアマテラス（太陽）、右目からツクヨミ（月）◆◆左目が太陽、右目が月はアジア全

域の神話交流の証しか…103
16　スサノヲの「妻籠《つまご》みに　八重垣《やへがき》作る」の民俗事例の最初の報告◆◆妻を籠める垣…105
17　イ族・オキナワ民族・ヤマト族が共有する相撲◆◆相撲の儀礼性…108
18　結婚観を〈古代の古代〉に戻す◆◆結婚年齢の低さ…110
19　生け贄文化の喪失は〈古代の近代〉以来の現象◆◆血はケガレではなく力であった…111
20　近代都市社会人の感性では〈古代の古代〉は見えない　◆◆前近代社会ではタバコは幸せな共同性の中にある…121
21　スサノヲの剝《は》ぎ方はどこが「逆」なのか◆◆「逆剝《さかは》ぎ」とはなにか…127
22　〈古代の古代〉の生け贄儀礼のリアリティー◆◆低生産力社会で、肉を食べない動物生け贄は考えられない…126
23　生きている神話の綜合性から古事記を見る◆◆ムラ段階の神話の果たしている役割の重さ…128
24　記紀歌謡・万葉歌の音数律は長江流域から本州までの歌文化圏のもの　◆◆五音重視のイ語表現と五・七音重視のヤマト語表現の類似性…133
25　左の目を洗いアマテラスが、右目を洗いツクヨミが誕生する◆◆先に「左」あとに「右」の共通性…137
26　「日八日夜八夜《ひやかよやよ》を遊びき」◆◆「日」と「夜」を対にする表現の共通性…138
27　アマテラスとスサノヲのウケヒ伝承を復元する◆◆繰り返し句の一部が欠落する…138

28　起源神話の語り口が古事記にも残存◆◆「だから今も……なのだ」という語り口…145
29　スサノヲ神話・アメノイハヤト神話との類似と相違◆◆母との別れとそれ故の号泣／人間を食う怪物を退治する…147
30　記紀・風土記に頻出する巡行表現の原型◆◆父親探しと道行きのモチーフ／巡行表現の執拗さ…152
31　最古層の神話では系譜も主役級だった◆◆系譜の異伝の多さ／口頭性が強いのに系譜は詳細を極める…154
32　ヤチホコの「神語《かむがたり》」の三人称と一人称◆◆三人称と一人称の入れ替わり現象…156
33　「上《かみ》つ瀬は瀬速し、下《しも》つ瀬は瀬弱しとのりたまひて、初めて中《なか》つ瀬に堕《お》り……」◆◆三にこだわる観念と上・中・下三分観…159

第三部　イ族創世神話「ネウォテイ」（散文体日本語訳）――161

1　前口上（一〜三五句）…167　2　天と地の系譜（三六〜七八句）…168　3　天地開闢（天と地を分ける）（七九〜三二七句）…168　4　大地を改造する（三二八〜四七七句）…171　5　太陽と月の系譜（四七八〜五六五句）…173　6　雷の起源（五六六〜六三一句）…174　7　生物を創造する（六三二〜七九八句）…175　8　人類の起源（七九九〜一三〇六句）…178　9　雪族の十二人の子（一三〇七〜一四三二

句）…184
10 支格阿龍《チュクアロ》（一四三三〜二五〇七句）…186
11 阿留居日《アニュジュズ》（二五〇八〜二六三八句）…199
12 太陽を呼び、月を呼ぶ（二六三九〜二九五九句）…201
13 父を探し、父を買う（二九六〇〜三二一〇句）…205
14 洪水が氾濫する（三二一一〜三六九八句）…208
15 天と地の結婚の歴史（三六九九〜四一五九句）…214
16 賢くなる水と愚かになる水を飲み分ける（四一六〇〜四二四四句）…220
17 住む場所を探す（四二四五〜四八四二句）…222
18 兜と鎧《グホ》の祭祀（四八四三〜四九六一句）…228
19 川を渡る（四九六二〜五〇二二句）…230
20 曲涅《チョニ》と古侯の化け競べ（五〇二三〜五三一四句）…231
21 歴史の系譜（五三一五〜五六八〇句）…235

おわりに――241

引用・参照の著書・論文等一覧…244

＊『古事記』『日本書紀』『風土記』からの引用は日本古典文学大系（岩波書店）、『続日本紀』からの引用は新日本古典文学大系（岩波書店）、『古語拾遺』からの引用は『古語拾遺・高橋氏文』（新潮日本古典文庫）による。

＊引用文に付けた傍線、【　】内の補いはすべて工藤による。

はじめに

『古事記』など日本古代文学の研究は、文字で書かれた作品を文字のことばの範囲内で分析しているかぎりは、安定した秩序の中にいることができた。その秩序の中でイメージされる〈古代〉は、文字資料内古代とでも言うべきものであり、それが実態としての〈古代〉と一致しているものかどうかは、それほど問題にならなかった。また、そのイメージされている〈古代〉が、石器時代なのか、縄文時代、弥生時代、古墳時代なのか、六〇〇年代、七〇〇年代なのか、それとも平安時代なのかといったことは曖昧なままに、〈古代〉という用語が用いられてきた。

あるいは、古代文学研究においては「神話」「歌垣」「呪術」といった言葉が飛び交うが、それらの実態についてもほとんど考えることをしなかったし、考えようとしても手がかりがほとんど無かったので、それらはいわば定義を持たない学術用語として頻繁に用いられた。特に、文字（漢字）文化の本格的流入以前の時期の〈古代〉のそれら、すなわち本書で言う〝古事記以前〟のそれらについてのイメージはきわめて貧困であった。

古代文学研究の安定した秩序は、いわば、それら「神話」「歌垣」「呪術」などの生きている現場を知らないがゆえに保たれていたとも言える。たとえば、江戸時代なら、月にいるのはウサギか、ヒキガエルか、桂（木犀）の木の下の美人か、水桶を背負う男かといった議論がそれなりに現実感を持っていたように。

もちろん、『古事記』以前の縄文・弥生期の日本列島に実際に戻ることはできないから、少数民族文化の、生きている神話や歌垣や呪術の現場報告に基づく理論は、あくまでも、それらを素材としたモデル理論だという限界はある。しかしモデルとする素材の原型度ということでいえば、少数民族文化の、生きている神話・歌垣・呪術の現場報告は、日本国内の、原型的なものがさまざまに変質したあとの民謡・盆踊り・語り物・昔話（民話）・習俗などよりも、はるかに質が高い。従来の日本古代文学研究は、一般に、それら民謡・昔話など後世性の強いものを手がかりにして〈古代〉をイメージしてきた。結果として、〈古代〉について多くの後世的な〝誤イメージ〟が形成されることになった。

日本ではアイヌ民族やオキナワ民族の文化に、生きている神話・歌垣（アイヌ文化には無い）・呪術が存在していたりあるいはその痕跡が残っていたりする。しかし、アジアの近隣地域には、アイヌ・オキナワ民族と同系統で、より原型性を保っている文化が豊富に残っているのに、日本古代文学研究の大勢は、日本国内の資料で済まそうとする心理が強いのである。

『古事記』は、縄文・弥生期にまでさかのぼるムラ段階的な無文字時代のことば表現が、数百あるいは数千年の時間を経て文字文化に接触して、それが国家段階にまで上昇することで誕生した。したがって『古事記』は、ムラ段階の要素と国家段階の要素の〝腑分け〟をしながら読まれねばならない。そのためには、本書が試みている、ムラ段階で現に生きている神話のあり方からモデルを作る方法は一定の有効性を持つであろう。

近代になって、月に到達した宇宙船は、月には生物の痕跡も先人たちが夢想した何ものも無いことを報告した。しかし、アジア辺境の少数民族文化には、私たちが想像していたものより遙かに豊かで魅力的な創世神話や歌垣や呪術が残っていた。私はそれらを「生身《なまみ》の世界遺産」と呼んでいるのだが、この貴重な文化遺産をどのようにして『古事記』の分析に活用できるかが、私たち古代文学研究者に与えられた今後の課題である。従来の、文字資料内に限定して精密度を高めてきた古代文学研究の実績と、新しい分析方法としてのモデル理論的研究とを合体させる、これが私の目指す古代文学研究である。

本書のもとになった書物は、工藤隆『四川省大涼山イ族創世神話調査記録』（大修館書店、二〇〇三年）である。同書には、中国四川省の少数民族イ（彝）族の創世神話「勒俄特依《ネウォテイ》」（以下「ネウォテイ」とする）の全五六八〇句を完全収録した。しかも、国際音声記号表記のイ語歌詞、その中国語訳、日本語訳、そしてイ文字表記まで揃え、さらにそれらの歌詞を散文体で整理した「概略神話」まで添えた。その結果、学術的価値は後世に残るものとして充分に備えたが、一般教養人が読破するには分量が膨大すぎて敬遠されがちになった。

ところで『四川省大涼山イ族創世神話調査記録』では、調査記録部分や「ネウォテイ」の歌詞の随所に「コラム／古事記への視点」を入れ、これが全部で四十八項目にのぼった。もともと私が中国などアジアの少数民族の文化の現地調査を開始したのは、『古事記』を、『古事記』以前の無文字文化の側からの視線で読んでみたいと思ったからである。したがって、せめて「コラム／古事記への視点」の部分だけでも多くの教養人に読んでもらいたいと思っていたので、今回、その「コラム／古事記への視点」の部分を中心にした本書を作ることになった。本書によって、生きている神話を素材としたモデル理論が『古事記』の読みにどれほど多くの新しい視点を加えられるものであるかを、より多くの読者に知ってもらえるだろうと期待している。

本書『古事記以前』では、これらもともとの四十八項目に新たな資料や視点を加えて大幅に加筆して第二章に収録した。また、内容的に同じテーマにかかわると思われるものは一つにまとめ、全体として三十項目に整理した。

また、工藤隆・岡部隆志『中国少数民族歌垣調査全記録1998』（大修館書店、二〇〇〇年）にも随所に「工藤隆のコメント」を入れたが、そのうちで「神話」に直接的に言及しているもの三項目を、その内容にやはり大幅に加筆したうえで収録した。

なお、『四川省大涼山イ族創世神話調査記録』の「第III章　神話の現場から見た古事記」は、「ネウォテイ」のような生きている神話の資料が、『古事記』の分析にどのように貢献するのかの試みをしたものである。中国やアジア辺境の少数民族文化研究がどのように『古事記』の分析に援用されるかがよくわかる論文なので、合わせて読んでいただけるとありがたい。ただし、そのうちのいくつかの指摘は、本書執筆の際の記述の中に取り込んだ。

第一部

古事記以前の視線で古事記を読む

1　生きている神話とはなにか

文字の神話と歌う神話

私たちはごく普通に「神話」という言葉を用いているが、その神話が現実に歌われたり、唱えられたり、語られたりしている現場を想像したことのある人はあまりいないだろう。日本文学史では、その冒頭に位置する『古事記』（七一二年）のように文字で記述された神話と、『古事記』以前の、無文字時代に口誦で表出されていた神話とのあいだにどのような違いがあるのかについては、従来はほとんど恣意的な想像に任されてきた。

もちろん、たとえ『古事記』以前の無文字時代の神話の実態について知ろうと思ったとしても、従来は、次に引用する金関寿夫《かなせきひさお》の文章（ポール・G・ゾルブロッド『アメリカ・インディアンの神話　ナバホの創世物語』金関寿夫・迫村裕子訳、大修館書店、一九八九年、の金関「訳者あとがき」）が示すように、生きている神話の現場に居合わせることは不可能だとされてきた。

ところでそのナバホ族にも、他の多くの民族同様、じつにすばらしい神話がある。それが本書に含まれている〈ナバホ族創世神話〉にほかならない。そしてこの神話は、著者の「序文」にもあるとおり、もともとワシントン・マシューズというすぐれた白人の民族学者が収集記録し、それを著者が再話したものである。（略）

しかしまず大事なことは、この物語は、こうして本の形に印刷されてはいても、本来は口承の物語であることだ。私たちが今こうした形で読むのは、文字というものを持たなかったナバホ族（インディアンの殆どの部族には文字がなかった）が、代々口承で語り継いだ物語の英語による記録しかないからで、その点の事情は、今私たちが日本語で「読む」アイヌの『ユーカラ』の場合と、似通っている。

しかし物語の生命《いのち》は、著者も指摘しているように、それを語る人の声の出し方、息の継ぎ方、休止《ポーズ》など、つまり今の言葉でいえばパフォーマンスという、いわばトータルな力にかかっている。しかもインディアンの詩や物語が、元来呪術的、祭式的色彩の濃いものである以上、本来ならば、その場に居合わせ、その神話を共有し、それが朗唱されるのを自分の耳でじかに聴くのが、おそらく一番望ましい。しかしそんなことは、文化的にも技術的にも、とてもできるはずはないから、私たちは、そのことに十分留意しながら、ゾルブロッド氏が英語で再話したもの（今の場合はそれをまた日本語化したもの）を、こうして「読む」しかないのである。

金関が言うように、長いあいだ私も「そんなことは、文化的にも技術的にも、とてもできるはずはない」と考えていたが、私は、一九九四年以来中国辺境の少数民族の村をしばしば訪れるようになってから考えが変わった。そこではまだ、神話は歌われたり唱えられたりしながら、村の祭式や宴の席などで、生活の必需品として生きていたのである。

二十世紀中ごろまでの時代には、生きた神話の現場は現在よりずっと豊富に存在していただろうが、それを丸ごと記録することがほとんどできなかった。「ワシントン・マシューズというすぐれた白人の民族学者」の時代（一八〇〇年代末）には、現在なら誰にでも携帯できる小型録音機やビデオカメラが存在していなかったので、文字で書き取ったメモを整理した報告資料を作ることしかできなかったはずである。

しかし、二十世紀末から二十一世紀初頭の現在では、だれでも小型録音機と小型ビデオカメラを入手して、それらを現地に携行できる。その結果、現地で神話の歌われている現場をそのままビデオに撮り、その映像と音声からその歌われている歌詞の現地語の発音を国際音声記号で文字化できるようになった。

そのうえ中国辺境の場合でいえば、新中国（一九四九年成立）が強力な国家統制を行なっていた一九八〇年代までや、特に文化大革命（一九六六〜一九七六）の期間などには、中国政府の監視が厳しかったので研究者は辺境地域を自由に動くことはできなかった。その点で私は、中国の改革開放政策がスタートし、辺境地域の外国人通行禁止が徐々に解除され始めた時期に調査活動を開始したので、比較的自由に取材・調査ができた。そのうえ、小型録音機と小型ビデオカメラも携行できた私はとても幸運だったことになる。

神話の現場の八段階

そのような好条件の中で少数民族の集落訪問を繰り返して、何度もムラ段階の社会で現に生きている神話に接しているうちに、私は少しずつ、ムラ段階の社会の生きた神話と『古事記』神話とのあいだには、いくつかの段階の違いがあることがわかってきた。そこで、「神話の現場の八段階」という構想が浮かび、まず『ヤマト少数民族文化論』（大修館書店、一九九九年）に発表した。その各段階の背景には、いずれも現地調査の際に触れた現実の〈神話の現場〉の資料があるので、それらについては同書を参照してほしい。以下には、その修正版を掲載する。

この「神話の現場の八段階」モデルは、私が『古事記』の古層と新層、そしてそれらの中間層を見分ける方法を模索する中で発想したものであるが、『古事記』に限らず、世界の各地域、各時代の神話もまたかなりの程度において類似した構造を持つと私は考えている。したがって、モデル理論としての「神話の現場の八段階」は、個々の事例に応じた微調整を加えさえすれば、ギリシャ神話、中国神話そのほか、世界のさまざまな神話の原型度を測定する目安になると思われる。

なお、以下の《第一段階》から《第八段階》までのうちのいくつかは、しばしば同じ地域の同じ時代に、混在することがある。また、後発段階の神話が、先行段階の神話に影響を与えて変質させることもある。これは、交通の便が良くなって人的な交流が増えたり、ラジオ・テレビなどが普及し始めれば、ムラ段階の社会の閉鎖性が徐々に失われていくからである。

ただし、《第一段階》から《第八段階》までへの変遷は、神話が原型性を薄めていくことであるとはいえ、神話の〈核〉にあたる部分は継承されていくということはある。しかし、それでもなおその〈核〉でさえもが変わってしまっているのに、後世の人間にはそれを見抜けないということもしばしばあるだろう。従来は、神話といっても、それが「神話の現場の八段階」モデルでいえばどの段階の神話なのかを考慮しない研究者がほとんどだったが、このモデル理論が登場した以上、これからはそれぞれの神話資料の原型性の度合いに対する関心を深める必要が出てきた。

なお、以下の「神話の現場の八段階」モデルはあくまでも、私なりの神話の現場体験から出たものでしかないのだから、別の現場資料を基にすれば、これとは別のモデルが浮かび上がるかもしれない。しかし、いずれにしても古代文学研究者なら何らかの「神話の現場」モデルは持たなければ、縄文・弥生期以来の無文字文化時代の口誦の層を基盤に持つ『古事記』の分析はできない。『古事記』研究者は、それぞれがそれぞれに「神話の現場」モデルを模索し、それを明示したうえで各自の論を展開する必要がある。

《第一段階》（最も原型的）　ムラの祭式で、呪術師や歌い手が一定のメロディーのもとに、伝統的な歌詞のまま歌う（あるいは、唱える）。祭式と密接に結びついているうえに、聞き手の村人も歌詞にかなり詳しいのが普通。したがって、歌詞の固定度が最も高い。

《第二段階》　ムラの祭式でもきちんと歌える呪術師や歌い手が、外部の人の要請で特別に（つまり作為的に）歌う（唱える）。《第一段階》ほどではないが原型に近い歌い方をしてくれるので、歌詞の安定度はかなり高い。

《第三段階》　呪術師・歌い手が、メロディーはわかっていても歌詞を完全には思い出せない場合、歌詞を自分の言葉で変形させながら、語る。歌ほどのメロディーは持ってないが、ある一貫した語りの節《ふし》のようなものはある。歌詞の固定度はやや下がるが、かなり原神話に近い。

《第四段階》　聞き手の質問に答えたり、ほかの人に相談して内容を確認したりしながら説明する（話す）。この場合には、呪術師・歌い手に限らず、一般の長老、物知りといった人たちでもよい。歌詞の固定度はかなり減少し、外部の社会のさまざまな影響も受けやすくなり、別系統の神話が混じりこんだり、話し手の主観・個性による変化が大きくなる。文体は、説明・話しに適した〝散文体〟に変わっている。

《第五段階》　《第一段階》から《第四段階》までは基本的にムラ段階の神話だが、この《第五段階》では、いくつかのムラを統合したクニが登場している。ムラの祭式と密着していた神話は、複数のムラのあいだでも交流し、さらにはクニのレベルの神話として普遍性を高めて再構成されたものも登場したであろう。このときに、ムラ段階の神話はある量の変質をこうむるはずだが、しかしムラとの関係もまだ近いので、神話が完全にムラや祭式から分離されることはない。「語り部」のような口誦伝承の専門家が、クニの行政の中心部に常駐していた可能性がある。

《第六段階》　文字を使える人が、複数の歌い手や語り手や話し手から聞いたものを文字で記録し、またすでに文字で記録されていたものも参照しながら、それらを取捨選択して文字文章(一般には散文体)で編集する。多くは、この場合のものが最も内容豊富で、首尾が整った、完成度の高い神話になる。ムラ段階で生きている神話を、外部の目を意識したり、知識人の論理(筋道の通りやすい物語のほうへの傾斜など)を混じえたりしながら再編したもの。

《第七段階》(『古事記』はこの段階の書物)　もうすでにムラの祭式の現場は消滅していたり、ムラそのものが町になっていたりして、祭式やムラの現実と無関係に、神話だけが口誦の物語の一種として伝承されている。あるいは、その口誦の伝承もすでに消滅していて、ある程度まで文字表記に慣れた人物によって、多くは散文体中心の物語として文字で記録されている。そして、そういった口誦の物語や文字化された資料を収集して、一か所に集めようとする国家機関が登場している。そして、その国家の政策いわば「国家意志」が、それらの資料に必要性を感じたときにその編纂が命じられ、官僚知識人がその任にあたる。《第五段階》のクニ段階の神話や《第六段階》のようにムラ段階と国家段階が直接に接触した段階の神話は、まだムラや祭式との結びつきを残していたが、この《第七段階》ではその結びつきがほとんどないので、編纂を貫く論理は、第一に国家意志、第二に編纂者（たち）の個人意志である。特に個人意志の介入の可能性が出てきたという意味で、ここにおいて初めて文学の領域に足を踏み入れたことになる。

《第八段階》《第七段階》で登場した『古事記』や『日本書紀』などが、文字と国家意志によって権威づけられた新たな「〈古代の近代〉の神話」となり、これが文字神話の起源となって、いわゆる「中世日本紀」と呼ばれるようなさまざまな変化形を生み出していくことになる。

生きている神話は、人口数百人程度の規模のムラの内側で、人々の心を一つにまとめて秩序を維持する政治的な役割も果たすし、その民族の歴史や、生活のさまざまな知恵の教科書でもあるという綜合《そうごう》性を持っている。また、生きている神話は、葬儀、結婚式、新築儀礼、農耕儀礼、呪《のろ》い返し儀礼といった、ムラの生活に不可欠な儀礼に必ず歌われる実用性を持っている。そのうえ、宴席などでは、創世神話自体が余興歌・遊び歌として歌われることもある。子供たちも、大人たちの歌う創世神話をじっと聞いていて、娯楽歌としても受けとめている。

このように、ムラ段階の社会における生きている神話は、世界観・歴史的知識・生活の知恵・ことば表現のワザなどの結晶であると同時に、政治性、娯楽性、実用性などを兼ね備えている。このような神話を私は原型的な神話、生きている神話と呼び、「神話の現場の八段階」モデルの

《第一段階》に位置づけたのである。すると、文字作品として残された『古事記』神話は、どの程度までその《第一段階》の神話のあり方を伝えているといえるのだろうか。本書『古事記以前』はその問いに少しでも答えようとするものである。

〈古代の古代〉と〈古代の近代〉

ところで、一般に日本古代というと、漠然と石器時代、縄文時代、弥生時代、古墳時代、六〇〇年代、奈良時代（七〇〇年代）、平安時代（七九四〜一一八五）くらいまでを思い浮かべる人が多い。しかし実は、古墳時代（三〇〇年くらい〜五〇〇年代末）の終わりくらいの時期と六〇〇年代初頭以後の時期のあいだには大きな社会的・文化的断層がある。その指標の代表的なものは、〈国家〉の成立と文字（漢字）文化の本格的流入である。そこで私は、縄文時代から古墳時代までの日本を〈古代の古代〉（文化論の問題としては石器時代は成熟度が低過ぎるので対象から外しておく）と呼び、六〇〇、七〇〇年代を古代なりの近代化が進行したということで〈古代の近代〉と呼ぶことにしている。

『古事記』における〈古代の古代〉の時期の古層は、日本列島の各地域のムラ的社会に存在していたと推定される最も原型的な層であるが、それは、より大きなクニ社会（たとえば弥生末期の邪馬台国など）の成立とともに変質し始め、さらに六〇〇、七〇〇年代の〈古代の近代化〉の過程で本格的な〈国家〉が成立してくることによっていっそう大きく変質したことであろう。

〈国家〉は、法律（大宝律令）を持ち、それに基づく官僚・行政体制を持ち、徴税制度、戸籍、軍隊を整備し、中央集権を志向し、広い地域の領土意識を持つ段階である。日本古代国家は、これらを、当時は大先進国であった中国国家から移入するとともに、〈国家〉体制のより高度な実現のために必要な文字（漢字）も中国から本格的に移入した。このようにして、六〇〇、七〇〇年代の日本には、後世の明治の文明開化に匹敵するくらいに大規模な、日本歴史上第一回目の文明開化が生じた（この第一の文明開化、および明治の第二の文明開化、一九四五年の敗戦によってもたらされた第三の文明開化については、工藤隆『21世紀 日本像の哲学』勉誠出版、二〇一〇年、参照）。

『古事記』は、このような第一の文明開化、すなわち〈古代の近代化〉の中で誕生したのである。この時期にはもう、クニ段階のような地縁・血縁性の強い狭小な都市ではなく、中央政府の行政の中心地としての都（大規模都市）が成立した。そのような国家段階において、国家の側の意志、官僚知識人の編纂《へんさん》意識、漢字文化による変質などが加わって登場したのが『古事記』なのである。したがって『古事記』は、〈古代の古代〉の最も古い層と、同じく〈古代の古代〉だとはいえ古墳時代の、倭《わ》の五王などで知られる「大王（だいおう、おおきみ）」や諸豪族たちが征服戦争を繰り返していた段階の中間層と、〈古代の近代〉の新層・表層とから成っていることになる。したがって『古事記』を読むということの前提には、これら古層・中間層・新層を、たとえば「神話の現場の八段階」モデルなどを用いて選り分けていくという作業が必要になるのである。

前11,000年ごろ〜前300年(?)ごろ	前300年(?)ごろ〜後300年ごろ	後300年ごろ〜500年代末	後600年ごろ〜700年代末
縄文時代	弥生時代	古墳時代	飛鳥時代・奈良時代
古代の古代			古代の近代
ムラ段階の社会	複数のムラの集合から成るクニ	地方豪族による初歩的行政体が散在	国家の成立
	小規模な初歩段階の都市が生まれる	地方豪族の割拠および征服戦争	都（大規模都市）の誕生
無文字	無文字	無文字	役人層への漢字文化の普及
採集・原始農耕の低生産力社会	水田稲作を中心とする生産力の増大	生産力のいっそうの上昇	生産力が一段と伸びる
			法律・徴税制度・戸籍・軍隊などの整備

(工藤隆『古事記の起源――新しい古代像をもとめて』中公新書、2006年、より)

2 「話型」だけでは古事記は読めない

ところで、『四川省大涼山イ族創世神話調査記録』で「コラム／古事記への視点」を執筆していた時期には明確に気づいていなかったが、のちにはっきりと自覚されてきたことがある。それは、「ネウォテイ」のような生きている神話や、工藤・岡部『中国少数民族歌垣調査記録1998』、工藤隆『雲南省ペー族歌垣と日本古代文学』（勉誠出版、二〇〇六年）などに記録された生きている歌垣の、現場に忠実な素材と、それ以前の現場性の弱い資料とのあいだにある違いについてである（詳しくは、工藤隆「声の神話から古事記をよむ——話型・話素に表現態・社会態の視点を加える」、『アジア民族文化研究9』二〇一〇年、所収、参照）。

ここで、芸能史研究での、具体的な身体所作を指す「芸態」という用語にならって、神話や歌の、音声によることば表現のメロディー、韻律、合唱か単独唱か、掛け合いか単独唱かといった、表現の具体的なパフォーマンスなど表現形態の部分を「表現態」と呼ぶことにする。また、神話や歌が、その社会の中でどのような位置づけに置かれていて、その社会の維持のためにどのような機能を果たしているのか、またその社会の呪術・世界観などとどう関係しているのかといった社会機能の側面を、「芸態」「表現態」にならって「社会態」と呼ぶことにする。

従来の少数民族文化（私の用語では「原型生存型文化」）の神話資料の用い方は、「話型」（物語の大枠の型）と「話素（神話素）」（物語の小さな場面の型や、そこに登場する川、海、若者、娘、蛇、犬といった具体的な素材）の共通性・類似性の指摘がほとんどすべてだった。しかし、近年の考古学で、木材などの炭素14による年代測定や人骨・獣骨などのDNA人類学などが登場して、年代や系統論に画期的な精密さがみられるようになってきたのにならっていえば、神話や歌の研究においても、従来の「話型」「話素」に新たな条件を加えた系統論が求められるべきであろう。というのは、神話の「話型」「話素」などは、直接の伝播関係がなくても、同じようなものが別の民族、別の地域の神話に登場することがあるからである。したがって、神話や歌の研究においては、「話型」「話素」だけでなく、「表現態」「社会態」の要素を基本データに加えることによって、従来より精度の高い系統把握の段階に進むべきではないかと私は考えている。

つまり、神話の伝播については、「話型」「話素」に、それらとは別の〝状況証拠〟を積み上げることで補強する必要があるのである。その〝状況証拠〟として、「表現態」（音声によることば表現のメロディー、韻律、合唱か単独唱か、掛け合いか単独唱かその他）と「社会態」（生きている神話としての綜合性、つまり世界観・歴史的知識・生活の知恵・ことば表現のワザなどの結晶、政治性・娯楽性・実用性・儀礼性・歌唱性を持っているかどうか）も加えるのである。

さて、『四川省大涼山イ族創世神話調査記録』所収のイ族創世神話「ネウォテイ」は、各句が主として五音から成る五六八〇句の長大なものであり、現在でも祭式などの機会に唱えられている。

この「ネウォテイ」の本文作成および現地での取材の過程で得た、『古事記』の表現分析に役立ついくつかのヒントを、『四川省大涼山イ族創世神話調査記録』で「コラム／古事記への視点」として記述した。それらの一つ一つを、先に述べた「話型」「話素」、「表現態」「社会態」に分類してみよう。

「話型」「話素」……●　「表現態」……○　「社会態」……△

コラム／古事記への視点

△戸主は呪者であり、神話を語る人でもある
△文字の獲得だけでは、神話の統一は行なわれない
○酒を勧める歌には、神話叙述的なものとそうでないものがある
○客を迎える歌にも、神話叙述的なものとそうでないものがある
○神話は局面によって使い分けられる
●兄妹の結婚に進まない洪水神話
△呪術支配社会での呪い返しの重要性
●兄妹《けいまい》始祖神話の一変種か
●桃からの英雄の誕生

△占いのそれなりの説得性
△縄文土偶との類似
●自民族の劣っている点を認める神話
●兄弟の家同士の結婚
△正反対の説明に出合った
○生きている神話には絶対のテキストがない
△クカタチとの類似性
●太陽は男性、月は女性
△「妻籠み」の「垣」
△相撲の儀礼性
△結婚年齢の低さ
△生け贄の理由づけの〝物語〟は多様である
△のびやかに進行する生け贄殺し
△血はケガレではなく、力であった
△前近代社会では、タバコは幸せな共同性のなかにある
△生け贄文化の喪失は、〈古代の近代〉以来の現象
△スニの占いがほぼ当たった

△「逆剝《さかは》ぎ」とはなにか
△低生産力社会で、肉を食べない動物生け贄は考えられない
△ムラ段階の神話の果たしている役割の重さ
△創世神話がそのままで宴会歌になっていた
○五音重視のイ語表現と、五・七音重視のヤマト語表現の類似性
○先に「左」、あとに「右」の、対の共通性
○「日」と「夜」を対にする表現の共通性
○繰り返し句の一部が欠落する
○「だから今も……なのだ」という語り口
●母との別れとそれ故の号泣—スサノヲ神話とのあまりの類似
●左目が太陽、右目が月は、アジア全域の神話交流の証か
●人間を食う魔物を退治する英雄—スサノヲ神話との類似
●複数の太陽と月を射落とす要素が、日本神話には無い
●アメノイハヤト神話との類似と相違
●父親探しと道行きのモチーフ
○系譜の異伝の多さ
●兄妹始祖神話に向かわない洪水神話

●末っ子が生き残る観念の共通性
○三人称と一人称の入れ替わり現象
●三にこだわる観念と、上・中・下三分観
○巡行表現の執拗さ
○口頭性が強いのに系譜は詳細を極める

これら全四十八項目のうちで、「話型」「話素」からのもの（●）が十五項目、「表現態」からのもの（○）が十三項目、「社会態」からのもの（△）が二十項目であった。すなわち、「話型」「話素」から新たに言えたことは十五項目、「表現態」と「社会態」から新たに言えたことはその約二倍の計三十三項目だったことになる。ということは、従来の「話型」「話素」だけでの研究方法では、「表現態」「社会態」から得られるはずの多くの手がかりを視界の外に追いやっていたことになる。

第二部

古事記以前への視点

ところで、『四川省大涼山イ族創世神話調査記録』の「コラム／古事記への視点」のような指摘は、工藤・岡部『中国少数民族歌垣調査全記録1998』でも「工藤隆のコメント」としていくつか記述した。しかし、同書は歌垣の現地調査の書物なので、そのコメントの対象は歌垣についてのものが多い。さらに、工藤『雲南省ペー族歌垣と日本古代文学』では、収録された歌垣【A】（一二三首、一九九五年）、歌垣【B】（四一首、一九九五年）、歌垣【C】（八四八首、一九九六年）の歌詞記録の随所に「●～」として注記を付けた。

『古事記』を古層の側から分析するのに役立つ最も重要な素材は、生きている神話や生きている歌垣の実態記録である。したがって、『古事記』の表現分析のためには、『中国少数民族歌垣調査全記録1998』の「工藤隆のコメント」や『雲南省ペー族歌垣と日本古代文学』の「●～」注記も重要なのだが、分量が非常に多いので本書では省略した。ただし、「工藤隆のコメント」の中には「神話」に直接に言及しているものもあるので、その言及部分に加筆したうえで、三例を1～3として以下に掲載する。なお、その言及が生じたのはいずれも聞き書きをしていた流れの中でのことなので、その直前の聞き書き部分から掲載することにする。

この三例は、一九九八年九月一日～九月二十三日に、中国雲南省の徳宏州から大理州に至る地域で行なった、ジンポー（景頗）族・ドゥアン（徳昂）族・アチャン（阿昌）族・ペー（白）族の文化調査に際してのものである。このときの調査のスタッフは、録画・録音・取材／工藤隆・岡部隆志、取材／遠藤耕太郎・遠藤見和、写真・記録・取材補助／工藤綾子、聞き書き質問者（Q）／特記以外は工藤隆、答える人（A）／ジンポー族の孔秀芬（1）・排勒堆（2）・ドゥシィルゥ（3）、ペー語⇕中国語の通訳／施珍華、中国語⇕日本語の通訳／張正軍・李莉、である。

なお、ジンポー族（チンポー族）は、「総人口は一三万二一四三人である（二〇〇〇年）。居住範囲は広く、国境を越えてミャンマーのカチン、シャンの両州、さらにはインドのアッサム地方にも住んでいる。ミャンマー領内だけでも六二・六万人の人口を有する（二〇〇〇年現在）。ミャンマーではカチン族と称されている民族」（『中国少数民族事典』東京堂出版）である。

1　ヤマトタケル葬歌は別れの口実を歌った◆◆同じ創世神話が葬儀でも結婚式でも歌われる

（「表現態」からの視点）

Q／ジンポー族はどんなときに歌垣を歌うか？

A／特別な季節というのはない。普通は夜に歌う。新築のときにも歌う。梁河《リャンフー》のほうでは、新しく家ができると人気のある老人（ドゥムサ〈呪術や神話の専門家〉のことだろう）を呼び、その老人がとりしきる。主として老人が歌うが、このとき若者も一緒に歌ってよい。そのメロディーは「バンバンツァオ」という。山の泉の水を鉄鍋に入れて持って来て、竹の楽器で音楽をつけて歌う。このとき老人は民族の移住の歴史を歌う。「我々の移住の歴史は竹の節のように一つ一つがつながっていて、変えられない」という内容を歌う。

Q／葬式のときにもそういう歌を歌うか？　問答形式の歌はあるか？

A／ドゥムサを呼んで、「董薩調《ドンサー》」で歌う。これも民族の歴史だが、ドゥムサは一人なので問答式ではない。死者が死んでから土に埋めるまでのあいだ、何日間も民族の歴史を歌う。

Q／ドゥムサは新築でも葬式でも歌うのか？

A／結婚、葬式、新築にドゥムサを呼んで歌ってもらうが、ドゥムサは一つの地域に一人しかいない。

Q／結婚でも葬式でも新築でも創世史詩（創世神話）を歌うというが、祝い事と葬式ではメロディーを変えるのか？

A／内容はほとんど一緒だが、メロディーが違う。めでたいときは聞き手が喜ぶような感じのメロディーで、葬式では聞き手が悲しくなる感じだ。少しは内容も変える。その変え方は、歌の重点の置き方（どこを中心に歌うか）によって変える。

Q／内容の重点はどのように変わるのか？　葬式では人の死の歴史に重点を置くのか？

A／葬式では民族の歴史のほかに、霊魂を送る儀式のときに「ジンポー族はどこから来たか、死者の霊魂をどこまで送って行くか、また、どこどこに交差点があり、それはこういう道だ」などの内容がある。また、死者はその生涯のうちでこういう良いことをしたなどと歌って「死者の一生のまとめ」をする。

結婚式では民族の歴史のほかに、新郎新婦への祝いの言葉も歌う。

以上の聞き書きからわかったことで重要なのは、同じ創世神話を、結婚式でも葬儀でも歌うという点である。つまり、創世神話自体は、祝い事や凶事に対して中性の位置にある。ただし、メロディーと歌う重点を変えるという、祭式の現場と密着したくふうがなされるのだという。

『古事記』『日本書紀』のいわゆる記紀歌謡は、こういった祭式の現場を失った、文字だけの歌謡である。それらを解釈する際には、少数民族の歌の現場を参考にしながら、それらの背景にあったであろう祭式の現場をモデル的に復元する必要がある。このモデル的な復元はかなりの困難を伴うはずであるが、少なくともその努力だけは続けるべきである。

記紀歌謡の分析において、研究者が陥りやすい誤読には大きくは三つの傾向がある。その第一は、記紀は散文体（中国語文章体）の地の文の部分と、漢字一字一音表記の歌謡部分とから成っていることからくる。その結果、神話は散文体で表現し、それとは別に歌う歌謡部分があるという考え方が常識になった。

ところが、一般に長江流域少数民族文化では、創世神話はそのすべての部分をメロディーに乗せて〝歌う（あるいは唱える）〟のである。したがって、原型的には記紀の地の文の部分も含めたすべてが、一字一音表記の記紀歌謡と同じ形で、すなわち地の文の部分もまた歌謡として〝歌われていた〟という推定が成り立つ。それが長い時間の中で散文体で〝語られ（話され）〟たり〝書かれ〟たりするようになった地の文と、記紀歌謡としてヤマト語の発音そのままで〝歌われてきた〟部分とに分裂したのだと思われる。そして、そのような形成過程が忘れられた〈古代の近代〉の七〇〇年代に、〝声の文化〟としてではなく〝文字の文化〟として記述された『古事記』『日本書紀』では、読み手は地の文は散文、一漢字一音表記の歌謡は韻文というふうにしか読めなくなったのであろう。

地の文の多くは、五〇〇年代後半あるいは六〇〇年前後から七〇〇年代初頭にかけての時期（私の言う〈古代の近代〉の前半期）に形成されたものと思われるので、地の文には〈古代の近代〉的な意識が濃厚に混じり込んでいるはずである。〈古代の近代〉の特徴は、先にも触れたように、中国古代国家の存在を強く意識して本格〈国家〉の形成を目指し、徴税・戸籍・軍防などを整備し、都市が成立し始め、文字（漢字）文化が普及し始めて、先進的な宗教（仏教）・儒教（思想）・科学技術などが移入され始めているなど、私の言う第一の文明開化が進行していたことである。これらの文化は、それ以前までの、縄文・弥生期以来のアニミズム・シャーマニズム・神話世界性および島国文化・ムラ社会性の文化とは、かなり異質な文化であった。

したがって、『古事記』においては、一字一音表記の歌謡部分はアニミズム・シャーマニズム・神話世界性および島国文化・ムラ社会性の文化を基盤としているが、地の文の部分は〈古代の近代〉の意識によって多くの変質を受けているという分裂が生じたとしていい。以下に、その典型的なものとして「景行天皇記」のヤマトタケルの死の段を挙げる。

地の文では、亡きヤマトタケルをひたすら慕い続ける后や御子たちの姿が描かれている。そのような地の文のあいだに以下のような四つの歌が挟まれている。

a　なづきの田の　稲幹《いながら》に　稲幹に　匍《は》ひ廻《もとほ》ろふ　野老蔓《ところづら》
〔泥で一杯の田の稲の茎に、ヤマノイモのツルが巻きついている〕

b　浅小竹原《あさじのはら》　腰なづむ　空は行かず　足よ行くな
〔背の低い篠竹の原は、腰を取られて進みにくい。しかし（私は千鳥のように）空を行くこともできないので、足で行く以外にない〕

c　海処《うみが》行けば　腰なづむ　大河原《おほかはら》の　植《う》ゑ草《ぐさ》　海処《うみが》はいさよふ
〔（千鳥は空を行くが、私は）海を行く（ことしかできない）ので腰を取られて進みにくい。大きな川の水草のように、海ではゆらゆら漂うばかりでうまく進めない〕

d　浜つ千鳥　浜よは行かず　磯伝ふ
〔千鳥は歩きやすい浜を行くのに、（私は）その歩きやすい浜ではなく、歩きにくい磯のほうを進んでいる〕

これらの歌は、従来はもっぱら亡きヤマトタケルを恋い慕っているというふうに、〈古代の近代〉の側の新しい〈葬〉の観念だけで解釈されてきた。しかし、中国少数民族の葬歌の実例をモデルにすると、「a」では復活呪術を試みたが失敗したということを歌い、残りの「b」「c」「d」の歌では、〝(あなたは鳥となって自由に飛んで行きますが)私たちは生きている人間ですから飛ぶこともできず、またいろいろと悪条件も重なって、進むのにこんなに難渋しているのですから、これ以上あなたと一緒に行くことはできません〟と〝別れの口実〟を述べていることになり、このような死霊への恐怖に裏打ちされた観念が古層に潜んでいるのである(工藤『古事記の起源——新しい日本像をもとめて』参照)。

さて、記紀歌謡の分析で研究者が陥りやすい誤読の第二は、無文字段階の文化における〝声の神話〟や〝現場の歌垣〟では、「表現態」としては〝歌う(唱える)〟であるから、歌詞の内容、言葉の選び方などには、〝文字で書く神話〟〝文字で書く歌〟におけるような推敲が行なわれていないことを見誤ることである。一々例は挙げないが、〝声の神話〟や〝現場の歌垣〟ではあまり問題視されない繰り返し、前後の論理の矛盾、〝声の歌〟だからこそ恥ずかしさを感じさせない熱愛表現そのほかがあり、それらを〝文字で書く神話〟〝文字で書く歌〟の感覚で分析すると〝歌う神話〟〝歌う歌〟の本質を把握しきれないことが生じるのである。

誤読傾向の第三は、先に引用した聞き書きでもわかるように、同じ創世神話が葬儀でも結婚式でも歌われるのであるから、歌詞の内容とは別にメロディーや歌い方の違いのほうが重要だということが理解できなくなっていることから生じる。記紀歌謡を、言葉の辞書的な解釈をもとにしてその歌謡の歌われる現場やその目的まで決めてしまうことには、慎重になるべきであろう。

2　イザナミ・オホゲツヒメ・ウケモチ神話の日本独自性◆◆排泄物から食物が生じる神話は中国少数民族社会に無い（「話型」「話素」からの視点）

Q／歌の中に神様は出てきたか？

A／出てきた。

Q／どういう神様か？

A／種は天にいる鬼（天鬼）の娘が持って来た。その娘の名は「ソンチェミュウザ」といい、ジンポー族の一番目の先祖だ。この娘は一人の貧しい男と結婚した。その男の名前は「ラビオマオチェザ」という。この男は娘が持って来た種を蒔《ま》いて栽培した。二人のあいだに人間が生まれた。しばらくすると、その娘はまた天に戻って行った。その男はまた別の娘と結婚した。

Q／漢族の話で、「董永《ドンヨン》」という牛飼いと天の仙女が結婚した話、つまり天の仙女が人間界に降りて来て湯を浴びているあいだに、牛飼いがその仙女の服を奪って、結婚した話（羽衣伝説）に似ているが……？（張）

A／その話はジンポー族も言っている。

（張「さっきの天の娘と貧しい男との結婚の話は漢族の影響を受けているのではないか。先ほどからのやりとりの中で、董永と仙女との話はドゥムサのほうから話した」）

Q／いま歌っていた「種蒔きの歌」の中に「董永」という言葉が入っていたのか？

A／入っていた（つまり「種蒔きの歌」に創世神話が入っていることになる）。天の娘が持って来た種は、稲の種だけではない。植物の種全部を持って来た。

Q／糞と尿から良いものが生まれる神話はあるか？

（ドゥムサは戸惑ったようで言葉に詰まっている。張氏は「牛や馬の糞などのような汚いものから良いものに変化する神話はないか」と、丁寧に説明）

A／……無い。

以上の聞き書きからわかるように、中国少数民族文化の実地調査を始める前までの私は、彼らは、以下に述べるような〝排泄物から良き食べ物〟が生じる神話をたくさん持っているものだと思い込んでいた。

『古事記』には、イザナミが出産で死ぬ場面でその「屎《くそ》」「尿《ゆまり》」「たぐり（嘔吐物）」から金属・土・水などの良きものが生じたとする神話や、スサノヲの高天の原追放の場面で、女神オホゲツヒメが「鼻・口・尻」から取り出したものがおいしい食べ物になった（オホゲツヒメはスサノヲに殺される）という神話がある。また『日本書紀』（神代紀第五段第十一の一書）にも、女神ウケモチが「口」から吐き出したものが「飯」そのほかの食べ物になったという神話（ツケモチはツクヨミに殺される）がある。私は、このような神話の原型は、中国少数民族の神話の中にあるに違いないと思っていたので、行く先々でそういう質問をしてみたが、二〇一一年の現在まで一例も出合っていない。

ところで、女神の死については、女神が殺されてその死体から人間にとって良きものが生じると語る〝殺される女神〟の型、いわゆるハイヌヴェレ型神話がよく知られている。インドネシアのセラム島のヴェマーレ族の神話では、ハイヌヴェレという名の娘が用便をするとその排泄物が「中国製皿や銅鑼《どら》のような貴重品」になったので、人々は気味悪さと妬《ねた》ましさのあまりハイヌヴェレを殺してしまうが、細かく刻まれて土に埋められたその死体から「芋」が生じた、という内容の神話である（アードルフ・E・イエンゼン『殺された女神』大林太良・牛島巌・樋口大介訳、弘文堂、一九七七年）。女神イザナミは殺されたわけではないが、死んだという点では共通である。

しかし、ハイヌヴェレの排泄物は「中国製皿や銅鑼《どら》」のような品物（人工物）になったのであって、オホゲツヒメの場合のようにおいしい食べ物（植物）になったわけではない。また「芋」という食べ物が生じたのも、女神の死体からであって、排泄物からではない。というわけで、日本神話の、排泄物から食べ物が生じるという「話型」「話素」は、中国の諸民族の神話にも、インドネシア神話にも無いということになる。したがって、イザナミ・オホゲツヒメ・ウケモチ神話は、その根はインドネシアのハイヌヴェレ型神話にあるのだろうが、しかし排泄物から食べ物が生じるという部分は、日本列島内で独自に加わった部分だろうという推定が成り立つ。

なぜ日本列島内でだけ排泄物から食べ物が生じるという部分が加わったかについては、私はさしあたり、豚がいたか、いなかったかに手がかりを求めている（工藤隆『中国少数民族と日本文化——古代文学の古層を探る』勉誠出版、二〇〇二年、同『古事記の起源——新しい古代像をもとめて』）。中国少数民族の集落はもちろん、アジア全域の農村には必ず豚がいて、彼らが人間の排泄物を食べる〝清掃局〟の役割を果たしている。ところが、日本列島では、弥生時代が終わったころから何らかの理由で（たとえば豚特有の伝染病の大流行などによって？）豚の飼育が絶えた。そこに、五〇〇年代に流入してきた仏教が家畜の殺生を避ける観念を持ち込んだため、仏教への対抗関係の中で神道も血をケガレとする観念を作り上げることとなり、日本文化では江戸末期の十九世紀まで、家畜の肉食は一般的には忌避されていたのである。

ともかく、古墳時代のあるときから日本列島の集落からは豚が消えた。ということは〝豚の清掃局〟も消えたことになる。その結果、人糞の処理を人間がしなければならなくなったという状況の中で、何らかのきっかけで人糞が農作物の生育を助ける肥料として貢献することが発見され、人間の糞尿を肥料に用いるという〝技術革新〟が生じたのであろう。そのような中で、排泄物（→肥料）→農作物→おいしい食べ物という、イザナミ・オホゲツヒメ・ウケモチ神話のような「話型」が生じたのであろう。

このように、『古事記』には、普通の古語辞典が示す意味世界の範囲内だけでは絶対にたどり着けない領域が隠れているのである。

3　万葉挽歌の近代性◆◆死霊との闘い（「社会態」からの視点）

A／男の霊魂は六個あるが、女は七個の霊魂がある。呪文は「オー、ラオマア、オー、グランビオルゥ、ハンダアオ〜〜」（ジンポー語）という。これは魂を呼び返すときの言葉だ。

Q／それは漢語で言うとどういう意味になるか？（張）

A／「この子の霊魂よ、外で遊ばないで、早くお母さんのところに帰って来てください、戻ってください」という意味だ。子供の霊魂を呼び戻す呪文であり、「お母さんのところに帰ってください、子供を救ってください」という内容だ。魂がお母さんのところに戻れば子供の病気は治る。

（先ほど、張氏が娘から聞いた話によると、「いつもこの子供は泣いてばかりいた。そこで母親に霊魂を呼び戻してもらったら、それからはおとなしくなり、泣かなくなった。今は泣かずにとても元気だ」ということだった）

Q／「叫魂《ジャオフン》（霊魂の呼び返し）」の呪文は、ほかにどんなときに唱えるのか？

A／子供の場合は、激しく転んで泣き叫んだり、びっくりしたとき、何かに驚かされたときなどに唱える。大人が病気にかかったときも霊魂を呼び返す。

Q／霊魂の呼び返しは何時ごろにするのか？（張）

A／夜六時に呼び返す。

Q／驚かされて霊魂が逃げた場所と、叫魂をする場所との関係はどうなるのか？（張）

A／その人が驚かされた場所で霊魂を呼び返す。もし山で驚かされれば、山で呼び返す。家の中で驚かされれば、家の中ですぐ呼び返す。隴川《ロンチュアン》辺りには、占いをするとその霊魂がどこに逃げているかがわかる人がいる。しかし私もこの村のほかの人も、その占いはできない。だから、その霊魂が驚かされた場所で霊魂を呼び返す。

Q／この赤ちゃんのほかに、この村の人の霊魂呼び返しをしたことがあるか？（張）

A／ある。頼まれれば、すぐに呼び返しに行く。

Q／魂を呼び返すとき、何かするのか？（張）

A／霊魂には大きい霊魂と小さい霊魂がある。小さい霊魂を呼び返すときその霊魂にごちそうするものは、砂糖、卵一個、餅米少し。大きい霊魂には浅いザルに葉っぱを敷き、男の場合は霊魂が六個だから卵を六個、餅米のにぎりめし六個、砂糖六個（中国の田舎では茶色の赤砂糖をお椀型の塊りで売っている）、雄鶏《おんどり》（必ず雄鶏でなければならないと彼女は言う）の肉の塊り六個、牛の肉の塊り六個をのせる。女の場合は霊魂が七個だから、それぞれを七個ずつのせる。霊魂が返ったあとは、霊魂が返った人だけがそれらを食べる。ほかの人は食べない。

Q／霊魂を呼び返すのはなぜ六時なのか？（岡部）

A／六時ごろは太陽が沈むころなので、霊魂を呼び返しやすい。(工藤・張の判断「昼間は霊魂が外で遊んでいるから呼び返しにくい。夕方に暗くなってくると外で遊ばないで戻って来るから呼び返しやすい。家に帰って来るのと同じ感覚なのだろう」)

Q／人が死んだときに、その霊魂を呼び返すことはあるのか？(工藤綾子)

A／人が死んだときは霊魂を呼び返さない。死者は死んだら三日間家に置く。死者の親戚が来て、死者の顔を見て別れを告げる。親戚全部が死者を見たら死者を山に運んで行き、埋める。そのあと家族と親戚はその家に戻り、生きている人の霊魂が死者に随《つ》いて行かないように呼び戻す。私はまだ五十六歳だから若くてその資格がない。もっと年を取った老人が「叫魂」をやる。

Q／生きている人の霊魂を呼び戻すのはなぜか？

A／からだが弱かったりすると、死者の霊魂に随いて行ってしまうことがある。生きている人の霊魂を呼び戻すのは、特にからだの弱い人が死者の霊魂に随いて行かないようにするためだ。

このような内容の聞き書きを多くの少数民族に対して行なったが、ほぼ共通していたのは、彼らは、死者が出るとたとえそれが親族だったとしても、生きている者たちの命が死者の世界に引き込まれないようにとさまざまなくふうをするという点だった。死者を悼む一方で、死者の霊魂をなるべく早く死者だけの世界に送り込んで、生きている者たちの世界と遮断し、生きている者たちに害をなさないように防御するのである（詳しくは、遠藤耕太郎『古代の歌——アジアの歌文化と日本古代文学』瑞木書房、二〇〇九年、に収録されたイ族の詳細な葬儀記録を参照）。

しかし、日本古代文学の作品を読んでいる限りでは、このように死霊を恐れ、生者を死霊から守るために防御手段を講じるという観念が極めて希薄である。典型的なのは『万葉集』の挽歌で、そのすべてが、ひたすら相手が死んだことを悲しみ、死者を強く恋い慕っていると歌う。それは、先に「**1 ヤマトタケル葬歌は……**」で触れたヤマトタケルの死の描写において、地の文がもっぱら亡きヤマトタケルを恋い慕う内容になっているのと同じである。先に、一字一音表記の歌謡部分、「a なづきの田の 稲幹《いながら》に 稲幹に 匍《は》ひ廻《もとほ》ろふ 野老蔓《ところづら》」、「b 浅小竹原《あさじのはら》 腰なづむ 空は行かず 足よ行くな」、「c 海処《うみが》行けば 腰なづむ 大河原《おほかはら》の 植《う》ゑ草《ぐさ》 海処《うみが》はいさよふ」、「d 浜つ千鳥 浜よは行かず 磯伝ふ」は、死者と別れ、死霊の害を遮断するための〝別れの口実〟表現の残存したものだと述べた。これは、少数民族文化の多くに見られる、死霊を恐れ、死霊の害を遮断しようとするのと同じような観念が、縄文・弥生期を中心とする〈古代の古代〉の日本列島にも存在していただろうというモデル理論的な推定なのである。

ただし、少数民族文化といっても、イスラム教・キリスト教など本格宗教が入ってきた地域では、死霊との闘いという要素は希薄になっているか、完全に消滅している。仏教が入った地域でも（たとえば雲南省のペー族社会）、死霊との闘いの要素は希薄になっている。おそらく古代の日本列島においても、五〇〇年代から流入してきた仏教が死者への新しい対処のし方を伝え、死霊の害は仏教によって無害化されることになったのであろう。その結果、〈古代の近代〉のヤマト族は、ひたすら死者を慕う思いだけを歌に詠むことが可能になったのではないか。

多くの少数民族の葬儀においては、死者を慕う部分は「哭《な》き歌」として（ほとんどは女性によって）歌われ、死霊を死者の世界に送り込んで生者の世界と遮断する部分は巫師（呪的専門家、イ族の場合はビモ）の「指路経」（死者を死者の世界へと導いていく呪文）として歌われる（唱えられる）。『古事記』『万葉集』など〈古代の近代〉の作品においては、これらのうちの死霊を無害化する呪文の部分は仏教に任せ、死者を慕う部分の表現だけが突出することになったのであろう。そのうえ、『古事記』や『万葉集』を読む人が私たちのように近代人である場合には、死者はもっぱら哀悼するものだと思い込んでいるために、ますます死霊を恐怖する要素を読みとれなくなっているのである。

また、日本にも少数とはいえ死霊を恐れ、忌避する民俗事例があるにもかかわらず、日本民俗学においては、そのような側面はあまり強調されていない。したがって、伝統的な日本民俗学で描く古代像や、『古事記』『万葉集』といった〈古代の近代〉の作品の表層から見える古代像だけでは、〈古代の古代〉の日本文化は見えないということになる。

仏教の流入と神道の形成、〈国家〉の成立、文字文化の官僚層への普及などによって大きく変質する以前のヤマト族文化は、少数民族文化などを参考にしながらモデル理論的に復元する以外にないのである。

4 長江流域から本州まで届く兄妹始祖神話と歌垣の文化圏◆◆兄妹の結婚に進まない洪水神話（「話型」「話素」からの視点）

この4から「**33「上《かみ》つ瀬は瀬速し……」**」までは、『四川省大涼山イ族創世神話調査記録』の「コラム／古事記への視点」に、大幅に加筆したものである。「コラム／古事記への視点」は四十八項目であったが、共通するテーマのものをまとめるなどして本書では三十項目にした。

四川省大涼山地区には二度調査に入った。第一回は、一九九七年三月十三日〜三月二十一日である。このときの調査のスタッフは、取材・録画・録音／工藤隆、写真・取材補助・記録作成／工藤綾子、同行者／李子賢・張正軍（中国語↕日本語の通訳）、現地案内人／嘎哈石者《ガハシヂョ》（美姑イ族畢摩文化研究センター）・摩瑟磁火《モソツホ》（同・イ語↕中国語の通訳）、である。

第二回調査は、二〇〇〇年九月十四日〜九月二十日である。調査スタッフは、取材・録画・録音／工藤隆、写真・取材補助・記録作成／工藤綾子、記録・記録整理補助／土屋文乃、同行者／張正軍（中国語↕日本語の通訳）、現地案内人／摩瑟磁火《モソツホ》（涼山イ族自治州語言文字工作委員会・イ語↕中国語の通訳）・嘎哈石者《ガハシヂョ》（四川省美姑県教育局）・曲比爾日《チョビルズ》（涼山イ族自治州語言文字工作委員会）、である。

なお、イ族は、「総人口が七七六万二二七二人（二〇〇〇年）で、中国の少数民族中第六位、イ語系の少数民族のなかでは最大の人口を有する。雲南省の楚雄《チューシオン》イ族自治州や紅河《ホンハー》ハニ族イ族自治州、四川省の涼山《リャンシャン》イ族自治州を中心に、貴州省や湖南省、広西チワン族自治区の山岳丘陵地などに広く分布し、一部はミャンマー、ベトナム北部、タイ北部などのインドシナ半島北部に至っている」（『中国少数民族事典』）、というものである。

以下に、創世神話「ネウォテイ」を素材として「古事記以前への視点」を述べるにあたって必要になる基本用語の解説をしておこう。

大涼山のイ族　私が一九九七年と二〇〇〇年に調査に入った四川省涼山イ族自治州は、雲南省西北部（永寧《ヨンニン》、寧蒗《ニンラン》など）のイ族の居住地域を「小涼山」と呼ぶようになったことから、それと区別して「大涼山」と呼ぶようになった。この大涼山のイ族文化の中心となるのが美姑《メイグー》地域のイ族文化であり、生活、習慣、神話、儀礼、服飾などにおいて、他地域のイ族よりも抜きん出た原型性を保っている。その原因には、交通の不便さと生活水準の低さがあり、その結果近代文化の波及が著しく遅れ、古い文化が温存されたといえる。その点でこの一帯のイ族文化は、たどり着くのは困難だがフィールド調査の対象としては魅力に満ちた地域である。

イ族はかつて、支配層の黒イ族と平民・奴隷層の白イ族に分かれていたが、一九四九年の中華人民共和国成立以降の奴隷制度廃止により、昔のような厳しい婚姻規制や厳格な主従関係は無くなっている。しかし今でも、その人が「黒」か「白」かは皆が知っていて、ゆるやかな規制として残っているようである。

なお、一九九七年の第一回調査の際には、外国人がこの地域に入るためには、まだ公安局に行って「外国人旅行証」を取得しなければならない未開放地区であった。人民の極貧の生活を外国人に見せたくないという意識と、近代的法律による社会秩序が普及していないがゆえの治安の不安から外国人を保護するためとで、中国政府はこの地域に外国人が無断で立ち入るのを禁じていたのである。しかし、二〇〇〇年の調査の際には、「外国人旅行証」の取得は不要になっていた。中国の改革開放路線の定着とともに、中国辺境調査の環境は確実に変わりつつある。もちろんこれは、一方で、辺境地域の原型的文化の変質・消滅を早める作用も果たしているのだが。

ビモ（畢摩） 祭祀を司《つかさど》るイ族の呪的専門家。神々と交流ができると信じられ、葬送、鬼（悪霊）祓いそのほか、さまざまな呪術を行なう。創世神話などの諸神話、局面に応じた呪詞・呪文（中国語では「〇〇経」と称される）を歌い（唱え）、それら神話や呪文を独特のイ（族）文字で筆記した経典を持っている。イ族の歴史・口誦文学、医術に精通し、イ族の文化遺産を継承する役目を果たしている。創世神話「ネウォテイ」を歌う資格を持つのは、原則としてビモだけである。

各家の戸主はビモでもあることが多い。世襲制で息子に継承されるのが原則。「ビモ」の「ビ」は「祭祀の際、呪文を唱えること」で、「モ」は「長老、大師」を意味する（張正軍「彝族の祭司—畢摩について」、沖縄県立芸術大学附属研究所『沖縄と中国雲南省少数民族の基層文化の比較研究』、二〇〇一年、所収)。

なお、「畢摩」はイ語では「ピマ」「ピモ」「ビマ」「ビモ」などと発音されているが、中国語側からの発音では「ビモ」が近いようであり、日本側でも「ビモ」が定着しているので、すべて「ビモ」とした。

スニ　巫師。鬼(悪霊)と交流し、それを祓う呪術を行なうのが中心。イ文字経典は持っていない。羊の皮でできた太鼓を叩いて巫術を行なう。病気になってビモの呪的治療を受けたとき、たとえば「アサ」という鬼が憑いていることが判明すると、ビモが儀式をしてその人はその「アサ」を守り神(守護霊)として、以後スニになる。

ビモとスニの違いは、オキナワ社会における「ノロ」(公的、社会的儀礼にかかわる)と「ユタ」(私的、個人的呪術にかかわる)の違いに対応する。

ネウォテイ(勒俄特依)　ビモが歌う(唱える)創世神話。「ネウォ(勒俄)」は、「口と耳で伝承された文章」という意味だとする説や、「ネ(勒)」は〝顔〟で「ウォ(俄)」は〝骨〟で、派生して〝幹〟〝精髄〟という意味なので、「ネウォ」は、「ネ」と「ウォ」が合わさって〝顔の骨〟となり、派生して〝詩歌の言葉の精髄〟という意味だとする説などがある。

「テイ(特依)」は書物の意なので、「ネウォテイ」を省略して「ネウォ」とだけ言うこともある。天地開闢、洪水氾濫、先祖の系譜、家族の系譜、死の起源そのほか、世界の始まりとそのあとの歴史を歌う(唱える)。葬儀と先祖祭りでは死の起源の「黒ネウォ」、結婚式では誕生の歴史の「白ネウォ」を歌う（唱える）。「勒俄」の読みは、中国語だと「レウォ」に近いが、現地イ族の実際の発音では「ネウォ」に近いので、「勒俄《ネウォ》」とした。

土司《トゥースー》「元明清時代、少数民族の首領に世襲の官職を与え、その地の人民を支配させた制度。またこのような官職を授けられた人を示す。西南地区の少数民族を統治する施政官。」（『中国語大辞典』角川書店）

大涼山美姑での聞き書きによれば、「洪水で三人の兄弟の一番下の弟曲普篤慕《チョプジュム》が生き残り、そのチョプジュムが天へ行って天の神の娘と結婚して人間が生まれ、人類が増えていった」ということだった。これは、「ネウォテイ」の「14 洪水が氾濫する」の第三二四六句の、「曲普篤慕《チョプジュム》しか生き残らなかった」という表現とも一致する。

ただし、「ネウォテイ」の「14 洪水が氾濫する」の第三六八六〜三六九八句では、チョプジュムには三人の子が生まれ、ある時洪水が起こって三人の息子のうちの上の二人が死に、末っ子の篤慕吾吾《ジュムヴヴ》だけが生き残ったとしている。このジュムヴヴが、「15 天と地の結婚の歴史」では、天の神の娘と結婚したと唱えられている。ということは、聞き書きで聞いた「話し」では、洪水の起きる時期がジュムヴヴより前のチョプジュムの時だとされていることになり、「ネウォテイ」の内容とは異なっていることになる。このことは、〝話しの神話〟と〝歌う（唱える）神話〟とでは、違いが生じる場合のあることを示している。

このように、〝話しの神話〟と〝歌う（唱える）神話〟とで違いが生じることについては、古橋信孝《のぶよし》が、沖縄県宮古島の〝歌う神話〟「祓《ハラ》い声《グイ》」とそれを話し調で語った〝話しの神話〟に違いのあることを指摘した先行研究がある（古橋信孝『古代歌謡論』冬樹社、一九八二年、詳しくは、工藤「声の神話から古事記をよむ――話型・話素に表現態・社会態の視点を加える」参照）。

〝話しの神話〟と〝歌う（唱える）神話〟の違いは、それぞれの表現のあり方つまり「表現態」の違いである。現存の『古事記』は、「表現態」が、文字（漢字）で書かれた〝文字神話〟である。しかし、『古事記』は、後世の文学作品のように最初からすべての部分を〝文字神話〟として書き下ろしたものではない。したがって、『古事記』の表現の各部分の原資料が〝歌う（唱える）神話〟と〝話しの神話〟と後世的な〝文字神話〟のどれであったかを〝腑分け〟（区別）しながら読む必要がある。そのためには、たとえば「ネウォテイ」のように実際に〝歌う（唱える）神話〟として生きている神話を素材として、モデル理論的に論を立てる必要がある。

ところで、兄妹《けいまい》始祖神話の典型的な「話型」は、洪水などによって人類のほとんどが死に絶えたが、兄一人と妹一人（姉と弟、母と息子、父と娘、オバとオイという例も少数あるので、〝近い血縁者始祖神話〟と呼んだほうが正確であろう）が生き残って結婚し、肉塊や不完全児を経て（多くは三番目に）やっと普通の人間の子を生み、以後子孫が続いて村や島が栄えて今に至っているというもの。この「話型」の神話を、長江流域の多くの少数民族が伝えている。

ところが、「ネウォテイ」の「14　洪水が氾濫する」では、生き残るのは男の三人兄弟で、その末の子が天の神の娘と結婚するというのだから、洪水神話にも兄妹始祖神話に進まない例のあることがわかる。ペー（白）族の「創世紀（記）」（楊亮才・陶陽整理『西山白族叙事長詩（打歌）』中国民間文芸出版社、一九五九年）でも、洪水の後に生き残ったのは盤古と盤生という二人兄弟だと語る。

また、イ族神話では、古候《グホ》（「ネウォティ」の「20 曲涅《チョニ》と古候《グホ》の化け競べ」「21 歴史の系譜」参照）という家族と曲涅《チョニ》（同）という家族（の主人）は、もともとは二人の兄弟だった、この兄弟は仲が悪くて喧嘩をしたがそのあと厳しい呪的儀礼を行なって仲良くなった、この二つの家族は結婚を通して仲良くなった、これが人間界の婚姻の始まりだ、という。

兄弟が結婚を通して仲良くなるというのは、それぞれの息子と娘が結婚したということだろうか。実態としてのイ族の結婚は「交差（叉）イトコ婚」（父の姉妹の子供と母の兄弟の子供との婚姻）であるから、この話は部分的に実態と合っていることになる。となれば、イトコ同士の結婚ということになる。

したがって、洪水神話の後に続く兄妹始祖神話にもいくつかの変化形があったと考えるべきであろう。

さらに、洪水神話の分布地域と、兄妹始祖神話の分布地域が重ならない事例もあることがわかってきた。どちらかといえば、北方地域では洪水神話だけで兄妹始祖神話を欠いているものが多いようだ（中国雲南省での二〇一〇・八・二十一〜二十六「兄妹婚神話と信仰・民俗及び雲南省開遠市老勒村（イ族）人祖廟調査と研究の国際学術シンポジウム」におけるいくつかの発表による）。ということは、古代日本列島は、後者の兄妹始祖神話だけが流入した分布地域にあたるものだとしていい。

『古事記』神話では、イザナキ・イザナミ神話に兄妹始祖神話の痕跡が残っている。また、記紀歌謡（『風土記』歌謡も含めて）や万葉歌に、恋歌の相手を「妹《いも》」「兄《せ》」と呼ぶ例が多数見られる。しかし、それらに「洪水神話」の痕跡は見えない。つまり、古代日本列島には洪水神話は入らず、兄妹始祖神話の部分だけが入ったということになる。

また、『古事記』で実の兄・妹であることが明示されているサホヒコ・サホヒメ伝承とカルノミコ・カルノオホイラツメ伝承は、いずれも心中死で終わっている。したがって、『古事記』の段階では、民族のサバイバルの神話である原型的な兄妹始祖神話の記憶はかなり薄れていて、兄妹の禁じられた恋愛を悲劇として描く〈古代の近代〉的な〝恋愛文学〟の領域に入っていたとしていい。

それに対して、日本列島の極南で中国の長江流域に近接している沖縄地域には、生き残った兄妹二人（母子そのほかの事例もある）が結婚して以後島が栄えたと語る兄妹始祖神話が豊富に存在している。『古事記』のように悲劇の死で終わる例もあるにはあるが少ない。しかも、沖縄地域の兄妹始祖神話の多くは、洪水にあたる「話素」が津波・油雨（長雨）・難船などに転じているにしても、結局は洪水神話との合体型であるとしていいだろう。

なお、兄妹始祖神話の「話型」は、特に長江流域の少数民族の多くが伝えているので、沖縄および古代日本列島は、長江流域から台湾（先住民）・沖縄・九州・本州へ及ぶ兄妹始祖神話文化圏に所属していたことがわかる（ただし、兄妹始祖神話はアイヌ民族、古代朝鮮半島には無い）。

また、長江流域の諸少数民族文化には広く歌垣が存在している。私の定義によれば、歌垣とは《不特定多数の男女が配偶者や恋人を得るという実用的な目的のもとに集まり、即興的な歌詞を一定のメロディーに乗せて交わし合う、歌の掛け合い》のことであり、「配偶者や……実用的な目的のもとに集まり」が「社会態」からの視点に、「即興的な……歌の掛け合い」が「表現態」からの視点に対応する。この歌垣は沖縄文化に顕著であり、日本古代文学資料にも多くの痕跡を残しているが、アイヌ民族・古代朝鮮半島には無いし、台湾（先住民）にも無い。したがって日本古代文化は、長江流域から沖縄を経て日本列島本州まで延びる兄妹始祖神話文化圏（台湾を含み、アイヌ民族・朝鮮半島を除く）と、歌垣文化圏（台湾・アイヌ民族・朝鮮半島を除く）とに所属していたことになる。このように、「話型」「話素」に「表現態」「社会態」の視点を組み合わせれば、これからは『古事記』の生成過程はもちろんのこと、古代日本文化全般の生成過程の分析に一段と精密さが加わるであろう。

5 神式天皇は末っ子だった◆◆末っ子が生き残る観念の共通性（「話型」「話素」および「社会態」からの視点）

「ネウォテイ」の「14 洪水が氾濫する」では、生き残ったのが三人兄弟の末弟（篤慕吾吾《ヂュムヴヴ》）一人だとしている。このように末の息子や末の娘が重視される観念は、「ネウォテイ」の全体において顕著である。「18 鎧と兜の祭祀」でも、普夥《プホ》の三人の子のうちで、生き残ったのは末っ子の普夥吉咪《プホジミ》だけである。「17 住む場所を探す」でも普夥吉咪《プホジミ》は、「末っ子は母の仕事を継ぎ、末っ子が祖霊を供養するのだから……」と言っている。実態としても、涼山イ族は末っ子が家に残り、財産権、戸主権を継承する。こういった末子相続制は、イ族に限らず中国西・南部少数民族には一般的である。

『古事記』でも、ウガヤフキアヘズ（のみこと）とタマヨリビメのあいだに生まれた、イツセ（のみこと）、イナヒ（のみこと）、ミケヌ（のみこと）、ワカミケヌ（のみこと）四兄弟のうちで、イナヒは「波の穂を跳《ふ》みて常世国《とこよのくに》に渡り坐《ま》し」、イナヒは「妣《はは》の国と為《し》て海原《うなばら》に入《い》り坐しき」とあるように早くに他界へ去り、イツセは東征の途中で戦死するので、地上で活躍して初代の天皇（神武天皇）になったのは末っ子のワカミケヌ（別名カムヤマトイハレビコ）である。

6 原古事記は戸主によって歌われていただろう◆◆戸主は呪者であり、神話を語る人でもある（「社会態」からの視点）

大涼山美姑地区は、総面積二七三五平方キロメートル、標高二〇二〇メートル。主要作物はトウモロコシ・ソバ・麦で、米は少ない。第二回調査で二〇〇〇年九月十七日に宿泊した大ビモの村（核馬村）でも、水田稲作は行なわれていなかった（電気も水道も無い）。

美姑の総人口は十五万三千人で、九十八パーセントがイ族。この地域は、大涼山地区でビモ人口が最も多い。美姑の人口約十五万人に対して約六千人ものビモがいる。

巧拙の差はあるにしても、この六千人がすべて創世神話を歌う（唱える）というのだから、驚異的だ。大ビモの村（核馬村）では、総戸数三十五戸のうちの三十二戸にビモがいることでもわかるように、特別な呪的専門家（巫師）が少数だけ村に存在するのではなく、基本的に各家の戸主が同時に呪的専門家でもあるという形態になっている。その戸主が原則としてすべて、『古事記』でいえば「天地初めて開けし時……」で始まる創世神話を暗誦していることになる。

この形態をモデルとして縄文・弥生期のヤマト族の無文字の言語文化のあり方を推測するとすれば、定住生活が主流になる弥生期あたりにはこのように、集落の中のかなり多くの人たちが「天地初めて開けし時……」で始まるような創世神話を暗誦していて、それを歌っていたのかもしれない。

なお、池田源太「ポリネシアにおける口誦伝承の習俗と社会組織」（池田『伝承文化論攷』角川書店、一九六三年、所収）によれば、ニュージーランドの原住民マオリ人（族）の社会では、「司祭」の家は「族長らの長い系譜」を伝承する義務を持っていたが、「村の家々の長老や物識りたち」も自分の家の系譜と伝説を暗記しており、部族の首長もその家の系譜を常に暗記している必要があったという。

7 たった一つの神話の古事記は〈古代の近代〉の産物◆◆文字の獲得だけでは神話の統一は行なわれない（「表現態」「社会態」からの視点）

イ族には、イ文字（イ族独自の文字）がある。このイ文字がいつのころに始められたのかはわかっていない。あるイ族の長老の主張（一九九五年、雲南省昆明市で取材）では、その始まりは漢字より古いということであるが、現在までの漢字の研究史によれば、それは事実ではない。おそらく、明代（一三六八〜一六四四）ごろにビモたちが、漢字を参考にするなどくふうして作り上げたものであろう。

ともかく、美姑のビモたちは、手書きのイ文字表記の経典を持っている。美姑の畢摩《ビモ》文化研究中心《センター》の調査によれば、美姑の六千人のビモたちが所有している経典の数は、約一〇万巻に及ぶという。しかし、それら手書きの経典には、たった一つの神話として書かれている『古事記』のように、権威を与えられた〝正本〟があるわけではない。この約一〇万巻の経典を分類すると、約三〇〇種類の系統に分かれるのだという。

私は、この大涼山イ族の調査でこの事実を知る以前には、漠然と、文字を持てば神話は徐々に一つの〝正本〟のようなものに収斂《しゅうれん》して（まとまって）いくものだと思っていた。少なくともイ族はイ文字で書かれた経典を持っているのだから、神話は口承だけのものに比べれば異伝ははるかに少ないはずであり、したがって経典の系統の違いはせいぜい一〇種類くらいだろうと推察していたので、それが約三〇〇種類だと聞いたときには驚いた。

この約三〇〇種類に比べれば、『日本書紀』の神代の巻の伝承が最大十一種類（神代紀第五段）だから、『日本書紀』の神話伝承が、いかに伝承の整理・統合・消滅が進行したあとのものであったかを思い知らされた。ましてや、〝たった一つの神話〟で貫かれている『古事記』が、生きている神話と比べてどれほど異質な存在であるかも思い知らされた。

また、大涼山での聞き書きで、「ネウォテイ」には「白ネウォ」と「黒ネウォ」とがあるが、一人のビモは、それらの違いは「内容の違いだ」と説明した。ところが、別のビモは、「結婚式で歌えば白ネウォで、葬式で歌えば黒ネウォになる（白・黒のネウォの内容は同じ）」というふうに、正反対の説明をした。このように、同じ地域の人々の中に異なる説明のし方が同時存在するのも、生きている神話の多様性のしるしと受け取るべきであろう。

また、「結婚の歴史」（「ネウォテイ」の「12 天地婚姻史」であろう）を歌ってもらったときに、歌い手が、「自分はこうやって歌っていますが、これは正しいかどうかわかりません。録音を持ち帰ったあとで研究して、よろしく訂正してください」と言った。これもまた、神話が生きていることの証《あか》しであろう。『古事記』のように、すでに〈国家〉が成立していて、「国家意志」と国家的権威を背景に成立した国家神話の場合は、神話は〝たった一つ〟であることを目指すが、ムラ段階の生きている神話の場合は〝たった一つ〟の絶対のテキストを突出させる権威の源が無いので、多様であることにその本質がある。『古事記』神話は、ムラ段階の神話の多様性と国家段階の絶対のテキストへ向かう志向との合体の上に成立したものであろう。

したがって、『古事記』のように「神話の現場の八段階」モデルの《第七段階》の書物の場合には、どれほど多くの変質が内包されているか計り知れないと考えるべきであろう。〝たった一つの神話〟で記述されている『古事記』のような書物は、ムラ段階の神話の統合・衰滅が進み、都市と国家も成立する中で、強固な「国家意志」によって覆われなければ登場しえなかったのである。

とすれば、『古事記』を分析するときには、『古事記』は、国家・文字・都市が整った〈古代の近代〉の作品であると同時に、《第一段階》(最も原型的)から《第四段階》に至るムラ段階の神話の痕跡も残している書物だという認識が必要になる。従来は、この《第一段階》から《第七段階》に至る立体的な歴史的層の存在を自覚せず、ただ平面的に読む研究が主流であったが、この大涼山イ族の創世神話など少数民族の生きている神話資料の登場によって、より立体的な分析ができるようになるであろう。

8 記紀の酒歌謡の神話性◆◆酒を勧める歌には神話叙述的なものとそうでないものがある

（「表現態」からの視点）

第一回調査（一九九七年）の三月十三日、美姑政府と美姑イ族畢《ビ》摩《モ》文化研究センターが歓迎の宴を開いてくれた。参加者は、私たち日本側二名（工藤隆・工藤綾子）と李子賢・張正軍両氏と、副県長（女性）、研究センターのガハシヂョ氏、モソツホ氏ほか九名と運転手さん。イ語の「酒を勧める歌」「客を迎える歌」「山歌」などが歌われ、この種の歓迎宴会としてはバラエティーに富んだ、なかなか楽しい集まりになった。

このときの「酒を勧める歌」（全員の合唱）は次のような内容のものであった。

> 春と夏が会うとき（春と夏の季節の境い目）、一緒に一杯飲みましょう。月と太陽が会うとき（夕暮れ）、一緒に一杯飲みましょう。友達同士が会うとき、一緒に一杯飲みましょう。きょうは孔子が「友遠方より来たる有り。また楽しからずや」と言っているように、一緒に一杯飲みましょう。きょうは遠くから来られたご夫婦（工藤隆・綾子を指す）と一緒に一杯飲みましょう。

この「酒を勧める歌」は、くだけた雰囲気の中で歌う、だれでもが唱和できる単純な歌だった。これは、以下に引用する、第二回調査（二〇〇〇年九月十七日）の際にビモが一人で歌ってくれた、神話的・叙事的な［酒を勧める歌］とはだいぶ異なる。

［酒を勧める歌］（約2分50秒）

歌った人／的惹洛曲《ディズロチョ》（ビモ）、イ語↕中国語／摩瑟磁火《モソツホ》、中国語↕日本語／張正軍、中国語から日本語への最終翻訳／工藤隆。

1　大昔
2　酒は万物が生まれた時に生まれた
3　万物が生まれた一番目
4　万物が生まれた二番目
5　（この句は意味がわからない）
6　（この句は意味がわからない）
7　麹《こうじ》の起源はこうだ
8　麹の生まれは陰と陽に関係があり
9　麹には父と母がいて

10 麹には十六種類がある
11 高い峰で生まれた麹は
12 放牧の人が持って帰った
13 沼で生まれた麹は
14 豚を飼う人が持って帰った
15 絶壁で生まれた麹は
16 ヤギを飼う人が持って帰った
17 こうして麹を持って来て
18 まず麹をお爺さんに渡すと
19 お爺さんは麹を穀物の中に入れて酒を造った
20 次に麹をお婆さんに渡すと
21 お婆さんは麹で酒を醸造した
22 三日たつとその酒は飲めるようになり
23 その酒はまだ苦いが甘かった
24 酒ができあがると
25 その味は崖の蜂のハチミツのように甘かった
26 酒を入れる桶ができたが

27 その桶の下から酒が流れ出るための
28 一つの管が必要なのだが
29 その管が見つからなかった
30 しばらくして竹の筒が見つかったので
31 その筒を酒の桶の下の穴に差し込むと
32 酒が流れてきた
33 スピカホという山に着いた
34 その山から三枚の木の板を割って持って帰った【その板で酒の桶を作るという意味だろう／モソツホ氏の説明】
35 山奥にいる熊の胆嚢を持って帰った
36 すると酒が甘くなる【その胆嚢をどう使うのかはわからない／モソツホ氏の説明、酒は肝臓に悪いのでそれを防ぐために熊の胆嚢を酒に入れて飲むのではないか／張正軍氏の説明】
37 酒を受ける杯《さかづき》を銅や鉄で作る
38 酒入れの器と壺を銅や鉄で作る
39 竹の筒や木で管を作り
40 桶の下に差し込んで酒を取り
41 【今この歌を歌っているビモが手に持っているような】皮製の茶碗で酒を入れる

42　一杯目の酒は土司《トゥースー》【中央政府から任命された首長で、その民族の部落の酋長】に渡して飲ませ
43　生殖の能力が強くなるように祝う
44　空には数え切れないほど星があるが
45　実は空の星は無数ではなく有数だ
46　しかしあなた【ここおよび以下の「あなた」は土司《トゥースー》を指している／モソツホ氏の説明】の家には人が無数にいる
47　（この句は意味がわからない）
48　空にあるもの、空と地との中間にあるものは有数だが
49　あなたの家の財産は無数だ
50　下（地上）にいる動物は生まれたり死んだりしていて
51　彼等の寿命は長くない
52　しかしこの酒を飲むとあなたの寿命は長くなる
53　あなたの寿命は長くなる
54　長生きになる
55　長生き、長生きだ
56　三六〇歳まで生きられる

57　六〇掛ける六歳生きられる
58　あなたを祝福して
59　この長い寿命をあなたに差し上げる
60　掌《てのひら》のある動物では皇帝様が一番で
61　皇帝様が一番長生きだ
62　彼も三六〇歳、六〇掛ける六歳
63　あなたを祝福して
64　皇帝様の長生きの寿命をあなたに差し上げる
65　蹄《ひづめ》のある動物では象が一番大きく
66　三六〇歳、六〇掛ける六歳
67　あなたを祝福して
68　一杯の酒で祝福し
69　その酒を竹林に撒《ま》くと
70　竹林にいる雌の雉はたくさんの子を産む
71　一羽が九〇〇〇羽を産み、二羽が八〇〇〇羽を産む【二羽のほうが数が少ないのは変だが、
これは決まり文句だ／モソツホ氏の説明】
72　以上のものをあなたに福として差し上げる

73 一杯の酒で祝福し
74 その酒を崖に撒くと
75 崖にいる蜂の生殖能力が強くなって
76 一匹の蜂が九〇〇〇匹を産み、二匹の蜂が八〇〇〇匹を産む
77 一杯の酒で祝福し
78 その酒を川に撒くと
79 川にいる魚の生殖能力が強くなって
80 一匹の魚が九〇〇〇匹を産み、二匹の魚が八〇〇〇匹を産む
81 一杯の酒を頭に飲むと
82 あなたの頭がきれいになる
83 一杯の酒を肩に飲むと
84 あなたの肩がきれいになる
85 一杯の酒を足に飲むと
86 あなたの足がきれいになる
87 一杯の酒を鼻に飲むと
88 あなたの鼻がきれいになる
89 一杯の酒を口に飲むと

90　その酒が上の唇に入り
91　上の唇には雄の龍がいるようになる
92　下の唇に入り
93　下の唇には雌の龍がいるようになる【「龍がいる」は話が上手になる、饒舌になることのたとえ／モソツホ氏の説明】
94　質問されても舌がとても上手に答えられるようになる
95　一杯の酒を腰に飲むと
96　その酒が腰に入り
97　生殖能力が強くなり
98　男の精子と女の卵子がたくさんできる
99　あなたの生殖能力が強くなれば
100　息子も孫も生まれて家族の系譜を継ぐ人ができる
101　娘が生まれたら、娘が他の家族に嫁に入って
102　親戚が増える
103　息子が生まれたら、息子はニシキドリのように頭を上げて
104　勇ましい英雄になる
105　娘の声はとても美しくなり

106 その声は竹鶏《たけどり》のようにきれいに聞こえる
107 一杯の酒を足に飲むと
108 その酒が足に入り
109 足が強くなって
110 一歩が二歩分に、二歩が四歩分になり
111 速く歩けるようになる
112 ビモは左手で酒を渡し
113 主人は右手を出して酒を受ける
114 ビモは左手で銅の杯を渡し
115 主人は右手の上に鉄の杯を載せ
116 鉄の杯で酒を受ける
117 祥瑞と幸福をあなたに差し上げる
118 あなたが一〇〇〇歳まで生きられるように祈り
119 あなたが一〇〇歳まで生きられるように祈る
120 あなたは髪の毛が真っ白になるまで
121 歯が黄色になるまで生きられる

この［酒を勧める歌］についてのモソツホ氏の評価

・以上は、酒の起源を歌って客に酒を勧める歌である。ただし内容の正確さには欠けるところがあり、忘れたところがあると飛ばして歌っていた。

・夜にビモの家で歌ったこの［酒を勧める歌］は、ビモの緊張のため、あまり上手ではなかった。普段はもっとうまい（歌詞が正確だという意味）。昼間に拉木阿覚《ラムアジュ》郷の役所の部屋で（工藤に助手として同行した編集者の土屋文乃を歓迎して）歌ったものはとても上手だった。

この歌の内容は、酒がどのようにして得られたのか、酒はどのようにして造るのかという、酒の起源と酒の造り方の語りが主体である。起源の語りは、それ自体がすでに起源神話一般の範疇に入っているし、造り方の語りは、小野重朗『南島の古歌謡』（ジャパン・パブリッシャーズ、一九七七年）や古橋信孝《のぶよし》『古代和歌の発生』（東京大学出版会、一九八八年）の言う「生産叙事」（神に授けられた造り方の内容を具体的に語る）の神話そのものである。したがって、神話の歌われる原型的な現場においては、宴会もまた神話を歌う場だったし、［酒を勧める歌］もまた神話なのであった。

このような「生産叙事」的な酒を勧める歌は、少数民族世界では一般的な存在であるようだ。『天地楽舞』西南編15（日本ビクター・中国民族音像出版社、一九九七年）のプイ（布依）族の「ウンラオ（酒歌）」の解説にも、次のように報告されている。

ウンラオ（問佬）は冠婚葬祭や新築祝いなどに訪れた客を酒でもてなす時の歌で、酒歌とも称される。場合によって、祝い、哀悼、故事神話、生産知識などさまざまな内容が歌われるが、ここでは天地創造の神話が歌われている。このほか、「ひどい洪水の後、徳全と徳銀という名の兄と妹だけが生き残った。この2人は結婚して、肉の塊を生んだ。その塊を砕いたら大勢の子供になった」という洪水神話や田植えから稲刈り、脱穀を経て酒をつくるまでの全過程を歌う「造酒歌」などが伝承されている。

このように、「神話の現場の八段階」モデルの《第一段階》（最も原型的）の、イ族の「酒を勧める歌」やプイ族のこの「ウンラオ（酒歌）」が歌われる実際の場からわかるのは、ムラ段階で実用的に生きている神話歌は、その民族の歴史を教え、「生産知識」を教え、人生教訓を教え、村落社会を維持していくための社会的・政治的知識を教え、余興歌や遊び歌のように心を楽しませるなど、多様な役割を担っていることである。

ところで、イ族の「酒を勧める歌」の歌詞の内容については、モソツホ氏によれば、「内容の正確さには欠けるところがあり、忘れたところがあると飛ばして歌っていた」ということなので、完全な神話テキストとして扱うことはできない。ただし、「神話の現場の八段階」モデルの《第七段階》（『古事記』はこの段階の書物）のように、「口誦の物語や文字化された資料を収集して、一か所に集めようとする国家機関が登場」していないかぎり、一般にムラ段階の神話は、その歌われる機会（祭式・宴席など）、時刻、聞き手の階層その他さまざまな状況に応じて伸縮自在であり、また伝授してくれた〝師〟の伝承系統によっても違いが出るので、生きている神話はいわば〝乱立状態〟にあると言っていい。

たとえば、「3 万物が生まれた一番目」「4 万物が生まれた二番目」は、それぞれにその生まれた物の名があるはずだが、ここでは省略されている。また、「7 麹の起源はこうだ」のあとに「10 麹には十六種類がある」と歌っているのに、実際には「11 高い峰で生まれた麹」「13 沼で生まれた麹」「15 絶壁で生まれた麹」の三種類にしか触れていない。この［酒を勧める歌］は広義での「神話」だとはいえ、宴席で歌われるという気楽さから省略などの自由度も高いのであろう。

さて、「18 まず麹をお爺さんに渡すと」から「41 皮製の茶碗で酒を入れる」までは、神に授けられた酒造りのし方を具体的に語る「生産叙事」神話にあたる。麹を使って醸造し（18〜21）、三日たつと苦いが甘くなり（22・23）、完全にできあがるとハチミツのような甘さになる（24・25）。酒を入れる桶を作り（26）、桶の下に竹の管をつけ（27〜31）、ついに飲めるようになった（32）。桶作りの材料にはスピカホ山（神聖視されている山なのであろう）の木の板を使い（33・34）、酒造りには熊の胆嚢を添加する（35・36）。酒を受ける杯《さかづき》や酒入れの器と壺は銅や鉄で作る（37、38）。桶の下の管の作り方を再確認する（39・40）。酒を飲む器は皮製の茶碗ということもある（41）。また酒の飲み方では、ビモは左手で酒や杯を渡し、主人（客）は右手でそれを受けるのが作法である（112〜116）。

次に、この酒を捧げる相手は「土司《トゥースー》（中央政府から任命された首長で、その民族の部落の酋長）」（42）になっている。しかし46句からあとは「あなた」となっているので、その日に酒を勧められている客ならだれでもよい表現になっている。いわば、首長に対する賛辞と客に対する賛辞が二重になっているのである。

さて、酒には、生殖能力が強くなって家族がたくさん増え、子孫も繁栄すること（43〜46、67〜80、95〜106）、財産が増える（47?〜49）、寿命が長くなる（50〜66、117〜121）という効用がある。また、頭がきれいになる（81・82）、肩がきれいになる（83・84）、足がきれいになる（85・86）、鼻がきれいになる（87・88）、話が上手になる（89〜94）、足が強くなって速く歩けるようになる（107〜111）という効用もある。これらの背景には、万物が生まれた神聖なときに「（神聖な）父と母」（9）から生まれた酒なのだから、絶大な「祥瑞と幸福」（117）を与えてくれるのだという酒讃《ほ》めの観念が存在している。

ところで、「71 一羽が九〇〇〇羽を産み、二羽が八〇〇〇羽を産む」というふうに、合理的な計算とは矛盾する歌詞がある。これは、口誦の表現の内側での言い回しの心地よさが重視され、意味的な合理性は捨てられている例である。ほかにも、「76 一匹の蜂が九〇〇〇匹を産み、二匹の蜂が八〇〇〇匹を産む」「80 一匹の魚が九〇〇〇匹を産み、二匹の魚が八〇〇〇匹を産む」、「118 あなたが一〇〇〇歳まで……」「119 あなたが一〇〇〇歳まで……」などの例がある。

「酒を勧める歌」には、ほかにも、「頭に飲む」(81)、「肩に飲む」(83)、「足に飲む」(85)、「鼻に飲む」(87)、「口に飲む」(89)、「腰に飲む」(95)というふうに、身体の各部位を順に追っていく描写があり、これも口誦の表現様式の一つとして考えていい。

この身体部位を順に追っていく描写は、文字で記録された中国古代神話にも存在する。以下に引用するような盤古《ばんこ》神話や、中国少数民族のあいだに流布している同系統の神話にその事例が多い。

> 彼【盤古】が死に臨んだ時、突然全身に大変化が起った。彼が口から吐き出した息は風と雲になり、声は轟々たる雷鳴となり、左目は太陽に、右目は月に変り、手足と体は人地の四極と五方の名山に変り、血は河川に、筋は道に、肉は田畠に、髪と鬚は天上の星々に、皮膚と毛は草木樹木に、歯、骨、骨髄などはキラキラ光る金属、堅い石、まるい珠そして柔みのある玉となり、あの一番役に立たぬ汗は旱天の雨露となった(以下略)。(袁珂『中国古代神話』伊藤敬一・高畠穣・松井博光訳、みすず書房、一九六〇年)

このように、人体の各部位、各属性を追うようにして描写を持続させていく口誦の神話の様式は、『古事記』『日本書紀』の、次に引用するような表現の中にも見られる。

殺さえし迦具土神《かぐつちのかみ》の頭《かしら》に成れる神の名は、正鹿山津見神《まさかやまつみ》。次に胸に成れる神の名は、淤《お》縢《ど》山津見神。次に腹に成れる神の名は、奥《おく》山津見神。次に陰《ほと》に成れる神の名は、闇《くら》山津見神。次に左の手に成れる神の名は、志芸《しぎ》山津見神。次に右の手に成れる神の名は、羽《は》山津見神。次に左の足に成れる神の名は、原《はら》山津見神。次に右の足に成れる神の名は、戸《と》山津見神。（神代記）

故、左《ひだり》の御美豆良《みみづら》に刺せる湯津津間櫛《ゆつつまぐし》の男柱一箇《をばしらひとつ》取り闕《か》きて、一つ火燭《びとも》して入り見たまひし時、宇士多加礼許呂呂岐弖《うじたかれころろきて》、頭《かしら》には大雷《おほいかづち》居《を》り、胸には火雷《ほのいかづち》居り、腹には黒雷《くろいかづち》居り、陰《ほと》には拆雷《さき》居り、左の手には若雷《わか》居り、右の手には土雷《つち》居り、左の足には鳴雷《なり》居り、右の足には伏雷《ふし》居り、并せて八《や》はしらの雷神《いかづちがみ》成《な》り居《を》りき。（神代記）

又食物《をしもの》を大気津比売神《おほげつひめ》に乞ひき。爾《ここ》に大気津比売、鼻口及尻《はなくちまたしり》より、種種《くさぐさ》の味物《ためつもの》を取り出《いだ》して、種種作り具《そな》へて進《たてまつ》る時に、速須佐之男命《はやすさのをのみこと》、其の態《しわざ》を立ち伺《うかが》ひて、穢汚《けが》して奉進《たてまつ》ると為《おも》ひて、乃《すなは》ち其の大宜津比売神《おほげつひめ》を殺しき。故《かれ》、殺さえし神の身に生《な》れる物は、頭《かしら》に蚕《かひこ》生り、二つの目に稲種《いなだね》生り、二つの耳に粟《あは》生り、鼻に小豆《あづき》生り、陰《ほと》に麦《むぎ》生り、尻《しり》に大豆《まめ》生りき。故是《ここ》に神産巣日御祖命《かみむすひのみおや》、茲《こ》れを取らしめて、種《たね》と成《な》しき。（神代記）

月夜見尊《つくよみのみこと》、勅《みことのり》を受けて降《くだ》ります。已《すで》に保食神《うけもち》の許《もと》に到りたまふ。保食神、乃《すなは》ち首《かうべ》を廻《めぐ》らして国に向《むか》ひしかば、口より飯《いひ》出づ。又海に向ひしかば、鰭の広《はたひろもの》・鰭の狭《さもの》、亦《また》口より出づ。又山に向ひしかば、毛《け》の麁《あらもの》・毛の柔《にこもの》、亦口より出づ。夫《そ》の品の物《くさぐさ》悉《ふつく》に備《そな》へて、百机《ももとりのつくゑ》に貯《あさ》へて饗《みあへ》たてまつる。是《こ》の時に、月夜見尊、忿然《いか》りて作色《おもほてり》して曰《のたま》はく、「穢《けがらけ》しきかな、鄙《いや》しきかな、寧《いづくに》ぞ口より吐《たぐ》れる物を以《も》て、敢《あ》へて我《われ》に養《あ》ふべけむ」とのたまひて、廼《すなは》ち剣《つるぎ》を抜きて撃《う》ち殺しつ。（略）保食神、実《まこと》に已《すで》に死《まか》れり。唯《ただ》し其の神の頂《いただき》に、牛馬《うしうま》化為《な》る有《あ》り。顱《ひたひ》の上《うへ》に粟《あはな》生れり。眉《まゆ》の上に蚕《かひこ》生れり。眼《め》の中に稗《ひえ》生れり。腹《はら》の中に稲《いね》生れり。陰《ほと》に麦《むぎ》及び大小豆《まめあづき》生れり。（神代紀第五段の第十一の一書）

『古事記』『日本書紀』は、「神話の現場の八段階」モデルでは《第七段階》の神話にあたるものだが、しかし、歌う口誦の神話の語り口の一部はこのような散文体文章の部分にも随所に残されていることがわかる。

ここで、『古事記』や『日本書紀』の表現の中から、一字一音表記でかつ「酒」にかかわるいくつかの歌について、この［酒を勧める歌］との比較を試みてみよう。

［A］　是《ここ》に還《かへ》り上《のぼ》り坐《ま》しし時、其の御祖《みおや》息長帯日売命《おきながたらしひめのみこと》【神功皇后】、待酒《まちざけ》を醸《か》みて献《たてまつ》らしき。爾《ここ》に其の御祖、御歌《みうた》曰《よ》みしたまひしく、

①この御酒《みき》は　我《わ》が御酒ならず　酒の司《くしかみ》　常世《とこよ》に坐《いま》す　石立《いはた》たす　少名御神《すくなみかみ》の　神寿《かむほ》き　寿《ほ》き狂《くる》ほし　豊寿《とよほ》き　寿《ほ》き廻《もとほ》し　献《まつ》り來《こ》し御酒《みき》ぞ　乾《あ》さず食《を》せ　ささ

とうたひたまひき。如此《かく》歌ひて大御酒を献《たてまつ》りたまひき。爾に建内宿祢命《たけしうちのすくねのみこと》、御子【のちの応神

天皇】の為《ため》に答へて歌曰《うた》ひけらく、

②この御酒《みき》を　醸《か》みけむ人は　その鼓《つづみ》　臼《うす》に立てて　歌ひつつ　醸《か》みけれかも　舞ひつつ
醸《か》みけれかも　この御酒の　御酒の　あやにうた楽《だの》し　ささ

とうたひたまひき。此《こ》は酒楽（さかくら、さかほかひ、さかほき）の歌なり。（仲哀天皇記）

［B］　皇太后《おほきさき》、太子《ひつぎのみこ》に大殿《おほとの》に宴《とよのあかり》したまふ。皇太后【神功皇后】、觴《みさかづき》を挙《ささ》げて太子【のちの応神天皇】に寿《さかほかひ》したまふ。因《よ》りて歌《みうたよみ》して曰《のたま》はく、

①此《こ》の御酒《みき》は　吾《わ》が御酒ならず　神酒《くし》の司《かみ》　常世《とこよ》に坐《いま》す　いはたたす　少御神《すくなみかみ》の　豊寿《とよほ》き
寿《ほ》き廻《もとほ》し　神寿《かむほ》き　寿《ほ》き狂《くる》ほし　奉《まつ》り来《こ》し御酒《みき》そ　あさず飲《を》せ　ささ

武内宿祢《たけしうちのすくね》、太子の爲に答歌《かへしうた》して曰《まう》さく、

②此《こ》の御酒《みき》を　醸《か》みけむ人は　その鼓《つづみ》　臼《うす》に立てて　歌ひつつ　醸《か》みけめかも　此《こ》の御酒《みき》の
あやに　うた楽《だの》し　ささ　（神功皇后紀）

［A］［B］歌謡は、①で「常世《とこよ》」（理想の他界）にいる「酒《くし》の司《かみ》」（酒造りの頭領）である「少御《すくなみ》神《かみ》」が造ったものだというふうに、酒の神聖性を強調している。また、②の「この御酒《みき》を　醸《か》みけむ人は　その鼓《つづみ》　臼《うす》に立てて　歌ひつつ　醸《か》みけれかも　舞ひつつ　醸《か》みけれかも」は、「醸《か》む」が米を口で噛んで酒槽《さかふね》（酒造り用の桶）に吐き入れて発酵させることだから、この歌詞は酒の造り方の一部分を歌っていることになる。また、「その鼓《つづみ》　臼《うす》に立てて　歌ひつつ　醸《か》みけれ

かも　舞ひつつ　醸《か》みけれかも」は、鼓を「臼」（米を搗《つ》く臼あるいは酒槽《さかふね》）の縁に立て（鼓を臼のように立てる、とする解釈もある）、呪力ある酒造り歌を歌い、また鼓と歌に合わせて舞いも舞いながら米を噛み、酒槽《さかふね》に吐き入れて発酵させた、というように、この歌詞もまた、酒の造り方の一部分を歌っていることになる。するとこれらは、先に述べた、「生産叙事」の歌であることがわかる。したがって、イ族の［酒を勧める歌］やプイ族の「ウンラオ（酒歌）」の内容とも通じるだろう。

しかし、［A］［B］歌謡は、イ族の［酒を勧める歌］やプイ（布依）族の「造酒歌」が酒造りや酒の享受の「全過程」を描写しているのに較べると、いちじるしく断片化されたものだということがわかる。おそらくは、縄文・弥生期にまで遡る〈古代の古代〉の日本列島においては、イ族の［酒を勧める歌］やプイ族の「造酒歌」のように「全過程」を描写する勧酒歌が存在していたものと思われるが、それが「神話の現場の八段階」モデルの《第一段階》の性格を徐々に失い、『古事記』『日本書紀』に記録される《第七段階》のころには、すでに「酒楽（さかくら、さかほかひ、さかほき）の歌」と固有名を与えられた短い芸能歌謡に転じていたのであろう。

芸能歌謡に転じた勧酒歌の中には、次に引用する［C］の歌謡部分のように、「少御神《すくなみかみ》」が造ったという部分が「大物主《おほものぬし》」の神が造ったとして歌われる伝承のものもあったのであろう。

［C］天皇《すめらみこと》、大田田根子《おほたたねこ》を以《も》て、大神《おほみわのかみ》を祭《いはひまつ》らしむ。是《こ》の日《ひ》に、活日《いくひ》自《みづか》ら神酒《みわ》を挙《ささ》げて、天

皇に献《たてまつ》る。仍《よ》りて歌《うたよみ》して曰《い》はく、

此の神酒《みき》は　我《わ》が神酒ならず　倭成《やまとな》す　大物主《おほものぬし》の　醸《か》みし神酒《みき》　幾久《いくひさ》　幾久《いくひさ》

如此《かく》歌《うたよみ》して、神宮《かみのみや》に宴《とよのあかり》す。（崇神天皇紀）

「少御神《すくなみかみ》」は別名をスクナヒコの神と言い、また「大物主《おほものぬし》」の神は別名をオホナムチの神と言い、このスクナヒコとオホナムチはしばしば〈対《つい》〉で行動する。したがって、神聖な酒を「醸《か》」んだ起源の神は、もともとはスクナヒコとオホナムチの両者であった可能性が高く、おそらくは、この両者が登場するより詳しい歌詞の勧酒歌が、〈古代の古代〉の日本列島には存在していたのだろう。

ところで、イ族の［酒を勧める歌］で酒を勧められる「土司《トゥースー》」が、一般的な〝主人〟となり、歌い手が権威者としてのビモではなく放浪の芸能者へと転じれば、後世の〝門付《かどづ》け〟の芸人になる。この場合は、歌い手は〝主人〟よりも下位の者、さらには〝賤しき者〟という位置づけになる。次に引用する［D］はその一例である。

［D］　白髪天皇《しらかのすめらみこと》【清寧天皇】の二年の冬十一月《ふゆしもつき》に、播磨国司山部連《はりまのくにのみこともちやまべのむらじ》の先祖伊予来目部小楯《とほつおやいよのくめべのをだて》、赤石郡《あかしのこほり》にして、親《みづか》ら新嘗《にひなへ》の供物《たてまつりもの》を辨《そな》ふ（略）。適《たまたま》縮見屯倉首《しじみのみやけのおびと》、新室《にひむろ》に縦賞《あそび》して、夜《よ》を以《も》て昼《ひる》に継《つ》げるに会《あ》ひぬ。（略）夜深《よふ》け酒酣《さけたけなは》にして、次第《ついでついで》舞《ま》ひ訖《をは》る。（略）是《ここ》に、小楯《をだて》、絃撫《ことひ》き

て、秉燭《ひとも》せる者《もの》に命《ことおほ》せて曰《い》はく、「起《た》ちて舞へ」といふ。是《ここ》に、兄弟相譲《あにおとあひゆづ》りて、久《ひさ》に起《た》たず。小《を》楯《だて》、責《せ》めて曰はく、「何為《なにす》れぞ太《はなは》だ遅《おそ》き。速《すみやか》に起《た》ちて舞へ」といふ。億計王《おけのみこ》【兄、のちの仁賢天皇】、起《た》ちて舞《ま》ひたまふこと既《すで》に了《をは》りぬ。天皇《すめらみこと》【億計王《おけのみこ》の弟顕宗天皇、このときはまだ弘計王《をけのみこ》】、次に起ちて、自《みづか》ら衣帯《みそみおび》を整《ひきつくろ》ひて、室寿《むろほき》して曰《のたま》はく、

築《つ》き立《た》つる　稚室葛根《わかむろかづね》、築《つ》き立《た》つる　柱《はしら》は、此《こ》の家長《いへのきみ》の　御心《みこころ》の鎮《しづまり》なり。取《と》り挙ぐる　棟《むねうつ》梁《はり》は、御心《みこころ》の林《はやし》なり。取《と》り置《お》ける　椽橑《はえき》は、此《こ》の家長《いへのきみ》の　御心《みこころ》の斉《ととのほり》なり。取《と》り置《お》ける　蘆萑《えつり》は、此《こ》の家長《いへのきみ》の　御心《みこころ》の平《たひらか》なるなり。取《と》り結《ゆ》へる　縄葛《つなかづら》は、此《こ》の家長《いへのきみ》の　御寿《みいのち》の堅《かたまり》なり。取《と》り葺《ふ》ける　草葉《かや》は、此《こ》の家長《いへのきみ》の　御富《みとみ》の余《あまり》なり。出雲《いづも》は　新墾《にひはり》、新墾《にひはり》の　十握稲《とつかしね》を、浅甕《あさらけ》に　醸《か》める酒《おほみき》、美《うまら》にを　飲喫《やら》ふるかわ。吾《わ》が子等《こども》。脚日木《あしひき》の　此の傍山《かたやま》に、牡鹿《さをしか》の角《つの》寿《ささ》げて　吾《わ》が舞《ま》ひすれば、旨酒《うまさけ》　餌香《ゑか》の市《いち》に　直以《あたひも》て買《か》はぬ。手掌《たなそこ》も　亮《やらら》に　拍《う》ち上《あ》げ賜《たま》ひつ、吾《わ》が常世等《とこよたち》。（顕宗天皇即位前紀）

これは、「冬十一月《ふゆしもつき》」の「新嘗（にいなめ・しんじょう）」の宴席での出来事である。億計《おけ》王と弟の弘《を》計王（のちの顕宗天皇）は、二十五年前に雄略天皇に殺された父市辺押磐皇子《いちのべのおしはのみこ》の遺子で、今は身分を隠し名を改めて縮見屯倉首《しじみのみやけのおびと》に仕えていた。この夜は、竈《かまど》のそばにいて、あちこちの篝《かがりび》火の番をしていた。したがって、ここでの兄弟は〝身分の賤しき者〟として扱われているのであり、その〝賤しき者〟が、舞いを舞い、寿歌を歌うという〈芸能〉を演じていたことにな

る。

ここでは、寿歌を歌う者は〝身分の賤しき者〟、寿歌を捧げられる者は歌詞の中では「家長《いへのきみ》」で、現実には縮見屯倉首《しじみのみやけのおびと》という地方首長である。イ族の［酒を勧める歌］では、歌い手は権威ある呪的専門家ビモ、歌を捧げられる者は歌詞の中では地方首長「土司《トゥースー》」で、現実には遠来の客の私たちである。したがってこの［D］資料は、「神話の現場の八段階」モデルの《第一段階》でムラ段階の社会で実用的に生きていた神話歌が、ムラや祭式の場を離れて浮遊し、放浪の芸能者や〝身分の賤しき者〟の持ち芸へと転じていく流れをよく示したものだと言える。

［D］歌謡部の前半部「室寿《むろほき》」「築《つ》き立《た》つる　稚室葛根《わかむろかづね》」から「此《こ》の家長《いへのきみ》の　御富《みとみ》の余《あまり》なり」までは、新築祝いの際の寿歌である。しかし、「出雲《いづも》は　新墾《にひはり》」で始まる後半部は、宴席を盛り上げるための宴会歌である。この後半部に、「出雲《いづも》は　新墾《にひはり》、新墾《にひはり》の　十握稲《とつかしね》を、浅甕《あさらけ》に　醸《か》める酒《おほみき》」（出雲の開墾されたばかりの良い田でできた立派な稲を、浅い瓶《かめ》で醸造した酒）というふうに、酒を讃める歌詞があるが、これは酒の起源を語り、その始まり以来継承されている酒造りのし方を語る「生産叙事」の簡略化されたものであり、［A］「少名御神《すくなみかみ》」、［B］「少御神《すくなみかみ》」、［C］「大物主《おほものぬし》」のような具体的神名は無いにしても、その酒が立派なものであることの由緒を歌うという点では共通のものだとしていい。

9　記紀歌謡の歌詞の意味と歌われる目的は必ずしも一致しない◆◆神話は局面によって使い分けられる（「表現態」「社会態」からの視点）

ビモたちとモソツホ氏からの聞き書き（一九九七年三月十五日）によれば、「ネツォテイ」には「黒ネウォ」と「白ネウォ」の違いがある。「黒ネウォ」は、主に起源を語る総綱（総則）で、陽、雄《オス》、小、少を意味する。一方の「白ネウォ」は、人類が登場したあとの細かい部分で、陰、雌《メス》、大、多を意味する。両者の使い分けは次のようなものである。

A／「黒ネウォ」（死亡の歴史）は、葬式と先祖祀《まつ》りのときに歌う。いわば死の起源。歴史的にどういう人がどういうふうに亡くなったか、ということを語っているのがほとんどなので、葬式と先祖祀りのときに歌う。「白ネウォ」（天地開闢での、万物の生まれの歴史）は、結婚式で歌う。

Q／「ネウォテイ」はどういうときに歌うのか？

A／①葬式のときには「ネウォ」（死の起源＝どういう人がどう死んだか）を歌う。特に、老人が亡くなったとき、死者に天界へ行くための道を案内する。死の起源（黒ネウォ）はレベルが高い「ネウォテイ」だ。長さは短い。

②先祖を祀るときにも「黒ネウォ」（死の起源）を歌う。霊棚（魂の小屋）を作ってビモが中

に入り、外にいる普通の人と問答する。人類が生まれた昔のことを語る。人類の起源を語る。これも「黒ネウォ」。

③結婚のときには「白ネウォ」（生まれの歴史）を歌う。娯楽的、文芸的な内容の「白ネウォ」儀礼を行なう。詩歌が多く、文芸的で長い。系譜のようなもの。万物誕生の創世神話。天地開闢。結婚し、子孫が生まれるようにということから人類の系譜が多い。生まれの歴史は、「ネウォ」としてはレベルが低い。

Q／「黒ネウォ」と「白ネウォ」を、同時に一緒に歌う場合はあるか？

A／無い。白と黒は分けて歌う。

このように、「ネウォテイ」という創世神話の中でも、その内容に応じて、「黒ネウォ」と「白ネウォ」と区別され、それぞれが、葬儀・先祖祭祀や結婚式などに使い分けられていたという。これをモデルとすれば、『古事記』（『日本書紀』『風土記』も含めて）の神話も、いくつかの局面で使い分けられていたものが、その区別がわからなくなってただ並列的に並べられている可能性がある。『古事記』神話について考える際にも、このように局面により神話が使い分けられた可能性を想定する必要があるだろう。

さらに付け加えていえば、内容としては特別に「死」と関係している部分は無い歌が、メロディーが悲しげなので葬儀で歌われる例がある。これは少数民族の例ではないが、中国陝西《せんせい》省紫陽県の農村部の漢族の場合、「十二ヶ月の歌」という問いと答えで進行する掛け歌が葬儀で歌われるという。

「十二ヶ月の歌」が歌われる理由は、歌い手たちによれば旋律が悲しい曲調であるため葬儀にふさわしいからである。（略）歌詞は何か悲しいと感じさせられるような内容ではないがどうなのかと質問すると、歌い手たちはメロディーが悲しいと言う。以上のことから、この歌が葬儀で歌われる重要さは、現地の人たちの意識は歌詞ではなくメロディーなのだというのがこのことからわかる。（飯島奨「日本上代文学における歌垣の機能に関する一研究」二〇一〇年度博士論文、未刊）

このことは「**1　ヤマトタケル葬歌は……**」で述べたこととも重なるが、私たちが眼にしている『古事記』の神話は、ここで言う「メロディー」の部分を失った〝文字の神話〟である。近代社会に生きている私たちは、文字文化が当たり前になっているので、『古事記』を読むときに、ついつい言葉や内容の〝意味〟に重きを置きすぎてしまう。ところが、「十二ヶ月の歌」のように内容は歴史的人物についての知識を十二か月に配分しているだけのものであるのに、メロディーが悲しいという理由で葬歌になっている例があるのだから、『古事記』神話にもそのようなものが含まれている可能性はあるのである。

10 イザナミの呪いとイザナキの呪い返し◆◆呪術支配社会での呪い返しの重要性（「社会態」からの視点）

この大涼山美姑地域のイ族は、呪《のろ》い返しの儀礼を七月末～八月初め（旧暦）に集中的に行なうが、それ以外の臨時のものもあるので、平均すると一家族で一年間に三回くらいは行なっているという。

呪い返しはビモだけが行ない、スニは行なわない。スニは「鬼」と交流しているから、呪いをかけることはできる。しかし、呪いを祓う儀礼はビモにしかできない。

ビモは「鬼」だけでなく神とも交流しているので、神を使って呪いをかけることができるし、呪いを祓うこともできる。呪いかけは、泥で人形を作り、人形の目を刺したり腰を刺すと相手の目や腰が痛くなるというようなものである。

呪いをかけるのは、部族間の闘いのときに、闘いの前に呪いをかけて相手を殺そうとする。また、妻を奪われたり、家の物を盗まれたときにも呪いかけをする。

呪いをかけられたときは、ビモに頼んで呪い返しをしないと、自分が破滅する。また、自分では気づかぬうちに呪いをかけられていることがあるので、用心のために随時呪い返しの儀礼を行なうのである。

正式な呪い返し儀礼では、牛・綿羊・山羊・豚・鶏を生け贄にするのでかなりの出費になるのだが、それでも年に三回くらいはこの儀礼を行なわないと不安でならないほど、それは切実な思いなのである。

日本古代においては、特に平安期の貴族たちが陰陽道《おんみょうどう》的な呪術に強く縛られていたことが知られているが、縄文・弥生期を中心とする〈古代の古代〉のヤマト族のあいだでは、陰陽道のように体系化される以前の、シャーマニズム（広く自然界のすべてに精霊の存在を感じとるアニミズムを基盤とした呪術）が存在していたことだろう。美姑のイ族の呪い返しには、道教の影響もあるようだが、原始的なシャーマニズムの要素のほうをより強く感じる。

〈古代の古代〉のヤマト族にもイ族的な原始的シャーマニズムが存在したかもしれないという立場に立てば、『古事記』にもその痕跡をいくつか指摘できる。

たとえば、黄泉の国神話において、死者イザナミが生者イザナキに向かって「あなたたちの世界の人を一日に千人殺すぞ」と言って脅したのは呪いかけであり、それに対してイザナキが「一日に千五百人が生まれるようにする」と言い返したのは呪い返しだったとしていい。この呪い返しによってイザナミの呪いはその効力を一部減じ（人間が死ぬようになったこと自体は変えられなかったが）、生者の世界の人口が増えていくという新たな秩序は獲得できたのである。

また、オホヤマツミがホノニニギに対して、「私の娘を二人献上したのは、イハナガヒメをそばに置けば、神の御子の命は永遠だろう、またコノハナノサクヤビメをそばに置けば、花のように栄えるだろう」とウケヒ（誓約の呪術）を行なって献上した。しかし、イハナガヒメだけは返してよこしたので、オオヤマツミが「これから神の御子の寿命は、木の花のように短くなるだろう」と呪いの言葉を発した結果、今に至るまで天皇の命は永遠ではなくなってしまったという。この場合ホノニニギは、かけられた呪いに対して呪い返しをしていないので、呪いがそのまま効力を発揮してしまったことになる。これは、呪い返しをしなかった場合には自分が破滅すると語る事例の一つだとしていい。

11 桃の神オオカムヅミは外来種◆◆桃からの英雄の誕生（「話型」「話素」からの視点）

第一回調査（一九九七年）の際に、ビモたちから次のような神話を聞くことができた。

夫婦が野良仕事をしていた。その畑のかたわらに一本の桃の木があり、桃が二つ実っていた。夫は鍬を投げ上げてその二つの桃の実を落とした。一つを妻に与え、一つは自分が持った。妻は桃を一口食べた。夫は食べずに家に持ち帰った。妻の持ち帰った桃は女の子になったが、一口食べてあるので顔に傷がある。夫の桃は男の子になり、ゼジソフという英雄になった。

この「ゼジソフという英雄」は私の記録した創世神話「ネウォテイ」には登場しない。先にも述べたように、生きている神話は多種多様な内容を持つので、別のビモあるいは別の地域のイ族の語る神話には、この「ゼジソフという英雄」が登場する神話があるのかもしれない。

桃から英雄が誕生したというモチーフは、日本の桃太郎の話と共通する。昔話の桃太郎が日本の内側でできあがったのか、あるいは中国など外国から入ってきたものかという議論があるが、もともと私たちが知っているあの大粒の桃自体は、大陸の中国から入って来たものだという（日本列島にもともとあった桃は小粒のヤマモモだったという）。

『古事記』では、イザナキが黄泉の国から脱出する際に、ヨモツヒラサカにあった桃の木から実を三つ取り、追撃してくる黄泉軍《よもついくさ》に投げつけて撃退したので、その桃にオホカムヅミ（のみこと）という名を与えたと語る。これは、もともとからヤマトの神話だったかのように見せているが、実は大粒の桃も、また桃が災厄を祓うという観念も中国大陸から流入したものであろう。すると、昔話の桃太郎も、その根をたどれば中国大陸のたとえばイ族のこの「ゼジソフ」神話とも結びついてくるのではないだろうか。

『古事記』の古層の多くの部分は、たとえそれが外来種のものであっても、いったん流入したあとは日本列島内で独自に発展して（ガラパゴス化して）安定した形に転じたのであろう。『古事記』を読む場合には、外来種の部分と、そのあとの日本列島内での独自の発展の部分と、そしてもともと日本列島内での在来種であった部分との見分けが重要になる。

12 〈古代の古代〉の呪術世界に現実感ある像を結ぶ◆◆縄文土偶との類似と占いのそれなりの説得性（「社会態」からの視点）

第一回調査（一九九七年）の際に、二人のビモが生卵を用いた占いをしてくれた。その概略は以下のとおりである。

①ビモは右手に卵、左手にヨモギの小枝を持ち、占ってもらう人の頭を卵で軽く触れたり撫でたりして、簡単にお祓いをする。
②ビモが針で卵に穴をあける。
③占ってもらう人がその卵に息を吹き入れ、その卵で自分の頭や身体を三回撫でる。
④水を入れた椀に卵を割り入れ、卵の白身が水の中で漂う様子（形状・色）、水面にできた泡などの状態を見る。ときどき箸で泡に触れたりする。
（この間に、代理の者がヨモギの小枝を戸外に投げ捨てる）
⑤割れた卵の殻を手に持ち、殻で水の表面を撫でつける。
⑥黄身を殻で突いて崩し、水面に殻を浮かべ、殻が水面で回る様子などを見る。
⑦殻を取り出して、箸で大胆に水をかき回す。
⑧渦巻いている水面に再び卵の殻を投げ入れ、殻がどの方向で止まるかを見る。

⑨占いの結果を言う。

（特に④と⑥の状態を見て、当人の病名、当人への霊の取り憑きの理由、霊が当人の家を守るかどうかなどを占うという）

ビモ曲比拉果《チョビラゴ》氏が、まず工藤隆について占い、「ほかの人が（工藤隆の）悪口を言ったりするが、自分が強いから大丈夫。魂が恍惚状態になることがある。奥さんはこの人（工藤隆）の中に棲んでいる。二人は大変相性がいい」と述べた。

私と私の妻を知る友人のあいだでは、この占いについて、かなり当たっていると言う人が多い。呪術主導の社会においては、占いの手段が、卵、鶏の骨その他いろいろではあっても、呪的専門家は日々に人間と社会の観察を重ねて、綜合的に状況を判断する洞察力を鍛えているのだと思う。そのような洞察力は現代社会でも、指導者的立場の人ならだれでも局面に応じて随所で発揮しているものであろう。したがって、こういった占いが当たっていたからといって、これをあまり神秘化してはならない。これは、日本古代文学作品に出てくる呪術についても同じことが言えるのであって、それらはその時代なりの綜合的な洞察力が発揮されている場面だと読む必要があるだろう。

なお、次のような、ビモ的惹洛曲《ディズロチョ》氏が工藤綾子を占った結果の前半部は、特段当たっているとも言えない。その内容は、「手か足が悪いか、手が腫れる。それは、子供を埋めた土葬の所かどこかを踏んで、邪気が付いたため。邪気を祓うには、泥で作った三体の人形の、手、足、目などを壊して、盆に載せて供え物をして唱える。そのあと、ほかの人に外へ持って行ってもらう。この人(工藤綾子)は、魂が自分の中にしっかりいる」というものである。「手か足が悪いか、手が腫れる」ということはまったく無いし、「子供を埋めた土葬の所かどこかを踏んで」などということも、日本での生活の中ではまったく無い。ビモの思考世界には、近代化の進んだ日本の都市社会の姿は無いので、「子供を埋めた土葬の所」などという表現が出てくるのである。

なお、同じ第一回調査の三月十九日にスニに依頼して、鬼祓いの儀礼を行なってもらった。この儀礼が終わったあとでスニが、生け贄に使った鶏の喉《のど》の骨を使って〈鶏の骨占い〉をした(鶏の骨占いは、ハニ族、ワ族など多くの少数民族が行なっている)。そのときスニは、「この大きい骨はこっちを向いているからいい。外側を向いていると財産が儲からない。もしまた我々が会うチャンスがあるとすれば、それは四年後のことだ」と述べた。

美姑を第二回調査で訪問したのは二〇〇〇年九月だったので、このスニの占いの日から三年六か月後には、美姑の人々との再会を果たせたことになる(このスニとは会わなかったが)。「四年」と「三年六か月」の近似は、不思議といえば不思議、単なる偶然といえば偶然である。前述のビモの占いのそれなりの説得性にならって言えば、スニの綜合的な洞察力に偶然が重なったということであろう。

話を元に戻せば、興味深いのは後半部の「邪気を祓うには、泥で作った三体の人形の、手、足、目などを壊して」という部分である。というのは、釈迦堂遺跡（山梨県）で一一五八個体の縄文中期の土偶が発見され、その各個体のほとんどが人体土偶の一部分だったという事実の解釈に、一つの可能性を提示するかもしれないからである。それらは手、足、頭などが意図的にバラバラにされていたこともわかったので、大涼山イ族の、泥人形の一部を壊して病気を祓う呪術と通じる呪術によるものであった可能性の一つとして検討する価値はあるだろう。

先に「**10　イザナミの呪いとイザナキの呪い返し**」でも述べたことだが、縄文・弥生期的なムラ段階の社会における呪術の必要性の度合いは、後世の私たちが想像できる範囲をはるかに超えたものであったろう。その呪術の目的にしても、近代的な思考世界の枠組に当てはまらないものがたくさんあったのではないか。『古事記』に登場する数々の呪術の意味を解釈する際に、近代的思考の枠組みをどのようにして超えるかが課題なのである。

これは、釈迦堂遺跡の破片土偶だけでなく、考古学全体についても言えることである。例を挙げれば、一九九七年、奈良県天理市の黒塚古墳で三十四枚の三角縁神獣鏡が発見された。考古学者による解説の多くは、この鏡は死者（死体）を邪悪な霊などから守るためのものであったろうとしている。しかし、写真（奈良県立橿原考古学研究所『黒塚古墳』学生社、一九九八年、所載）で見るかぎりでは、これらの鏡はキラキラ光っていたはずの表側を、死体の側に向けている。シベリアなどのシャーマンが呪的衣裳に飾りつける複数の鏡の例でもわかるように、呪的鏡はキラキラ光る表側こそが邪悪な霊を撃退する力を持っているのである。ということは、黒塚古墳の鏡は、死体自体を邪悪なものとして扱い、その悪しき死霊が生者に害（祟り）をなさぬようにと鎮め封じ、管理していると解釈することもできる。どれほど親しかった者でも、どれほど敬まわれた王でも、死体となってしまえば一様に、生者に害なす悪しき死霊と化す、これが呪術社会の感覚の生々しい現実である。

私はすでに、『古事記の起源——新しい古代像をもとめて』でも述べたが、縄文期の、死体を折り曲げる屈葬《くつそう》や、死体の胸や腹の上に大きな石を置く抱石葬《だきいしそう》は、胎児の形にすることや石の生産呪力に頼ることで再生・復活を願うものだという解釈があるにしても、中国少数民族ヌー（怒）族そのほかの葬送観念から類推すれば、死霊が二度と生者の世界に戻って来ないようにという〝遮断の呪術〟だった可能性があるのである。

13 古事記は優勢民族の視点で覆われている◆◆自民族の劣っている点を認める神話（「話型」「話素」からの視点）

第一回調査（一九九七年）の際に、酒庫郷《サークー》以作村《イーズオ》（標高二二〇五メートル）を訪問した際に、歌い手（ビモではない）が歌ってくれた「ネウォテイ」の一部は次のようなものである。

チョプジュム（「14 洪水が氾濫する」の第三二四六句に初出の曲普篤慕《チョプジュム》）は天の神様の娘と結婚し、その妻は三人の男子を産んだ。三人の男子は口が不自由で言葉を話すことができなかった。鳥を発見して、どうすればよいのかを天の神に聞きに行かせた。天の神は教えてくれなかった。その鳥は天の神の話をこっそり聞いた。人間界に戻って知らせようと思ったが天の神が追って来て、鳥の尾を踏んで切った。だからその鳥は、今も尾が短い。

その鳥は人間界に戻って来て、チョプジュムに知らせた。湯を沸かして竹の葉を湯の中に入れ、その竹で三人の息子を打ったら話せるようになるという。その方法で三人の息子を打つと、長男は漢語が話せるようになり、次男はチベット語が話せるようになり、三男はイ語が話せるようになった。しかし、言葉が違うので兄弟だが互いに言葉が通じなかった。

三人の息子は、今度は家を分けた。漢族の長男は石で境を作り、平地を取った。次男のチベット族は草で境をして、野原を取った。三男のイ族は木で境を作り、山を取った。漢族の長男は山の下の平地の田圃のあるところに住んで、とても賢いことに火事を起こして山と野原を焼いてしまった。そして、それらの土地を全部取ってしまった。だからチベット族とイ族は、漢族に奪われてしまったので土地は無い。

これは、自分たちの生活の貧しさや愚かさを認める神話である。このような事例はイ族に限らず少数民族の神話一般に顕著である。私の調査した範囲内では、以下に示すように、ハニ（哈尼）族もワ（佤）族も、自分たちがいま漢族に比べて貧しい生活を送っているのは、自分たち自身の知恵の無さや人格的弱点に原因があるからだとする神話を持っている。これは、自分たちの負の現実の存在を認め、その現実に密着してなおかつそれを神話的物語世界の中で無化しようとする〝神話のリアリズム〟である。

しかしこの現象は、一般に『古事記』のような国家段階の神話においては見られなくなる。それは、国家神話というものが、その〈国家〉および統治者の権威を高める方向の神話しか採用しないからであろう。したがって、『古事記』からは「自民族の劣っている点を認める神話」は排除されているはずであり、その結果としてムラ段階の神話には存在したであろう、負ではあっても自己像として認めようとする〝神話のリアリズム〟が失われ、国際関係のように〝政治のリアリズム〟が求められる場面でも願望・妄想を基準に動いて行きがちな近代日本の行動形態の源になっている。

『古事記』『日本書紀』『風土記』には、天皇氏族との関係で少数民族の位置に置かれた蝦夷《えみし》・土蜘蛛《つちぐも》・国巣《くず》・佐伯《さえき》・隼人《はやと》・熊襲《くまそ》（隼人の別名の可能性あり）そのほかの人々が登場する。しかし、彼らは、天皇政府によって征伐されるか、恭順の意を示して天皇政府に組み込まれるかの存在として描かれる。例外は、隼人族の海幸山幸神話で、これは敗者である隼人族が、自身の敗北の原因をみずからの意地悪な性格にあったと語る神話である（工藤隆「〝負を語る神話〟モデルから見た海幸山幸神話」、『日本・起源の古代からよむ』勉誠出版、二〇〇七年、所収）。この神話を除けば、『古事記』は優勢民族としての天皇氏族の視線で貫かれている。したがって、『古事記』を無防備に読んでいると、いつのまにか優勢民族としての天皇氏族の価値意識に同化されるように構成されている。一九四五年の敗戦までの『古事記』研究者の多くが天皇崇拝主義者になっていったのは、自然な流れであった。したがって、『古事記』を読むときには、蝦夷・土蜘蛛・国巣・佐伯・隼人・熊襲そのほかの人々の視点、言い換えれば少数民族的視点、「原型生存型民族」的視点を持つことによって、『古事記』の天皇優位の価値意識を相対化する必要があるのである。

私は、「原型生存型文化」を持つ民族を原型生存型民族と呼ぶが、それは次のような「原型的な生存形態」を持っている民族のことである。

ⓐ縄文・弥生期的な低生産力段階（採集あるいは粗放農耕的水準）にとどまっている、ⓑ電気照明、ラジオ・テレビなどの電気製品、プラスチックなど化学製品、電話などが無く、自動車用道路、自動車も無く、水道も無いなど、いわゆる近代文明の産物が無い、ⓒ言語表現は、基本的に無文字の音声言語表現であり、歌う神話や歌を掛け合う風習などを持っている、ⓓ宗教は、教祖・教典・教義・教団・布教活動という要素の揃った本格宗教ではなく、自然と密着した精霊信仰（アニミズム）とそれを基盤にした原始呪術（シャーマニズム）が中心になっている、ⓔ世界観は、自然と密着したアニミズム・シャーマニズムを背景にした神話世界を中心に据えている。

このような生存形態の民族には、先に挙げた大涼山イ族のチョプジュムの神話と同系統の「自民族の劣っている点を認める神話」がいくつか存在しているので、以下に、私が実際に取材したほかの少数民族の事例を二つ挙げておこう。

ハニ族の神話

創世神話の一段として歌ったもの。雲南省金平県大老塘村で一九九六年二月十二日取材。歌い手／朱発貴（ハニ族、ピモ＝呪的専門家、当時六十六歳）、ハニ語から中国語への通訳／李自学（ハニ族）、中国語から日本語への通訳／張正軍。

①ハニ族には知恵が無い理由

ハニ族はアピエサという女の神様に知恵をもらいに行った。アピエサは九つの籠に知恵を入れて与えた。持ち帰る途中でハニ族は遊んでいた。漢族もアピエサの所に行った。アピエサは九つの籠に入れた金《きん》を与えた。途中、ハニ族に出会ったとき、ハニ族は不公平だと思った。「知恵は空っぽで見えないが、漢族のもらった金は、実際におカネとして使えるものだ」と思った。漢族と相談して交換することにした。だから今、漢族は賢くて頭がいい。頭で考えて生活している。ハニ族は賢くないので、いま肉体労働で生活している。

②ハニ族には土地が無い理由

ハニ族は早起きで勤勉で、草でたくさんの紐を作ってつなぎ、印《しる》しとして山にたくさん置いた。歩いた所にはこの紐を置き、自分のものにした土地は多いと思った。「草の紐がある所は私の土地だ。私の歩いた所には村があって、そこには鶏も犬もいて、鶏と犬が啼《な》いている所も私の土地だ。こういうふうに土地を分けよう」と言った。

漢族は、「今はまだ早い。私はまだ印しをすべて置いていない。まだ用意ができていないのです。待ってください」と言った。漢族は山の岩に印しを彫り、「この山は私の山だ」と言った。三月になると、漢族の印し付けも終わった。その三月に山火事が起き、ハニ族の草の紐の印しは焼けてしまった。漢族はハニ族に言った「私は印しをもう用意したので、山を分けましょう」。草は焼けてしまったが、岩の印しは残っているので、ハニ族の土地は何も無くなり、すべての土地は漢族のものになった。

③ハニ族には財産が無い理由

母牛と子牛がいた。ハニ族は兄だから、田を耕すのに良いからと母牛を取った。漢族は残りの子牛を取った。そして互いに、「もしも母牛が子牛の所にやって来たら、母牛も漢族のものになる。逆に、子牛が母牛の所にやって来たら、子牛もハニ族のものになる」と約束した。漢族は白い布を子牛の鼻に付けて引っ張っていたので、子牛は動けなかった。ハニ族は藤のつるで母牛の鼻を繋いでいたが、母牛は子牛に乳を与えたくて乳房が大きくなって苦しかった。ちょうどそのとき子牛も乳を飲みたいと啼いた。藤のつるは生《なま》のときは青くて強いが、枯れると簡単に折れるので切れてしまい、母牛は子牛の所へ行った。それで、ハニ族には牛がいないが、漢族は牛を持っている。

④ハニ族の土地には川や海が無い理由

ハニ族は、「川の中で木を燃やして火が消えなければ、その川はハニ族のものだ」と言って、山の大きな木を伐り、日で乾かしてから火をつけ、山から転がして川の中に入れた。しかし、木が川の中に入ると、火はすぐ消えてしまった。だからハニ族の土地には、いま川も海も無い。漢族は、「川の中でロウソクの火が消えなければその川は漢族のものだ」と言って、馬の鞍の上に牛糞を入れて、その上にロウソクを立てて火をつけ、川に流した。牛糞は軟らかいのでロウソクを立てやすく、ロウソクは消えずに川を流れて行ったので、川も海も漢族のものになった。

⑤ハニ族には木が無い理由

木を分ける時に、ハニ族は、木の梢《こずえ》の部分を齧《かじ》って「この木はハニ族のものだ」と言ったが、しかし梢は齧られると地面に落ちてしまった。漢族は、木の根を抱えて「この木は漢族のものだ」と言った。父神は、「木には根こそがたいせつなものだから木は漢族のものだ」と言った。だから、ハニ族には木が無く、漢族には木がある。

⑥ハニ族には岩が無い理由

父神は、ハニ族は何ももらっていないので可哀想だと思い、「矢を岩に立てれば岩を分けてやろう」と言った。そこで、ハニ族は、鉄で作った矢を岩に打ち込もうとした。しかし岩には刺さらなかったので、ハニ族には今、岩も無い。漢族は、矢の先端に、溶けたロウソクを付けて射た。ロウソクは軟らかいので矢が岩にくっついた。だから漢族は、岩も持っている。

この事例もまた、前出のイ族の事例と同じく、漢族の優位性と、ハニ族が漢族に比してすべての点で劣っているという〝負〟の現実を、ハニ族自身が語っている。しかも、①ハニ族には知恵が無い、②ハニ族には土地が無い、③ハニ族には財産が無い、④ハニ族の土地には川や海が無い、⑤ハニ族には木が無い、⑥ハニ族には岩が無い、というふうに〝自民族の劣っている点〟を次々に歌うのである。これらはイ族の事例と同じく、自分たちが〝負〟の存在になった原因を、自らの〝知恵の無さ〟に求めている点に特徴がある。

ワ族の神話

① ワ族に文字が無いことの理由（大意）

創世神話「司崗里《シガンリ》」の一段として歌ったもの。雲南省西盟《シーモン》佤《ワ》族自治県中課《チョンカー》郷萵籠《ウオロン》村で二〇〇二年九月十一日取材。歌い手／尼短（モーパ＝呪的専門家ではないが歌に通じている男性、当時五十五歳）、ワ語から中国語への通訳／岩祥《アイシアン》（ワ族）、中国語から日本語への通訳／張正軍。

　司崗里《シガンリ》という洞窟を人間が出てから、いくつかの民族に分かれたので、今の私たちはどの民族も皆きょうだいだ。雀が洞窟に穴をあけたので、人間は外に出た。しかし、人間を食う虎（豹）の尾を鼠が嚙んだので、痛がっているうちに人間がたくさん出て来た。人間の数が多くなったので、虎は恐くなって山に逃げてしまった。もし鼠の助けがなければ、人間は皆虎に食われてしまっただろう。司崗里《シガンリ》から人間が出て、いろいろな民族に分かれたが、数も数えられず、文字も書けなかった。父親から勉強をしてくるようにと言われた息子たちは、長男（岩《アイ》）

のワ族は文字を牛の皮に書いたが、お腹がすいてその牛の皮を食べてしまった。だからワ族には文字が無いのだ。次男（尼《ニー》）はタイ（傣）族で、文字を葉に書いた。だからタイ族は、今でも葉に文字を書いているのだ。三男（三《サム》）は漢族で、文字を紙に書いた。だから漢族は、今でも紙に文字を書いているのだ。

②ワ族が山の上で陸稲栽培しかできなくなった理由

語ったもの。雲南省孟連傣《モンリエンタイ》族拉祜《ラフ》族佤《ワ》族自治県の海東《ハイドン》小寨で二〇〇二年九月十二日取材。語り手／アイ・ムルン（ワ族、長老、当時七十七歳）、ワ語から中国語への通訳／張海珍（タイ族）、中国語から日本語への通訳／張正軍。

ワ族は長男なのになぜ山の上に住んでいるのか。それは、天の神が洪水で流されて沈んだときに、人間が良い心を持っているか、悪い心を持っているか試した。天の神が、「沈んでいる私を助けてくれ」と長男のワ族に頼んだところ、ワ族は「いま陸稲の栽培で忙しい」と断わった。次に次男のタイ族に頼んだところ、「水田の仕事で忙しい」と断わられた。そこで天の神は、ワ族には「山の上で陸稲を作りなさい」、タイ族には「平地で水稲を作りなさい」と命じた。そこで、最後に三男の漢族に頼んだら救ってくれたので、天の神は、漢族だけは労働しなくても食べられるようにしてやった。

③ワ族に文字が無いことの理由

二〇〇二年九月十三日、雲南省孟連傣《モンリエンタイ》族拉祜《ラフ》族佤《ワ》族自治県の大芒糯《マンヌオ》村の神話として、タイ族の張海珍が中国語で話したもの。中国語から日本語への通訳／張止軍。

天の神が人間に文字を教えに来た。ワ族の村では、木の梢に、雨が吹き込まない立派な鳥の巣ができていた。天の神が、これは誰が作ったのかと尋ねると、本当は鳥が作ったのに、ワ族は自分たちが作ったと答えた。また、干したヘチマをご飯を蒸す桶の下に敷いていたが、そのヘチマの繊維が編み目のような形に見えたので、天の神がこれは誰が編んだのかと尋ねると、本当は自然にできたものなのに、ワ族は自分たちが作ったと答えた。天の神は、ワ族は本当に賢い、自分が教えることは何もないと言って、文字を教えるのは漢族やほかの民族だけにした。だからワ族は文字を知らないのだ。

「①ワ族に文字が無いことの理由」は、食べられる牛の皮に文字を書いたからだというので、これも〝知恵の無さ〟に入れることができる。しかしこのワ族神話の事例で特に特徴的なのは、「②ワ族が山の上で陸稲栽培しかできなくなった理由」で、ワ族は「いま陸稲の栽培で忙しい」と断わったというふうに、神への態度の冷淡さに原因があるとしていることや、「③ワ族に文字が無いことの理由」で、実力以上に自分の能力を誇示したということに原因があるとしていることである。これは、〝人格的弱点〟が原因だとしているのである。

このような、自民族の失敗（日本人にとってはたとえば一九四五年の破滅的な敗戦）を、自分たち自身の〝知恵の無さ〟や〝人格的弱点〟にもとめる感性は、二十一世紀の現代日本人の中にも色濃く存在しているように思える。『古事記』は優勢民族の視点で覆われているにしても、その神話世界の古層には天皇国家以前のムラ段階の少数民族的文化が継承されている。おそらくは、ヤマト族の少数民族文化的資質として自民族の失敗を自分たち自身の〝知恵の無さ〟や〝人格的弱点〟にもとめる感性が存在していて、それがその後の日本の歴史を貫いて、二十一世紀の現代にまで至っているのであろう（詳しくは、工藤「〝負を語る神話〟モデルから見た海幸山幸神話」参照）。

14 日本書紀の「探湯《クカタチ》」は実在しただろう◆◆クカタチとの類似性（「社会態」からの視点）

第一回調査（一九九七年）の際に、村人たち、モソツホ氏、ビモ研究センターの小ビモ（大ビモの息子）などを交えて、以下のような聞き書きをした。

Q／神判は今もやっているか？

A／今もやっている。物をめぐっての紛争とか、お互いの主張に矛盾があるときにやっている。（「ネウォテイ」を歌ってくれた歌い手の）父はスーツージーという山の上で見たことがあると言っていた。自分は見たことがない。アクダスという家はマヘダスという人と、盗難事件のときに神判をした。アクダスは、マヘダスが自分の家の物を盗んだと主張した。しかしマヘダスは認めないので、ビモを呼んできて、神判を行なった。

焚火《たきび》に鍬の鉄の部分を入れて真っ赤に焼き、疑われた人が手を出し、手の上に板を置き、その上に白い布を敷き、その上に鍬を置き、ビモの儀礼をして、三歩歩く。その鍬を捨てて布と板を取り出し、手を見て、火傷の痕があるかどうかを見て、それで判断する（この布と板は各自が持参する）。火傷があれば〈盗んだ〉、火傷がなければ〈盗んでいない〉と判定される。

ビモの儀式はとても複雑だ。神判のやり方にもいろいろあり、これは一つの例だ。

Q／ほかにはどんな方法があるか？

A／もう一つの方法は中国語で、撈油鍋《ラオヨウグオ》と言う。大きな鍋に水を入れて沸かし、銀貨を入れる。手で銀貨を取り出す。無事に取り出せたら〈盗んでいない〉、取り出せないかまたは取り出せても火傷をしていたら〈盗んだ〉と疑われる。

Q／いつごろ見たか？

A／四十年くらい前に、（歌い手の）父から見たと聞いた。最近でもどこかにあるはずだが、この付近では見たことがない。

＊ここで、取材に同席していたビモ文化研究センターの小ビモ（前日に「ネウォテイ」を歌った大ビモ曲比拉果《チュビラゴ》氏の長男）が「見たことがある」と口を挟んだ。

Q／どこでいつ見たのか？　どういう神判だったか？（小ビモへの質問）

A／去年、美姑県の隣りの柳洪《リウホン》村で見た。

その村では豚がいつも盗まれる。十七〜三十五歳までの男が全員疑われた。だれが盗んだかがわからなくて、村全体で神判の儀礼をした。このとき神判を行なったビモは〝サァマ〟という名前だ。真っ赤に焼いた石を持ってきて、皆並んで審判を受けた。手に板を持ち、その上に布、その上に熱い石を載せて三歩歩く。すると、二十番目の男の布が焼けてしまった。その人が盗んだと判断され、盗まれた豚はその人が全部賠償した。

神判を受ける前に、皆で「神判で決まったらその人は必ず賠償をする」という約束をしているので、その人は約束どおり全部の豚の賠償をした。事前にそういう約束をしているから、その人はその結果を受け入れた。

Q／ほかには？

A（モソツホ氏）／イ族には別のやり方もある。疑われた人が一握りの米を持ってくる。口の中で噛み、手の上に吐き出して、そのときの色で判断する。もしその上に赤い血が混ざっていれば、その人は盗んだと疑われる。

この神判を中国語では「捞油鍋《ラオヨウグオ》」と言うが、その個々の具体的なあり方は、必ずしも文字通りに「鍋の中の（煮えたぎった）油の中に手を入れて銀貨を探る」ものだけではないことがこの聞き書きからもわかる。多くの少数民族の世界では、かつてさまざまな種類の神判が行なわれていたことは知っていたし、現在でもまだ行なわれている例のあることは聞いていた。しかし、このように生々しく、現在のこととして語られるのを聞いたのは初めてだった。
古代日本の神判についての記述の代表的なものは、以下の四例である。
まず『隋書』倭国伝（六五六年）の記事（『新訂 魏志倭人伝・後漢書倭伝・宋書倭国伝・隋書倭国伝』岩波文庫、の現代語訳による）。

その仕来りでは、人を殺し、強盗および姦するものは皆死刑、盗むものは盗んだものを計って物を酬《むく》いさせ、財のないものは、身を没して奴とする。それ以外は、軽い重いによって、あるいは流し、あるいは杖でうつ。獄訟（訴訟事件、罪を争うを獄＝刑訴、財を争うを訟＝民訴、また大事件を獄・小事件を訟）をといただすごとに、承引しないものは、木をもって膝を圧《おさ》え、あるいは強弓を張り弦をもってその項《うなじ》を鋸《のこぎり》のようにひく。あるいは小さい石を沸湯の中におき、競うものに、これを探《さぐ》らせて「理の曲がっているものは、すぐに手が爛《ただ》れる」という。あるいは蛇をかめの中においてこれを取らせ「曲がっているものは、すぐに手を螫《さ》される」という。人はすこぶるものしずかで、争訟はまれだし、盗賊は少ない。

これは中国側資料に出てくる倭人の習俗の記述であり、熱湯の中の小石を素手で探るやり方である。以下は『日本書紀』の事例。

天皇《すめらみこと》【応神天皇】、則ち武内宿祢《たけしうちのすくね》と甘美内宿祢《うましうちのすくね》とを推《かむが》へ問《と》ひたまふ。是《ここ》に、二人《ふたり》、各《おのおの》堅《かた》く執《とら》へて争《あらが》ふ。是非《まこといつはり》決め難《がた》し。天皇、勅《みことのり》して、神祇《あまつかみくにつかみ》に請《まう》して探湯《くかたち》せしむ。是《ここ》を以《も》て、武内宿祢と甘美内宿祢と、共に磯城川《しきのかは》の湄《ほとり》に出《い》でて、探湯《くかたち》す。武内宿祢勝ちぬ。便《すなは》ち横刀《たち》を執《と》りて、甘美内宿祢を殴《う》ち仆《たふ》して、遂《つひ》に殺さむとす。天皇、勅《みことのり》して釈《ゆる》さしめたまふ。仍《よ》りて紀直《きのあたひ》等の祖《おや》に賜《たま》ふ。（応神天皇紀九年）

これは、甘美内宿祢《うましうちのすくね》が、兄の武内宿祢《たけしうちのすくね》が応神天皇を倒そうとしていると讒言《ざんげん》したのに対して、それが事実かどうかを「探湯《くかたち》」すなわち神判によって明らかにし、武内宿祢の潔白が証明されて、武内宿祢が弟の甘美内宿祢を殺そうとしたという記事である。ここでは、磯城《しき》川の河原で行なったということ以外に「探湯」の具体的な内容まではわからない。

【允恭天皇が】詔《みことのり》して曰《のたま》はく、「群卿《まへつきみたち》百寮《つかさつかさ》及び諸《もろもろ》の国造《くにのみやつこたち》等、皆各《みなおのおの》言《まう》さく、『或《ある》いは帝皇《みかど》の裔《みこはな》、或いは異《あや》しくして天降《あまくだ》れり』とまうす。然《しか》れども三才《みつのみち》【天地人】顕《あらは》れ分《わか》れしより以来《このかた》、多《さは》に万歳《よろづとせ》を歴《へ》ぬ。是《ここ》を以《も》て、一《ひとつ》の氏《うぢ》蕃息《うまは》りて、更《さら》に万姓《よろづのかばね》と為《な》れり。其《そ》の実《まこと》を知《し》り難《がた》し。故《かれ》、諸《もろもろ》の氏姓《うぢかばね》の人等《ひとども》、沐浴斎戒《ゆかはあみものいみ》して、各《おのおの》盟神探湯《くかたち》せよ」とのたまふ。則《すなは》ち味橿丘《うまかしのをか》の辞禍戸岬《ことのまがへのさき》に、盟神瓮《くかへ》を坐《す》ゑて、諸人《もろひと》を引《ひ》きて赴《ゆ》かしめて曰《のたま》はく、「実《まこと》を得《え》むものは全《また》からむ。偽《いつは》らば必ず害《やぶ》れなむ」とのたまふ。盟神探湯、此《これ》をば区訶陀智《くかたち》と云《い》ふ。或いは泥《うひぢ》を釜《なべ》に納《い》れて煮沸《にわか》して、手を攘《かきはつ》りて、湯の泥を探《さぐ》る。或いは斧《をの》を火の色《いろ》に焼きて、掌《たなうら》に置《お》く。是《ここ》に、諸人《もろひと》、各《おのおの》木綿手繦《ゆふたすき》を著《し》て、釜《なべ》に赴《ゆ》きて探湯《くかたち》す。則ち実《まこと》を得《う》る者《ひと》は自《おの》づからに全《また》く、実《まこと》を得《え》ざる者は皆傷《やぶ》れぬ。是《ここ》を以て、故《ことたへ》に詐《うつは》る者は、愕然《お》ぢて、予《あらかじ》め退《しりぞ》きて進むこと無し。是《これ》より後《のち》、氏《うぢ》姓《かばね》自づから定《さだま》りて、更《さら》に詐《うつは》る人無し。（允恭天皇紀四年）

ここでは、自氏族の氏《うじ》・姓《かばね》（出自・系譜など）を偽ることに対して、「区訶陀智《くかたち》」を行なって真偽を確かめている。具体的には、当事者が「沐浴斎戒《ゆかはあみものいみ》（みそぎ）」をし、「盟神瓮《くかへ》（神聖な瓶《かめ》）」を据え、「木綿《ゆふ》（楮《こうぞ》の皮を繊維状に剝いだもの）」を襷《たすき》（神事に奉仕するときの装い）にして、鍋の中の沸騰した泥に手を入れて探ったり、斧を熱して掌《てのひら》の上に置くなどしたという。これは、中国少数民族の「撈油鍋《ラオヨウグオ》」と同質のものだとしていい。

次の事例は、「誓湯《うけひゆ》」を用いて手が「爛《ただ》れるか」どうかで判定するという「探湯《くかたち》」と同系統の神判を、毛野臣《けなのおみ》が乱用して困っているということを述べた、朝鮮半島任那《みまな》の使いの言葉。

任那《みまな》の使《つかひ》奏《まう》して云《まう》さく、「（略）爰《ここ》に日本人《やまとひと》と、任那の人との、頻《しきり》に児息《こう》めるを以《も》て、諍訟《あらがふことさだ》決め難《がた》きを以て、元《はじめ》より能判《ことわ》ること無し。毛野臣《けなのおみ》、楽《この》みて誓湯《うけひゆ》置きて、口《い》はく、『実《まこと》ならむ者《もの》は爛《ただ》れず。虚《いつはり》あらむ者は必ず爛《ただ》れむ』といふ。是《ここ》を以て、湯に投《め》して爛れ死ぬる者衆《おほ》し。又《また》吉備韓子那多利《きびのからこなたり》・斯夫利《しふり》を殺し、大日本《おほやまと》の人、蕃《となりぐに》の女《め》を娶《と》りて生《う》めるを、韓子《からこ》とす。

恒《つね》に人民《おほみたから》を悩《なや》まして、終《つひ》に和解《あまな》ふこと無し」とまうす。（継体天皇紀二十四年）

『隋書』倭国伝の記事も含めて、これら『日本書紀』の三例も、仏教伝来期（欽明天皇の五〇〇年代前半とされる）より前の時代のこととしてよい。これら、中国少数民族の神判と同質の行為は、おそらくは、仏教が伝来し、また神道的なものが形成されるといった、当時としての〈近代化〉の胎動の中で徐々に消滅していったのであろう。

なお、清水克行『日本神判史』（中公新書、二〇一〇年）によれば、これら「探湯《くかたち》」に類する神判は、中世の湯起請《ゆぎしょう》（熱湯裁判）や鉄火起請（熱鉄裁判）の登場まで、七〇〇年以上の空白期があったという。しかし、それら湯起請や鉄火起請は、「起請文を書いて神仏に宣誓をした後に熱湯に手を入れるという手続きを踏む」ものであって「神仏とともに生きた時代」である「中世」に特有の誓約様式だったから、「盟神探湯と湯起請は断絶しており、両者はまったく別物であると考えたほうがよさそう」だという。

つまり、六〇〇、七〇〇年代の〈古代の近代化〉においては、それ以前からのヤマト族文化のうちでも、捨てられたものと継承されたものとがあったのである。継承されたものの代表格は、歌垣などの恋歌文化、『古事記』神話などの神話文化、神話世界とつながるアニミズム・シャーマニズム的祭祀文化があり、捨てられたものの代表格は、死霊への恐怖観念（仏教流入によっていちじるしく弱められたのであろう）や、家畜を生け贄にして殺す行為、家畜の肉を食べる習慣、そしてこの「探湯《くかたち》」などであったということになる。

したがって、〈古代の近代化〉の過程で捨てられていったものについては、『古事記』の内側だけで考えていてはその姿がとても見えにくいということになる。どうしても、中国長江流域などの少数民族文化を素材にして、捨てられたものにモデル理論的に接近する以外にないのである。

15　左目からアマテラス（太陽）、右目からツクヨミ（月）◆◆左目が太陽、右目が月はアジア全域の神話交流の証しか（「話型」「話素」からの視点）

第一回調査（一九九七年）の際の聞き書きで、「太陽は針で人の目を刺す。これは夜と昼の関係で、太陽が皆から見られて恥ずかしいので、皆の目を刺すのだ。月は夜に出るので、見ている人がいないから恥ずかしくない。だから月は人間の目を刺さない」という神話を話してもらえた。さらに確認したところ、この地域の観念では、太陽は男性、月は女性だという。また、「10 支格《チュク》阿龍《アロ》」の「形は太陽と月のようであり（第一八一八句）」の注に、「この句は、ビモの教典の中の正確な言い方では、″左の目が太陽の形になり、右の目が月の形になった″となっている」とあるように、この地域では「左の目が太陽の形」「右の目が月の形」とイメージされている。この、太陽／目／左、月／目／右という点では、『古事記』神話の、女神アマテラス（太陽）が左目から、男神ツクヨミ（月）が右目から生じたという伝承と符合する（太陽・月の性別は逆になっているが）。

雲南省のペー族の「創世紀（記）」でも左目が太陽になり、右目が月になったと語るし、古代中国の盤古神話（漢民族系統の神話であるが、紀元前数百年まで遡れば、その文化のあり方は後世の少数民族と区別のつかないような存在だったとしていい。引用の全文は六七ページ参照）でも、盤古の左目が太陽に、右目が月に変じているので、かなり古い時代から日本列島を含むアジア全域での、神話の交流があったと考えるべきであろう。この盤古神話は、中国長江流域の現在のいくつかの少数民族の神話の中にも見られる。

ところで、太陽神と月神の性別であるが、世界の神話を見ると、太陽神／月神が男／女である場合と、女／男である場合との両方がある。ギリシャ・ローマ・北欧神話などでは太陽神／月神は男／女、しかしインド・西アジア・エジプト神話では太陽神／月神が女／男である。『古事記』『日本書紀』神話では、アマテラス＝太陽神／女、ツクヨミ＝月神／男であるから、日本神話はインド・西アジア・エジプト系統だということになるが、系統論としてはもう少し精密に考えたほうがいいだろう。

というのは「**4 長江流域から本州まで届く……**」で述べたように、兄妹始祖神話という「話型」や歌垣という「表現態」の視点から見たときには、日本列島の〈古代の古代〉の文化は、長江流域の多くの少数民族の文化との共通点が多いからである。太陽神／女、月神／男という点でいえば、たとえばミャオ（苗）族の神話ではしばしば「太陽姑娘」（太陽娘）と表現されている。また、プーラン（布朗）族の「グミヤ（顧米亜）」神話においても「太陽九姉妹と月十兄弟」と表記されている（整理／朱嘉禄、李子賢編『雲南少数民族神話選』雲南人民出版社、一九九〇年、所収）ように、太陽は女、月は男となっている。ミャオ族、プーラン族ともに長江流域の少数民族である。

第一回調査（一九九七年）の際の聞き書きで美姑地域のイ族では太陽／男神、月／女神となっているのは、「**8　記紀の酒歌謡の神話性**」でも述べたように、生きている神話は多様で〝乱立状態〟にあるのだから、これもまたその一例であるとみていい。

ともかく、『古事記』神話には、アジアの北・西・南の各地域の文化の流入の痕跡が残っているが、その中でも兄妹始祖神話、歌垣と並んで、これら太陽神／日／左／女、月神／目／右／男という語り口が一致することが多い点から見ても、『古事記』の古層の分析には、長江流域少数民族の文化の実態資料との比較が不可欠であろう。

16　スサノヲの「妻籠《つまご》みに　八重垣《やへがき》作る」の民俗事例の最初の報告◆◆妻を籠める垣（「社会態」からの視点）

第一回調査（一九九七年）のときに、イ族の結婚式に出合った。三月十八日の早朝五時半、美姑から北へ約四キロメートルの三河村《サンファー》へと車で向かった。花嫁とその付き添いの娘たちは、朝まだ暗いうちに新郎の村にやって来て、村のはずれに待機していた。夜明けとともに相撲、略奪婚の名残りの遊びなどいくつかの行事があったあとで、村の青年が花嫁を背中に横座りになるような形で背負い、竹垣で囲まれた仮小屋に連れて行った。その仮小屋は、四本の細い松（葉付き）の柱に六本の松（同）を載せ、竹製の巻すだれ状の垣で周囲を囲ってある（イ族の家は昔は竹垣の囲いが壁だったという）。下には松の枯れ葉などを敷きつめてある。花嫁はただ一人この竹垣の中に座って静かにしている。花嫁がこの仮小屋に座っているあいだ中、二人の青年が入り口に立つ。焼いた豚肉などの料理がこの中に運ばれてくるなどしてから、花嫁は、午前九時前には付き添いの仲間たちと共に自分の村へ帰って行った（この日は新郎とは顔を合わせない）。

　この行事を目撃したとき、私はただちに次のような『古事記』のスサノヲのヤマタノヲロチ退治神話（要約）を思い出した。

　さて、ヤマタノヲロチを退治したスサノオは、救った「童女《をとめ》」（クシナダヒメ）と結婚することになった。

　そこでスサノヲは、宮を出雲の国に作ることになった。須賀《すが》に着いた時に「私はここに来たら、私の御心《みこころ》がすがすがしくなった」とおっしゃって、そこに宮をお作りになった。だから、今でもそこを須賀《すが》と言う。この神が須賀に宮を建てた時、そこから雲が立ち昇った。そこで【スサノヲが】歌を詠んだ。

八雲《やくも》立つ　出雲八重垣《いづもやへがき》　妻籠《つまご》みに　八重垣作る　その八重垣を

（たくさんの雲が沸き立つ出雲に、「妻籠《つまご》み」の〔妻を籠める〕垣を作るよ）

そこで、(父の) アシナヅチを呼び寄せて「お前は私の宮の長《おさ》となれ」と命じ、またイナダノミヤヌシスガノヤツミミの神という名を与えた。

私だけでなく古代文学研究の学界でも、長いあいだこの伝承の「妻籠《つまご》み」の「垣」の意味がわからないでいた。しかし、このイ族の結婚式の、花嫁を「籠める」竹垣を見たときに、一つの手がかりを得たと思った。

これはまさに、『古事記』の「妻籠《つまご》み」の「垣」そのものではないか。花嫁を寝かせておくこの竹垣の事例は、「妻を籠める」ための「垣」の民俗事例として最初の実例報告だとしていいのではないか。

ただし、残念なことに、このような結婚習俗あるいはこれに準ずる習俗が、出雲の国とその周辺 (現在の島根県や鳥取県あたり) に現に存在しているか、過去に存在していたという報告は無い。しかし、動物生け贄、死者を忌避する呪的儀礼そのほか、〈古代の古代〉には存在していたに違いないのに、『古事記』『日本書紀』などが登場する〈古代の近代〉には消滅していた習俗はいくつもあったはずだから、イ族の結婚式の「妻籠《つまご》み」の竹垣のような習俗とスサノヲの結婚の場面の描写との連続性を全否定することはできないだろう。習俗は消えたが、それにかかわる伝承を伝える歌だけは、記紀歌謡という形で〈古代の近代〉にまで伝わったと考えてもいいのである。

このイ族の結婚式の「垣」が、松と竹によって作られている点も重要である。同じ日に同じこの村で行なわれたこれとは別のもう一つの結婚式の場合は、村の青年が花嫁を背負い、花婿の家に連れて行って、家の中の暗い隅に花嫁を横たえさせた。このとき、花婿の家の入り口には竹と松で作った〝門松〟のようなものが飾られ、この家が新居であることの印しとしていた。竹と松の〝門松〟のようなものといえば、竹と松に呪術的役割を認めている日本のいくつもの風習が思い出されるであろう。

中国大陸の無文字民族とヤマト族の交流は、縄文時代以来の一万一千年以上にわたる年月の中でのことだったのだから、両者に直接的な交流が存在した可能性は大いにあるのである。『古事記』の古層について考えるときには、この一万一千年以上という気の遠くなるような時間の経過と、ミクロネシア・メラネシア・ポリネシアも含むアジア全域という広大な地域的広がりとを常に考慮する必要がある。

17 イ族・オキナワ民族・ヤマト族が共有する相撲◆◆相撲の儀礼性（「社会態」からの視点）

「16 スサノヲの「妻籠みに……」……」で触れたイ族の結婚式取材の続きである。

花嫁が竹垣の中に背負って運ばれる前に、村から付き添ってきた十数人の娘たちに花嫁が身支度を手伝ってもらっている目の前で、腰に太い紐を巻いた村の青年二人が相撲を取った。そのあとで、その二人とは別の青年一人が花嫁を背負い、仮小屋に連れて行った。

それとは別に、花嫁が竹垣の中に座っている際に、そこから五十メートルくらい離れている所にある広場の真ん中で相撲大会が始まった。大勢の人たちが人垣を作って取り囲む中で、二人の中年男性が取り仕切って、「さあ、下がって下がって」と人込みを押し返している。その空間の中で、青年が二人ずつ出て来ては相撲を取る。日本の大相撲のような土俵は無く、また立ち合いも無い（まず最初に組み合った状態を作り、それから相撲が始まる）。周囲を百人を超える男性と子供たちが囲み、取り組みが始まる。

　立ち合いが無く、最初から組み合った状態で相撲を取るという点では、日本の沖縄県で古くから行なわれてきた「沖縄角力《ずもう》（ウチナージマ）」と同じである。『沖縄大百科事典』（沖縄タイムス社）によれば、文字資料としての初出は『琉球国由来記』（一七一三年）の「角觝《スマフ》」だが、それがさらに古い時代にどのくらい遡れるものかはわからない、しかし「年中行事と深く結びついて、村祭りなどに奉納されているところから、王府時代には各村々で競われていたものと思われる」とのことである。このイ族の相撲は、組み合い方が共通しているだけでなく、「年中行事と深く結びついて、村祭りなどに奉納されている」という点でも「沖縄角力《ずもう》」と共通している。

『日本書紀』垂仁天皇七年七月七日条には、当麻蹶速《たぎまのくゑはや》と出雲の能見宿祢《のみのすくね》が天皇の前で「捔力《すまひ》」（相撲と同じ）を取ったとあり、奈良時代には毎年七月七日の宮中行事「相撲節《すまひのせち》」も定められた。日本では、宮中行事や神社の諸行事と相撲の結びつきは強く、それが現在の大相撲にまで継承され、大相撲はスポーツという側面だけではなく、呪術性、儀礼性を至る所に残している。

それにしても、イ族の結婚式での相撲の占める位置の大きさには驚かされた。花嫁を背負って運ぶ前に儀礼的な相撲を取り、結婚式の余興の最もにぎやかなものも相撲である。相撲は、イ族文化とヤマト族文化、オキナワ民族文化の共通性の一つと見ていいだろう。

18 結婚観を〈古代の古代〉に戻す◆◆結婚年齢の低さ（「社会態」からの視点）

前項のイ族の結婚式取材の続きである。

この日、この村での結婚式は二組あったのだが、そのうちの一組の花婿は十三歳、花嫁は十五歳であった。美姑のイ族は、中国という〈国家〉の法律の結婚規定（男二十二歳、女二十歳）とは別次元で、独自の世界を維持していることになる。

この日に見学した二組ともそうだったが、子供のときに親が婚約者を決めることが多い。この日のような結婚式で結婚した新郎新婦はすぐに同居するわけではないので、これは婚約式に近いものなのかもしれない。しかし、縄文・弥生期的な前近代の共同体にあっては、平均寿命が十五歳前後と推測されているくらいに低かったこともあって、できるかぎり早く結婚して子供をたくさん得るということが重要であった。雲南省北部のモソ（摩梭）人の母系社会でも、娘が男を部屋に入れる資格を持つ年齢は十三歳である。『源氏物語』でも、光源氏は十二歳で元服し、その年に十六歳の葵の上と結婚している。

マリノフスキーの一九一四〜一八年の調査によれば、パプアニューギニアのトロブリアンド諸島（母系制）では、「女の子の性生活がほんとに始まる年齢を六歳から八歳の間に、男の子を十歳から十二歳の間に置くならば、おそらく大した誤りがないであろう」（マリノウスキー『未開人の性生活』泉靖一・蒲生正男・島澄訳、新泉社、一九七八年）とのことである。

現代日本のように平均寿命八十歳前後、結婚はしなくてもいい、女性も子供を産まなくてもそれはそれでいいというような社会の意識で考えていたのでは、〈古代の古代〉のヤマト族の結婚観にはたどり着けないだろう。ということは、『古事記』の古層の男と女の問題（恋愛、性生活、結婚）に迫ろうとするときには、六〇〇、七〇〇年代の〈古代の近代〉以後の文化で考えているかぎりは、その実相にはたどり着けないということになる。

19　生け贄文化の喪失は〈古代の近代〉以来の現象◆◆血はケガレではなく力であった（「社会態」からの視点）

第一回調査（一九九七年）の三月十八日に、家畜の生け贄儀礼を見る機会を得た。前項の三河《サンフー》村の結婚式のあと、いったん美姑《メイグー》へ戻って遅い朝食をとる。鬼祓い儀礼があると聞いたので、10時35分に宿を出発。一時間ほど川沿いの道を走って車を降り、細い丸太の橋を渡って川沿いに三十分ほど歩く。そこからやや傾斜のきつい山道を約一時間、高度差約二五〇メートルを一気に登り、ようやく目的地の龍門郷《ロンメン》書布《シュープー》村の傾斜地に辿り着く（標高二一五五メートル）。

傾斜地の一番上に茣蓙筵《ござむしろ》を日よけにした一角があり、そこに大ビモの曲比拉果《チョビラグ》氏と彼の三人の息子たち（小ビモ）が坐る。大ビモは、このすぐそばの家の家族のために、鬼祓い（厄払い、呪い返し）の儀礼をするのだ。このような鬼祓いは年に三回くらいはするそうだが、今回は作づけなどをする季節（春）の始まりなので、畑に鬼（悪霊）などの邪気がつかないよう、収穫祈願の祓いをするのだという。傾斜地にはたくさんの木の枝（神枝）が挿してある。

生け贄として、ヤギ、綿羊、黒い子豚、鶏が準備されている。正式にはこれに牛を加えるのだが今回は略したのだという。儀礼が始まる前、ヤギが逃げ出し、男たちが大慌てで追いかけて捕まえた。

傾斜地の上のほうには、八、九人の村人がいる。儀礼を依頼した家族と親族の七、八人も座っている。

13時40分開始。傾斜地の下のほうで、儀礼の開始を天の神に告げるための焚火《たきび》を焚く。家族は、傾斜地の下のほうから見て、ビモのいるすぐ右下に集まって座っている。以下、儀礼の進行の概略を列挙する（詳しくは『四川省大涼山イ族創世神話調査記録』参照）。

1　呪文と呪儀

◎ビモたちが経（呪文）を唱え始める

●小ビモのうちの一人は手に鶏を一羽持っている。鶏は脚を縛られている。

●熱い石を黒い瓢箪の中に入れ、神枝のあいだを歩いてかざして歩く。これは、汚いものや悪いものを追い払う魔除けのため。
●大ビモは、ザルに入った小さな白い木切れを自分たちが座っている前の地面に撒《ま》く。木切れには金と銀の意味があり、撒いて鬼へ賄賂を与える意味がある。
◎草の人形《ひとがた》（草鬼＝悪霊）を綿羊の首に括《くく》り付ける。綿羊が鬼を連れて行くことになる。
●大ビモの後ろにある儀礼用の祭具に、ザルから木切れを撒く。

2　生け贄を殺す

①固まって座っている家族たちの周りを、まだ生きている生け贄を曳いて右回りに歩かせる。ヤギ、綿羊、鶏、豚が、計四回まわる。
②細い木の枝と鶏を持った助手の男が、家族それぞれの肩にそっと鶏を触れさせる（穢れを鶏に移す）。
③ヤギ・綿羊・豚・鶏を持ち上げてアーチ状に高くかかげ、その下を家族が通る。
④生け贄を地面に降ろし、助手が細い木の枝で、各生け贄の背中を叩く。
⑤生け贄を殺す。
●綿羊は窒息死させる。
「綿羊はむかし人間に衣服を与えてくれたので刃物は使わない」とのこと。

このような理由づけは一種の〝物語〟でもあるので、地域や語る人によってしばしば変化する。たとえば、雲南省北部のイ族も生け贄儀礼で羊を窒息死させるが、それは「ゆっくりと殺すことでその身に人間の穢れを付着させて天に持っていってもらうため」だという（岡部隆志・遠藤耕太郎「中国雲南省小涼山彝《イ》族の『松明祭り』起源神話および『イチヒェ儀礼』」『共立女子短期大学文科紀要』第44号、二〇〇一年）。つまり、同じ一つの民族でも、村が変われば〝説明の物語〟は違ってくるし、ときには同じ一つの村の中でさえ人によって言うことに違いが出る場合もある。したがって、地域と時間の限られた調査での一つの聞き書きの事例を絶対化することは避けなければならない。ムラ段階の社会においては、神話が多様であるのと同じように、なぜそうすることになったのかという理由づけの〝物語〟すなわち起源神話も多様だということを前提にすべきであろう。

●ヤギは男四人がかりで殺す。二人が両脚を押さえ、一人はツノを押さえる。一人が喉元《のど》を刃物で刺し、喉から流れ出る血は洗面器で受ける。何度も同じ所を刺し、五分弱で絶命。ときどき眼球に指を触れる。最初は、目を閉じさせてやろうという気遣いかと思ったが、実は死んでいるかどうかを確認しているのだということがわかった。

このときの私の感性は、村人がヤギの眼球に触れるのを、目を閉じさせてやろうという気遣いかと勘違いした。このような私の感性は、一三〇〇年以上も前から生け贄儀礼をしなくなった文化伝統の日本に育ち、生け贄儀礼に対する現実感覚を持たない日本人研究者に共通のものであろう。私が実見したほかの事例も含めての印象だが、一般に生け贄殺しは、のびやかに、明るい雰囲気の中で、淡々と進行する。〝残酷だ〟という意識は、彼らにはほとんど無いようだった。

これは、第一回調査（一九九七年）の三月十九日に、依頼してスニに行なってもらった鬼祓い儀礼での、生け贄の鶏を殺すときも同じ雰囲気だった。スニの助手が鶏を持って私たちの周りを三回まわり、スニが鶏を殺す。鶏の首の下に茶碗を置き、助手がナイフを渡す。スニは鶏の頭をナイフで無造作に叩いて殺し、流れ出る血を茶碗に受けて、草束に血を振り掛ける。死んだ鶏を、焚火の前に放り投げる。

鶏を殺しているあいだ、地元のイ族の参会者はほとんど関心を示さず、ときどき笑い声を挙げたりおしゃべりをしたりしながら、ゆったりとのびのびと、明るい雰囲気の中で生け贄が殺されていく。つまり、こういう動物生け贄儀礼は、彼らにとっては当たり前でごく日常的なものであることがうかがえる。

日本文化、特に最近の近代都市文明中心のそれは、制度的には大宝律令（七〇一年）以来、実態としてはおそらく仏教伝来の五〇〇年代以来、大勢として祭式における生け贄の習俗を失ったこともあって、人間が生存すること自体に付きまとう根源的な残虐性に対するリアルな感覚が弱まっている。この感性の変質現象は、『古事記』『日本書紀』『風土記』においてもすでに顕著であるから、それらの記述をそのまま〈古代の古代〉のヤマト族文化とすることはできない。

話をビモの鬼祓い儀礼に戻すと、取材とビデオ撮影に夢中だったこともあって、実は私も現場では残酷だという印象をあまり受けなかったのである。しかし、のちにこの場面をビデオ映像で見た日本人の何人かは、「正視できない」と言うほどに衝撃を受けていた。これは、〝文化としての生け贄儀礼〟に接する機会を〈古代の近代〉（六、七〇〇年代）以後の日本人が失って久しいからであろう。

動物・家畜（究極的には人間も）を生け贄にする風習を一三〇〇年以上も前に失って、その状態のままで二十一世紀の現代にまで至っている民族・国家は、世界中で私たちヤマト族の日本国以外に無いのではないか。したがって、私たち現代日本人の感性には、ヨーロッパ文明的なものとだけでなく、アジア・アフリカ文明的なものとも異質な部分があるということになる。簡潔にいえば、〈古代の近代〉以後の日本人の大半は、人間は他の生き物を殺し、それを食べることで生きているという冷厳な現実を自覚しないままで生きてきたということになる。これは、わかりやすくいえば、現実直視（リアリズム）の眼の一部欠損ということになるのであろうか。

『古事記』など古代文学作品の中には、まだ動物生け贄時代の痕跡を残している部分がある。この古層の部分をかぎ分けるためには、原型生存型の文化を生きている少数民族の文化実態などを手がかりにした、モデル理論的な接近が必要なのである。

●黒い子豚は前脚と後ろ脚を二人で分担して持ち、前脚を持った男が刃物で喉を一刺しする。一分二〇秒で絶命、ヤギの血を受けたのと同じ洗面器に血を受ける。

⑥大ビモの前の傾斜地の地面に、頭を坂下側に向け、綿羊、ヤギ、豚の順に一列に並べて横たえる。

⑦助手が地面の神枝のあいだを歩き、木切れを使って神枝に洗面器の血をていねいに付けていく。

3　鶏を殺して鳴かせる

①大ビモは鶏を左手に持つ。長いナイフで首の部分を乱暴に叩いて殺し、嘴《くちばし》からしたたり落ちる血を小さなボールに溜める。

②鶏の嘴からしたたる血を木の枝で作った祭具にたっぷりと垂らし、血糊を利用して鶏の羽を祭具に付ける。一方で、少し太い木の枝五、六本にも血を垂らす。

③草鬼を括り付けた長い板と②の祭具を、地面に挿した神枝に取り付ける。

④草鬼に血を付け、綿羊のからだの上に載せる。（以下略）

この3の①〜④に典型的なように、この鬼祓いの生け贄儀礼において、血は一貫してプラスの力を持つものとして扱われている。このように生け贄動物の血を特別の力のあるものとして扱うのは、ほかの少数民族の生け贄儀礼でも同じだし、台湾の道教儀礼でも同様である。ところが日本では、六、七〇〇年代の〈古代の近代〉の時期から（あるいは仏教が伝来した五〇〇年代くらいから)、血はケガレとして扱われてきた。例外的には鹿を殺してその頭七十五個を神前に供えた諏訪大社の「御頭祭《おんとうさい》」(三輪磐根『諏訪大社』学生社、一九七八年)などごく一部の事例があるが、それらを除けば、おそらくこの血をケガレとする観念の登場は、日本文化からの動物・家畜の生け贄儀礼の消滅と関係している。

アジア全域の諸民族の文化では、祭式において動物生け贄(ときには人間生け贄も)を行なうのは現在でも当たり前であるか、つい最近まで当たり前であった。日本列島でも、縄文・弥生期には動物生け贄の風習は存在していたと思われる。たとえば、『古事記』の天《あめ》の石屋戸《いはやと》神話に、スサノヲが「忌服屋《いみはたや》」(神の衣を織る神聖な機織り部屋)に「天《あめ》の斑馬《ふちこま》を逆剝《さかは》ぎに剝《は》ぎて堕《おと》し入《い》」れたという描写があるが、これは、〈古代の古代〉の動物生け贄文化の存在の記憶を伝える描写であろう(ただし、『魏志』倭人伝では、倭国には「牛・馬・虎・豹・羊・鵲(かささぎ)なし」とあるので、スサノヲの馬殺しは、朝鮮半島経由での馬の本格的な流入以後の状況の反映ということになる)。

また、雨乞い儀礼の中で「村村《むら》の祝部《はふりべ》の所教《をしへ》の随《まま》に、或いは牛馬《うしうま》を殺して、諸《もろもろ》の社《やしろ》の神を祭《いの》る。」(『日本書紀』皇極天皇元年(六四二)七月)というふうに、牛や馬を生け贄として殺したという記事や、「伊勢《いせ》・尾張《をはり》・近江《ちかつあふみ》・美濃《みの》・若狭《わかさ》・越前《こしのみちのくち》・紀伊《き》等の国の百姓《はくせい》の、牛を殺して漢神《からのかみ》を祭るに用ゐることを断《た》つ。」(『続日本紀』延暦十年(七九一)九月)そのほかの資料から、朝鮮半島あるいは大陸・中国からの渡来人が持ち込んだ、牛を生け贄として殺して「漢神《からのかみ》」を祭る風習なども日本列島の広範な地域に広がっていたことがわかる。この外来の風習が、もともとの日本列島の動物生け贄風習の残存形態と合流して、『日本書紀』皇極天皇元年条のような雨乞い儀礼で牛や馬を殺す行為になったのであろう。

しかし、〈古代の近代〉以前の日本古代の諸資料においては、動物生け贄の具体的な内容を示す記事の代表的なものは以下に引用する「播磨国風土記」の二例と、『古語拾遺《こごしゅうい》』（八〇七年）の一例のみであるから、極端に少ないとしていい。

『播磨国風土記』讃容《さよ》の郡《こほり》の条には、

> 大神《おほかみ》【伊和《いわ》の大神】妹妋《いもせ》二柱《ふたはしら》、各《おのもおのも》、競《きそ》ひて国占《くにし》めましし時、妹玉津日女命《いもたまつひめのみこと》、生ける鹿《しか》を捕《と》り臥《ふ》せて、其の腹を割《さ》きて、其の血《ち》に稲種《いねま》きき。仍《よ》りて、一夜《ひとよ》の間《ほど》に、苗《なへ》生《お》ひき。即《すなは》ち取りて殖《う》ゑしめたまひき。

とあり、鹿を殺してその「血」の中に稲の種を蒔《ま》く農耕呪術が見えている。〈古代の近代〉以後の日本では、殺生を忌避する仏教だけでなく、本来動物生け贄行為を持っていたはずのアニミズム・シャーマニズム系の「神道」においてさえ「血」は忌避されるものとなった（おそらくは仏教との対抗関係の中で生じた現象）が、この讃容《さよ》の郡の伝承では〝血の呪力〟が素直に肯定されている。また同風土記賀毛《かも》の郡《こほり》の条には、右《みぎ》、雲潤《うるみ》と号《なづ》くるは、丹津日子《につひこ》の神、「法太《はふだ》の川底《かはじり》を、雲潤《うるみ》の方《かた》に越さんと欲《おも》ふ」と爾云《しかい》ひし時、彼《そ》の村《むら》に在《いま》せる太水《おほみづ》の神、辞《いな》びて云《の》りたまひしく、「吾《あ》は宍《しし》の血《ち》を以《も》ちて佃《たつく》る。故《かれ》、河の水を欲《ほ》りせず」とのりたまひき。その時、丹津日子《につひこ》、云《い》ひしく、「此《こ》の神は、河を掘る事《わざ》に倦《う》みて、爾《しか》いへるのみ」といひき。故《かれ》、雲弥《うみ》と号《なづ》く。今人《いまひと》、雲潤《うるみ》と号《なづ》く。

とあり、「宍《しし》（鹿・猪あるいは豚などの肉）の血」の呪力に依拠する呪術的農耕技術と、潅漑事業によって水を引いて行なう新しい時代の農耕技術との対立が語られている。この伝承は、〈古代の古代〉（縄文・弥生期および古墳時代）のヤマト族文化には、動物生け贄を普通とする観念が存在していたことを推測させる。

また『古語拾遺《こごしゅうい》』には、次に引用するように、稲の稔りを良くするための祭りにおいて「御《み》歳《としの》神」に対して「牛宍《うしのしし》（牛の肉）」を供えている記述がある。

一昔在《むかし》、神代に大地主神《おほところぬしのかみ》、田を営《つく》る日、牛宍《うしのしし》を以《も》て田人《たひと》に食《く》はしむ。（略）御歳神《みとしのかみ》祟《たたり》を為《な》す。宜《よろ》しく白猪・白馬・白鶏を献《たてまつ》りて、以て其の怒を解くべし。教《をしへ》に依りて謝り奉《のみいのたてまつ》るに、御歳神答へて曰く、「実《まこと》に吾が意《こころ》也。宜しく麻柄《あさがら》を以て挊《かせひ》に作りて之《これ》を挊《かせ》ぎ、乃《すなは》ち其の葉を以て之を掃《はら》ひ、天押草《あめのおしくさ》を以て之を押し、烏扇《からすあふぎ》を以てあふぐべし。若《も》し此《かく》の如《ごと》くして出去《いでさ》らずは、宜しく牛宍《うしのしし》を以て溝《みぞ》の口《くち》に置きて、男茎形《をはせかた》を作《つく》りて以て之に加へ、薏子《つしだま》・蜀椒《きはじかみ》・

呉桃《くるみ》の葉、及び塩を以て其の畔《くろ》に班置《まけ》くべし」。仍《より》て其の教《をしへ》に従ふとき、苗葉《なへのは》復《ま》た茂《しげ》り、年穀豊稔《たなつものゆたか》なり。是れ今の神祇官、白猪・白馬・白鶏を以て御歳神を祭る縁《ことのもと》也。

『延喜式』（九二七年）の「祈年祭《としごひ》」条には、「御歳社《みとしのやしろ》」では通常の料物のほかに特に「白馬・白猪・白鶏」を加えよ、とある。これが、「白馬・白猪・白鶏」を殺して（生け贄にして）その肉を供えたのかどうかは明らかではないが、少なくとも『古語拾遺』の伝承では「牛宍《うしのしし》」（牛の肉）と明記しているので、『古語拾遺』の伝承は〈古代の古代〉の農耕祭儀で牛を実際に殺した記憶の反映であろう。

20 近代都市社会人の感性では〈古代の古代〉は見えない◆◆前近代社会ではタバコは幸せな共同性の中にある（「社会態」からの視点）

第一回調査（一九九七年）の三月十九日に、宿舎の美姑賓館から徒歩二十分の所にある、巴普《バープー》鎮（美姑の中心の町、標高二〇六五メートル）柳洪《リウホン》村に行った。

目的の丘にたどり着くと、ワッと子供たちが集まって来た。同行のイ族出身研究者（モソツホ氏）が少年の一人に何か言うと、その少年は少し離れた所から一抱え以上もある大きな草束を運んで来て、腰掛け代わりにしてくれた。お礼にモソツホ氏が少年にタバコをあげると、子どもたちはさっそく皆で分け合って吸い始めた。

中国では、二〇〇〇年くらいから急速に改革開放政策が進んだので、二〇一一年の現在では状況が少し変化しているかもしれないが、一九九〇年代後半の少数民族文化調査の際には、村に入るときに準備しておいた白酒《パイチウ》やタバコのうちで、タバコは案内人が子供たちにも配るのが当たり前だった。

一般に近代社会において喫煙には、〃大人はいいが、子供は禁止〃という規制がなされている。しかしこの地域のように、人々の意識が〃タバコは良いもの〃という共同性の中にあると、〃良いものなのだから、大人も子供も、男も女も吸ってよい〃という意識になって、論理はスッキリしている。一般に辺境の少数民族の村では、子供は労働力として大人と同等に考えられている。その対等さがタバコにも貫かれていると見てもいいだろう。

一方で、西欧近代文明的な都市型社会では、タバコの害が強調されるとともに、タバコの煙を吸いたくない〃他者〃への配慮が要求されるようになり、またこれから成長する子供の保護という観念も強調されるようになった。辺境の村のように低生産力の前近代社会で、隙間だらけの家や空き地だらけの生活圏の場合はほとんど問題にならなかったことが、コンクリートの建造物が一般化し、個人領域を尊重する志向の強まった近代都市型社会にあっては問題になってくる。

近年私がいろいろな機会に繰り返し書いているように、日本は、〈古代の近代〉の日本古代国家成立期以後一貫して、良い意味でも悪い意味でも少数民族的文化を色濃く残して現在に至っている。〃他者〃と自己の境界を曖昧にするというのもその特性の一つだが、それはタバコの吸い方においても長いあいだ顕著であった。しかし、辺境の少数民族の村では今でも普通に存在している、タバコについての幸せな共同性は、いかに少数民族的体質を継承している日本の近代化とはいえ、二十一世紀に入るとともにさすがに維持できなくなってきたようである。

いずれにしても、〈古代の古代〉のヤマト族文化をモデル的に復原するには、近代の都市型社会の生活感覚はかなりの部分で障害になると考えたほうがいい。「**19　生け贄文化の喪失は……**」で、生け贄として殺したヤギの眼球に村人が触れるのを、目を閉じさせてやろうという気遣いかと私が勘違いした経験を紹介したが、タバコを子供たちにも配ることに驚いた私の感性もまた、私がいかに近代都市型の感覚に支配されていたかをよく示している。

『古事記』を分析する場合にも、私たちのイメージしている〈古代〉は、そのほとんどが六、七〇〇年代の〈古代の近代化〉を経たあとのものを素材として想像したものだという反省に立つ必要がある。

21　スサノヲの剝《は》ぎ方はどこが「逆」なのか◆◆「逆剝《さかは》ぎ」とはなにか（「社会態」の視点から）

第二回調査（二〇〇〇年）のときに、美姑《メイグー》の町なかでの鬼祓い儀礼も見学することができた。このときに生け贄として殺したのはヤギ・子豚・鶏だった。ここではその解体のし方についての部分を引用しよう。

前庭でヤギの解体が始まる（13時27分〜）。

①胸の中央部分の皮を少し切り取る。

②睾丸を切り取り、その切り口から①の胸の切り口に向かって切り裂く。

③後ろ脚の関節の所に切り込みを入れ、その切り口から脇の下に向かって皮を切り裂く。前脚は関節の所にかなり入念に切り込みを入れ（かなり固いようだ）、同様に脇の下に向かって裂く。

④胸の切り裂いた箇所から首の下へ切り裂く（〜13時35分）。

⑤皮を剝ぐ。皮と肉とのあいだに握り拳を入れ、かなりの力で剝いでいく。脚先は関節の所にナタで切り込みを入れ、折る（〜13時47分）。

別の弟子と主人が同時にドラム缶カマドのほうで鶏と子豚を解体している（13時43分〜）。鶏は羽を火であぶって取り除く。子豚は血まみれなので水で洗い、毛を焼く。ビモと子供たちを除く全員がかいがいしく立ち働くなかで、同じ前庭には次の儀礼で使う雄鶏が脚を縛られてうずくまっている。男児がその鶏を相手に遊んでいる。

『古事記』の天《あめ》の石屋戸《いはやと》神話で、「大嘗《おほにへ》」を行なっているアマテラスに対してスサノヲがさまざまな妨害行為を行なう中に、「天《あめ》の斑馬《ふちこま》を逆剝《さかは》ぎに剝《は》ぐ」行為がある。この「逆剝《さかは》ぎ」の「逆《さか》」は「栄《さか》」「坂《さか》」「境《さか》（い）」の可能性もあるのだが、さしあたり文字通りに「逆《ぎゃく》」と解釈する場合には、それでは逆ではない剝ぎ方はどういう剝ぎ方かという問題が出てくる。この前庭でのヤギの解体を見ている限りでは、やはり剝ぎ方には一定の手順のあることがわかる。それは、その手順に従ったほうが皮がきれいに剝げるといった実用性が基本になっているのであろう。

『古事記』の伝承においては、馬の皮の正しい剝ぎ方がどのような手順としてイメージされていたのか、そのモデルに使えそうな剝ぎ方の実例を集める必要がある。一般的には、まず頭部を切り落とし、仰向けにひっくり返して股の部分から胸のほうに向かって切り開いていくようだ。

アイヌ民族のイオマンテでは、神々の世界に送るために殺したシマフクロウや熊を解体するときには、先祖伝来の伝統的な方式・手順を厳格に守らねばならなかったことが知られている。しかし、一九八五年に復元して行なわれた熊のイオマンテにおいては、殺した子熊の頭部を切り離したあとで、胴体を仰向けにして首の部分から股のほうへと切り開いていた。これは「先祖伝来の方式に従って行なわれるイリ（皮剝ぎ）」（一九八五年三月十二日放送のTBSテレビのドキュメンタリー番組「そこが知りたい／カムイ・イオマンテ」による）だということだ。しかし逆に、『イヨマンテ──日川善次郎翁の伝承による』（アイヌ民族博物館、二〇〇二年）によれば、子熊の皮剝ぎは、「一番最初に陰部のやや上にマキリ【小刀】を入れ」て、「胸上付近までまっすぐ切る」のだという。この場合は、股の部分から上のほうへと切り開いていることになる。これら二例のどちらが「順剝ぎ」なのかの確認が私にはまだできていない。

ともかく、ヤマト族の〈古代の古代〉の時期の動物生け贄儀礼においても、皮がきれいに剝げる実用性を伴った、呪術的で様式的な剝ぎ方ができあがっていたのではないか。だとすれば、スサノヲの「逆剝《さかは》ぎ」は、そういった手順とは「逆《ぎゃく》」の剝ぎ方をしたことによって、不吉だとか、逆に強い呪力が生じるだとか、なにか、正負を問わずに特別な意味が付与された行為だったのであろう。

したがって、スサノヲの「逆剝《さかは》ぎ」を古層から理解するには、原型生存型民族の動物生け贄の実態資料をたくさん集める必要がある。そのうえで、なぜこの場面では、牛でも豚でもヤギでも鹿でもなく、動物生け贄として主流ではない「馬」だったのかという問題もまた追究されなければならない。

22 〈古代の古代〉の生け贄儀礼のリアリティー◆◆低生産力社会で、肉を食べない動物生け贄は考えられない（「社会態」からの視点）

第二回調査の前項の鬼祓い儀礼で、ヤギを解体したあと、ヤギの頭、剝いだ皮、胸の骨の一部はビモにお礼として渡された。ヤギの内臓（胆嚢または肺）はビモの祭具の辺りに置かれ、あとでの儀礼で用いられた。

皮を剝いだヤギはさらに内側の皮を切り開いていく（13時54分）。腹の皮をナイフで切り裂くと、大きく膨らんだ袋が出てくる。それを引き剝がして、さらに腸も取り出し、さらに解体は進む（13時57分〜14時10分）。15時33分まで休憩し、焚き火であぶったヤギの肉がその場の全員に配られ、食べた。

生け贄儀礼について論じる際に、生け贄にされた動物を食べるか食べないかということを問題にする立場がある。私たちが知っているヤマト文化の祭りでは、一般に、たとえば神前に供えられた魚・鳥などは食べないからである。しかし、食べないということは、その生け贄動物は単に神に供えられる供物《くもつ》として完全に儀礼化され、人間から分離されるということである。

しかし、縄文・弥生期的な低生産力の社会では動物性タンパク質としての肉を食べる機会は滅多にないので、生け贄として殺したその動物を食べないなどということは考えられない。このときの鬼祓い儀礼だけでなく、「**19　生け贄文化の喪失は……**」で紹介した第一回調査の鬼祓い儀礼のときも、生け贄として殺したヤギ、綿羊、子豚、鶏は塩茹《ゆ》でして食べた。

また、第二回調査の九月十六日に、牛牛壩《ニウニウバー》という所でイ族の葬儀に出合った。この時の葬儀では、牛を殺す、生きている者の魂を呼び戻す、山に行く、牛肉を配る、という四つの行事が行なわれるということであった。しかし、私たちが着いたときにはすでに三つの行事は終わっていて、これから牛肉を配る段階であった。三つの行事は終わったのだが、沿道は牛肉配りを待つ大勢の人々で埋め尽くされている。牛肉配りの会場を埋め尽くしている人々は、ざっと見て二千人以上はいたと思われる。

この日に殺された牛は二十二頭だった。牛肉配りの会場に入って行くと、中央付近に直径一メートルほどの大鍋が数個あり、これで肉を茹でたようだ。鍋のそばには血だらけの牛の頭や皮が無造作に積まれている。

肉とパン（トウモロコシで作った白パン）が広さ十畳ほどもあるビニールシートの上に大量に広げられ、中央には長い木の枝の杖を持った老人が立ち、杖で指図をしている。それぞれ集落単位で分けてもらっているとみえて、分配係の男五、六人が大きな飼料袋にスコップで肉とパンを詰め込んで村人に渡している。肉を待つ群衆は、一様に押し黙って、じっと肉の分配作業を見つめていた。

日本国内では、ヤマト族の動物生け贄は、「**19 生け贄文化の喪失は……**」で述べたように、かつての諏訪神社の鹿殺し神事など特殊な事例を除いて、〈古代の近代〉以後の日本では消滅した。縄文・弥生期にまで届く〈古代の古代〉のヤマト族の生け贄儀礼について考えるときには、この美姑のイ族文化など、原型生存型の文化の実態から学ぶことが必要であろう（詳しくは、工藤『中国少数民族と日本文化―古代文学の古層を探る』参照）。

23 生きている神話の綜合性から古事記を見る◆◆ムラ段階の神話の果たしている役割の重さ

（「社会態」からの視点）

第二回調査（二〇〇〇年）の九月十七日、「**22 〈古代の古代〉の生け贄儀礼の……**」で触れた、葬儀のあった牛牛壩《ニウニウバー》を通過し、大きな川を越えてまもなく脇道に入り、美姑県拉木阿覚郷《ラムアジュ》（一三七五メートル）に到着。この郷のはずれにある丘で、向かい側の山々が連なって見える見晴らしのよいトウモロコシ畑の中で「ネウォテイ」のビデオ撮影をした。モソツホ氏が作成した「ネウォテイ」の文字記録を、大ビモに声に出して唱えてもらう作業である。これは、「ネウォテイ」の全句とビデオ映像の両方を刊行し、できるかぎり正確に原イ語テキストとメロディーを後世に伝えたかったからである。

しかし、「ネウォテイ」は全部で五六八〇句もあるので、とてもこの日の昼間中に終えることはできず、どうせなら大ビモの村へ行って一泊して完成させようということになった。遅い昼食を終え、15時38分、ようやく拉木阿覚郷から核馬《フーマー》村（二五一五メートル）へと出発。いったん急勾配の坂を標高差一〇〇メートルほどくだり、V字谷の底に流れる大きな川の全長七〇メートルほどの吊り橋を渡って再び急勾配の坂道を登る。しばらく歩くと幅の狭い渓流があり、私たちは流れの中の不安定な石の上を、対岸から手を差しのべてもらってようやく渡った。17時10分、核馬村に到着。

核馬村の総戸数は三十五戸、うち三十二戸にビモがいるので、ほとんどの家にビモがいることになる。ビモのいない三戸は、ビモである父親が早世してしまい、跡継ぎのビモが育たなかったということだ。つまり、本来なら全戸にビモがいたのである。

この村には、まだ電気、水道は無い。自動車が入れる道路も無い。この状態は、まさに先に述べた原型生存型の生活形態（八九ページ）そのものである。

村に着くと、集落に入ってすぐの広場の横にある大ビモの家に迎え入れられて休憩。17時40

分、広場でビデオ録画が再開された。「11 阿留居日《アニュジュズ》」から「15 天地婚姻史」まで録画。

村のあちこちで、庭先、軒下、屋根の上などに、トウガラシ、トウモロコシ、ソバの実、クルミなどを干している。広場の横には小さな家屋があり、入り口の看板には漢字で「美姑県爾其郷子子哈小学」、軒先の板には漢字とイ文字で同様の名称が書いてある。「一九九四年九月一日開学」とあるから、まだできて間《ま》もない。

撮影を終え、大ビモの家で私たち一行を迎える宴会になった。この宴会のために殺した牛一頭の肉が解体され、村人にその肉やソバパンが行き渡り、大ビモ一家の人々もじゅうぶんに食べた21時30分ころから、酒だけの宴会が始まった。

最初に大ビモが歌ってくれたのは「酒を勧める歌」(五五ページ)だった。大ビモは、私たちが贈り物として運んで行ったビールの注がれた器(牛の皮製で、漆の黒塗りに赤と黄色の模様)を手に持ち、胸の高さにずっと掲げたまま歌ってくれた。歌い終わると、その器を私たち客人に渡し、次々と私たちが回し飲みをする。

部屋の灯りは、柱に掛けた小さな菜種油ランプ二つだけで、かなり暗い。囲炉裏の火が灰に埋もれているせいもあるだろう。

大ビモと客人は囲炉裏の前に鍵の手に並び、その反対側に大勢の村人たちが座っている。囲炉裏近くに陣取っているのはほとんどが成人男性で、その周囲に子供たち、一番離れた壁際に女性たちが座っている。

そうこうするうち、大ビモの隣りに座っている男性（四十四歳、ビモ）が「天と地の結婚の歴史」を歌い始めた。次に、ビモではない若い男性（二十四歳）が、「黒イ族の婚姻史」を歌った。続いて、別のビモが茶碗に入れた白酒《パイチウ》を飲んでから、別の短い歌を歌う。続いて、再び二十四歳の男性が「官印持ちの土司の歴史」を歌う。続いて、それまで皆の歌をにこやかに聞いていた大ビモが、約十二分間、「天地開闢→生物を創造する→人類の起源→雪族の十二人の子→鼠の系譜→蚤《のみ》の系譜→魚の系譜→茶の起源」を歌う。

さらに、別のビモが「馬の起源」を歌う。ここで少し休憩があって、22時24分より大ビモが「阿普阿散《アプワサ》（ビモの守護霊）の系譜」を歌う。続いて別のビモが、「タバコの起源」を歌う。次に、二十四歳の若い男性が「支格阿龍《チュクアロ》」（「10　支格阿龍」）を歌う。

このあと、口々に、あいつがあの歌を歌ったらいいじゃないかとか口々に提案し合っているうちに、男性（ビモではない）が、「イ族の分布史」「人類の起源」「洪水氾濫」「天と地の結婚の歴史」（これらの多くは「ネウォテイ」の内容と重なっている）を歌った。

周りの子供たちはと見ると、中学生くらいの少年も白酒を飲んでいる。男たちは口々にいろいろ言い合って、歌は延々と続く気配であったが、明朝には「ネウォテイ」の録画が残っているので、今夜はこの辺でお開きにしようということになった。午前〇時ごろ、宴会終了。

以上からもわかるように、この核馬村には、肉を分け合い、互いに助け合う原始的共同体のムラの姿があった。ムラの生活は、夜明けと共に起き、ある者は農作業をし、ある者は家畜の放牧に出る。そういったあまりにも単調な日常を維持するには、大ビモを頂点とする安定した秩序が必要なのかもしれない。そして、そのビモの権威を保証する中核に、ビモの歌う創世神話があるというところに、ムラ段階の社会での神話というものが果たしている役割の重さがある。

しかし古代文学研究者としての私が最も衝撃を受けたのは、この宴会で歌われた歌が、創世神話を中心とする〈起源神話〉ばかりだったということだ。宴会なのだから、宴会用の遊び歌などが主役になるのかと思っていたが、そうではなかった。神話好きの外国人のための特別サービスでこうなったということでもないようである。それが証拠に、ほとんどが創世神話「ネウォテイ」に関連する内容のものなのに、子供たちも、飽きる様子もなく食い入るように聞き入っていた。つまり創世神話は、子供も含めたこの村の老若男女のすべてにとって、〈娯楽〉でさえあったのだ。第一章の「1 生きている神話とはなにか」でも述べたように、原初的な共同体における神話は、その共同体の紐帯の象徴であると同時に、民族の歴史の知識の源泉であり、またレトリック（表現のワザ）と知力の競い合いを楽しませてくれる〈娯楽〉の役割も果たしているのだ。『古事記』の古層の原神話をイメージするときには、想像力を、こういった神話の綜合性にまで届かせる必要がある。文字記述の『古事記』は、生きている神話の綜合性のうちの、娯楽性、実用性、儀礼性、歌唱性の部分のほとんどを失った存在なのである。

24　記紀歌謡・万葉歌の音数律は長江流域から本州までの歌文化圏のもの◆◆五音重視のイ語表現と五・七音重視のヤマト語表現の類似性（「表現態」からの視点）

イ語は基本的に母音終わりである。したがって、ヤマト語と同じように音を数えることができる。私の言うヤマト語とは、アジア全域から日本列島に流入したさまざまな言語の混成言語で、〈古代の古代〉（紀元後五〇〇年代くらいまで）の時期にある程度形づくられた言語を指す。現代日本語から言えば日本語から漢語・欧米語などを除いたもので、〈古代の古代〉では中国国家との関係の中で少数民族語に位置づけられた言語のことである。

このような観点のもとにたとえば「1　前口上」をみてみると、第二〜一九句が九音、一、二〇〜三五句が五音である。しかし、次の「2　天と地の系譜」では、第五八句が七音であることを除いて三六〜七八句のすべてが五音である。全五六八〇句では、そのほとんどが五音で、ときどき例外的に七音と九音（まれに十一音）が混じるという構成になっている。したがって創世神話「ネウォテイ」は、リズミカルに歌われる（唱えられる）ものであると同時に、その各句が五音を基本とする奇数音の定型になっていることがわかる。

また、歌われるイ族の歌謡（特に恋歌）では、四音から十三音までの幅はあるが、やはり基本になっているのは五音である（『中国民間情歌』上海文芸出版社、一九八九年）。

このことは、一漢字一音表記の記紀歌謡が五音と七音を主体としていて、かつ短歌が五音と七音の組み合わせから成る定型に向かったこととの類似性を思わせる。ヤマト語の定型表現の分析も、イ族そのほかの中国少数民族の言語表現との比較研究が必要な段階にさしかかっているのであろう。

日本古代文学研究の世界では、長いあいだ、口頭の歌には歌詞の定型が無いという見解が定着していたが、このようにイ族の歌われる歌謡に五音を中心とする音数定型がある事実は、そのような見解への反論を生むであろう。長江流域の諸少数民族の歌垣では、一般にメロディーは一つで、その定型のメロディーにさまざまな歌詞をはめ込むのだが、そこにはめ込まれる歌詞にも定型があるのが普通である。たとえば、ペー族の「歌垣」の歌は、七七七五＋七七七五の計五十二音から成る定型であり、脚韻の規則もある（工藤『雲南省ペー族歌垣と日本古代文学』ほか）。

このような歌詞についての定型・音数律の存在は、長江流域を中心とする「歌垣文化圏」の歌垣の歌詞には、厳しさの度合いに差があるとはいえ、一般的である。『七五調のアジア――音数律からみる日本短歌とアジアの歌』（岡部隆志・工藤隆・西條勉編、大修館書店、二〇一一年）所収の諸論文および遠藤耕太郎「音楽的リズムと言語的リズムの交差」（『アジア民族文化研究8』二〇〇九年）でもわかるように、「歌垣文化圏」では、一句の音数は七音あるいは五音が圧倒的に多い。

ただし、少数だがブータンの四音、琉歌（オキナワ文化）の六音・八音もあるが、これらは坂野信彦『七五調の謎をとく――日本語リズム原論』（大修館書店、一九九六年）の、日本語は八音、四拍子が基本で、八音に「休止」が一つ入れば七音、三つ入れば五音になり、八音を丸々使えば八音、八音を二つに分割すれば四音、という理論を応用すれば、いずれも類縁性の強い定型の音数律であることに変わりはない。

現地調査に基づくものとしては、ペー族の七音・五音のほかにも、チワン族の五音（手塚恵子『中国広西省壮族歌垣調査記録』大修館書店、二〇〇二年）、モソ（摩梭）人の七音（遠藤耕太郎『モソ人母系社会の歌世界調査記録』同、二〇〇三年）、ミャオ族の七音（工藤隆「中国湖南省鳳凰県苗《ミャオ》族歌垣調査報告」『アジア民族文化研究7』二〇〇八年）、そのほかの報告が公開されている。

ただし、一字一音の記紀歌謡では五音と七音の組み合わせ以外の歌詞のほうが多いという事実がある。たとえば、次に引用する『古事記』の「久米《くめ》歌」の冒頭歌のように三・四・五・六・七音の混在の目立つものがある。（　）内の数字は、音数。

宇陀《うだ》の（三）　高城《たかき》に（四）　鴫罠張《しぎわなは》る（六）　我《わ》が待《ま》つや（五）　鴫《しぎ》は障《さや》らず（七）　いすくは
し（五）　くぢら障《さや》る（六）　前妻《こなみ》が（四）　肴乞《なこ》はさば（五）　立柧棱《たちそば》の（五）　実《み》の無《な》けくを
（六）　こきしひゑね（六）　後妻《うはなり》が（五）　肴乞《なこ》はさば（五）　柃《いちさかき》（五）　実《み》の多《おほ》けくを（七）
こきだひゑね（六）　ええしやごしや（七）　此《こ》は（二）　伊能碁布曽《いのごふぞ》（七）　ああしやごしや
（七）　此《こ》は嘲笑者也《あざわらふぞ》（音数未確定、八か？）

しかし、同じ記紀歌謡の中には、次に引用する『古事記』歌謡のように、五七五七七定型の歌もある。

八雲《やくも》立《た》つ（五）　出雲《いづも》八重垣《やへがき》（七）　妻籠《つまご》みに（五）　八重垣作《つく》る（七）　その八重垣を（七）

『古事記』歌謡全一一二首のうちの二十首が、このような完全五七五七七定型の歌である。五句のうちに一字の字余りあるいは字足らず一句を含むものも十五首あり、また一字の字余り二句を含むものも一首あるので、それらまで含めれば五七五七七定型的な歌の数はさらに増える。『日本書紀』の一字一音歌謡でも、全一二八首のうちで四十三首が完全五七五七七定型の歌であり、ほかに一字の字余りあるいは字足らず一句を含むもの十四首と、一字の字余りあるいは字足らず二句を含む七首がある。したがって、もともとは無文字文化の時代から声で伝承されてきたと思われる一字一音の記紀歌謡の中でさえ、五七五七七定型はすでにかなりの比重で存在していたとすることができる。

縄文・弥生期的な〈古代の古代〉の日本の言語表現のあり方を推測する際に、日本国内の事例だけでモデルを作るのには限界がある。縄文・弥生期にまで遡れば、後世の国境はほとんど意味を持っていなかったし、日本列島には、水田稲作をはじめさまざまな技術・文化が中国大陸から直接にあるいは朝鮮半島経由で流入し、また大陸北方や南の島々からの文化の流入もあった。したがって、ヤマト族文化の原型的な歌のあり方のモデル化は、オキナワ・アイヌ文化だけではなくアジア全域の基層文化にその素材を求めねばならないのである。

25 左の目を洗いアマテラスが、右目を洗いツクヨミが誕生する◆◆先に「左」あとに「右」の共通性（「表現態」からの視点）

「4 大地を改造する」では、第四一九句の「阿普阿散《アプワサ》が立ち上がり」のあとに、四二〇句「左手に銅の刺股《さすまた》を持ち」、四二一句「右手に鉄の刺股を持って」という句が続く。また、「5 太陽と月の系譜」でも、五一一句「左側は柱に寄り掛かり」、五一二句「右側は山に寄り掛かり」とあるように、「ネウォテイ」において「左」「右」という対が用いられるときには必ず「左」が先で「右」があとである。

この点は、『古事記』神話でも、「投げ棄《う》つる左の御手《みて》の手纏《たまき》に成れる神の名は、（略）次に投げ棄つる右の御手の手纏に成れる神の名は、（略）」（神代）、「天照大御神《あまてらすおほみかみ》の左の御美豆良《みみづら》に纏かせる（略）、亦右の御美豆良に纏かせる（略）」（同）、「左の御目を洗ひたまふ時に、成れる神の名は、天照大御神《あまてらすおほみかみ》、次に右の御目《みめ》を洗ひたまふ時に、成れる神の名は、月読命《つくよみのみこと》」（同）そのほか、同様の事例が多い。このような「表現態」の一致もまた、日本古代神話と長江流域少数民族の神話との類縁性を示す顕著な例であろう。

26 「日八日夜八夜《ひやかよやよ》を遊びき」◆◆「日」と「夜」を対にする表現の共通性（「表現態」からの視点）

「8 人類の起源」には、第八九六〜九〇一句に、「七地の上のほうから／流れ星が一つ落ち／恩吉吉乃《グジェジュレ》という所に落ちて／火になって燃えた／九日目の夕方まで燃えた／九日目の明け方まで燃えた」という歌詞がある。このうちの「九日目の夕方まで」「九日目の明け方まで」の部分の中国語訳は「九天」「九夜」で、日本語に直訳すれば「九日九夜」である。この「九天（九日）」「九夜」という表現は、〝……日間〟と言う場合の定型表現であり、一二九八・一二九九句、一六七六・一六七七句、四八五七・四八五八句にも見えている。これは、『古事記』の「日八日夜八《ひやかよや》夜《よ》を遊びき」（神代、アメノワカヒコの葬送の場面）や「（ヤマトタケル）新治《にひばり》 筑波《つくは》を過ぎて 幾《いく》夜《よ》か寝《ね》つる／（御火燃《みひたき》の老人《おきな》）日日《かが》なべて 夜《よ》には九夜《ここのよ》 日《ひ》には十日《とをか》を」（景行天皇、ヤマトタケルの東伐の段）など、「日」と「夜」をセットにする表現と共通している。この「表現態」の一致も、『古事記』など日本古代文学の世界の古層と長江流域少数民族の神話表現の類縁性を示すものであろう。

27 アマテラスとスサノヲのウケヒ伝承を復元する◆◆繰り返し句の一部が欠落する（「表現態」からの視点）

「ネウォテイ」では、至るところに定型化された表現の繰り返しが登場する。たとえば「8 人類の起源」には、第九二四〜九三二句に、「そののち／七地《しちじ》の上のほうで／恩梯古茲《グティグズ》は／まず一日目には／鉄の男と鉄の女を派遣して／七地の下のほうに行かせた／彼らが人間に変わることを望んだが／（しかし）鉄は鉄にしかなれず／人間にはなれなかった」という定型表現が現われ、それが第九二四〜九五九句で計六回繰り返されている。

ただし、第九五一〜九五五句は「また次の日には／石の男と石の女を派遣して／七地の下のほうに行かせた／石は石にしかなれず／人間にはなれなかった」となっていて、「彼らが人間に変わることを望んだが」という定型句が脱落している。

また、第九五六〜九五九句では、「また次の日には／水の男と水の女を派遣して／七地の下のほうに行かせた／彼らが人間に変わることを望んだが」で終わっていて、「水は水にしかなれず／人間にはなれなかった」が脱落している。

このように、「神話の現場の八段階」の《第一段階》の神話でも、繰り返し句の一部が脱落するという現象が生じていることがわかる。『古事記』神話の場合は、このような脱落、省略、あるいは別なものの混入といった現象が数百年以上にわたって続いたうえで、文字文化と接触して記録されたものである。この第九二四〜九五九句で生じたような脱落は、『古事記』の表現の多くの部分で生じていたと考えたほうがよい。その典型が『古事記』の「ウケヒ」神話である（詳しくは、工藤『古事記の起源——新しい古代像をもとめて』参照）。

ウケヒの段には「……を乞《こ》ひ度《わた》して、三段《みきだ》に打ち折りて、奴那登母母由良爾《ぬなとももゆらに》、天《あめ》の真名井《まなゐ》に振り滌《すす》ぎて、佐賀美邇迦美《さがみにかみ》て、吹き棄《う》つる気吹《いぶき》の狭霧《さぎり》に成れる神の御名《みな》は、……」という繰り返し表現があったり無かったりする。また、「十拳剣《とつかつるぎ》を乞《こ》ひ度《わた》して、三段《みきだ》に打ち折りて」というふうに、〝剣をどのようにした〟にあたる句があったり無かったりする。そのほかのいくつかの条件も考慮したうえで、元の形を復元してみた。

「建速須佐之男命《たけはやすさのをのみこと》の佩《は》ける十拳剣《とつかつるぎ》を乞《こ》ひ度《わた》して（x）、三段《みきだ》に打ち折りて（A）、奴那登母母由良爾《ぬなとももゆらに》（B）、天《あめ》の真名井《まなゐ》に振り滌《すす》ぎて（C）、佐賀美邇迦美《さがみにかみ》て（D）、吹き棄《う》つる気吹《いぶき》の狭霧《さぎり》に（E）成れる神の御名《みな》は（F）」、「八尺《やさか》の勾璁《まがたま》の五百津《いほつ》の美須麻流《みすまる》の（y）珠」というふうに、繰り返しの句をA（「珠《たま》」についてはA′）〜F、x・yと記号化した。A〜Fの①は完全形、②は全句脱落、③はAのみ脱落、④はA・B・Cの脱落である。

故爾《かれここ》に各《おのおの》天安河《あめのやすのかは》を中に置きて宇気布《うけふ》時に、天照大御神《あまてらすおほみかみ》、先づ建速須佐之男命《たけはやすさのをのみこと》の佩《は》ける十拳剣《とつかつるぎ》を乞《こ》ひ度《わた》して（x）、

①
三段《みきだ》に打ち折りて（A）、
奴那登母母由良爾《ぬなとももゆらに》（B）、
天《あめ》の真名井《まなゐ》に振り滌《すす》ぎて（C）、
佐賀美邇迦美《さがみにかみ》て（D）、
吹き棄《う》つる気吹《いぶき》の狭霧《さぎり》に（E）

「成れる神の御名《みな》は（F）、
多紀理毘売命《たきりびめのみこと》。亦《また》の御名は奥津島比売《おきつしまひめ》命と謂《い》ふ。
次に［x］
②［A］［B］［C］［D］［E］［F］
市寸島比売《いちきしまひめ》命。亦の御名は狭依毘売《さよりびめ》命と謂ふ。
次に［x］
②［A］［B］［C］［D］［E］［F］

多岐都比売《たきつひめ》命。

速須佐之男命、天照大御神の左《ひだり》の御美豆良《みみづら》に纏《ま》かせる

八尺《やさか》の勾璁《まがたま》の五百津《いほつ》の美須麻流《みすまる》の（y）

珠《たま》を乞ひ度して、

③ A′

奴那登母母由良爾（B）、

天の真名井に振り滌ぎて（C）、

佐賀美邇迦美て（D）、

吹き棄つる気吹の狭霧に（E）

成れる神の御名は（F）、

正勝《まさかつ》吾勝《あかつ》勝速日《かちはやひ》天之《あめの》忍穂耳《おしほみみ》命。亦右の御美豆良に纏かせる

y

珠を乞ひ度して、

④ A′ B C

佐賀美邇迦美て（D）、

吹き棄つる気吹の狭霧に（E）
成れる神の御名は（F）、
天《あめ》之《の》菩《ほ》卑《ひ》能《の》命。亦御縵《みかづら》に纏かせる
珠を乞ひ度して、
[y]
④ [A′] [B] [C]

佐賀美邇迦美て（D）、
吹き棄つる気吹の狭霧に（E）
成れる神の御名は（F）、
天《あま》津《つ》日《ひ》子《こ》根《ね》命。又左の御手に纏かせる
珠を乞ひ度して、
[y]
④ [A′] [B] [C]

佐賀美邇迦美て（D）、
吹き棄つる気吹の狭霧に（E）
成れる神の御名は（F）、
活津日子根《いくつひこね》命。亦右の御手に纏かせる
［y］
珠を乞ひ度して、

④
［A′］
［B］
［C］
佐賀美邇迦美て（D）、
吹き棄つる気吹の狭霧に（E）
成れる神の御名は（F）、
熊野久須毘《くまのくすび》命。并《あは》せて五柱《いつはしら》なり。

文字作品として残された『古事記』のウケヒ神話の段の表現は、たとえばこのように復元された、歌われていた（唱えられていた）時代の歌詞の名残りであろう。『古事記』など古代文学作品の表現には、このような脱落部や変質部が大量に隠れていることを研究者は忘れてはならない。

28 起源神話の語り口が古事記にも残存◆◆「だから今も……なのだ」という語り口（「表現態」からの視点）

神話の中で起きたあることが原因で「だから今も○○は……なのだ」という語り口は、起源神話におけるごく一般的な様式である。たとえば「8 人類の起源」でいえば、

恩畢阿孜《グピアズ》は、「お前は邪悪な怪獣ではないか、お前より上に王や（王の）臣下はいないのか？　なぜお前が招きに来たのだ！」と言った。恩畢阿孜《グピアズ》が、そばにあった小麦粉をつまんで撒《ま》くとヤマアラシに隈取《くまど》りができた、だからヤマアラシは大昔から隈取りをしていて、今も隈取りをしているのだ。

という語り口である。「8 人類の起源」には、ほかにも、「だから、蜘蛛は昔から首が白く、今も白い」、「だからウサギは大昔から足曲がりで、今も足曲がりである」、「だからニシキドリは大昔から顔が赤く、今も顔が赤いのだ」という事例がある。

このような、「だから今も○○は……なのだ」という語り口は、子供だけでなく大人も含めたその場の聴き手には「なるほど」と思わせる効果のあるものだったろう

『古事記』にも、たとえばオホヤマツミの神が献上した娘のイハナガヒメを、ホノニニギが父

親の元に送り返してしまったときに、オホヤマツミはこれを恥じて、「イハナガヒメを返してよこしたので、これから神の御子の寿命は、木の花のように短くなるだろう」と呪ったので、その結果として、今に至るまで、天皇の命は長くはないのだ、と語る伝承がある。

あるいは、黄泉の国神話の段で、

最後にイザナミ自身が追って来た。そこでイザナキはヨモツヒラサカに大きな岩を置いて境い目とし、その岩を挟んで向かい立ってそれぞれが言葉を発した。まずイザナミが、「愛《いと》しいあなたとはいえ、こんなことをするのなら、あなたたちの世界の人を一日に千人殺すぞ」と言った。するとイザナキは、「愛しいあなたとはいえ、そんなことをするのなら、一日に千五百人が生まれるようにする」と答えた。これによって、一日に必ず千人が死に、千五百人が生まれることになった。

というふうに、なぜ今の人間が死ぬことになったのか、しかしなぜ人口は増えていくことになったのか、という問いに対する起源神話を語っている。

しかし『古事記』の場合は、こういった例は「ネウォテイ」ほどには多くない。『古事記』神話は国家段階の神話かつ文字の神話に転じる過程で、聴き手からの反応を計算するという〈場〉の側面を弱め、「だから今も○○は……なのだ」という語り口を徐々にそぎ落としてきたのであろう。しかし、それにしてもそのようなムラ段階の神話に顕著な語り口をすべて棄ててはしまわなかった点に、『古事記』という書物の、〈古代の古代〉のムラ段階性と〈古代の近代〉の国家段階性の混在という性格が見て取れるであろう。

29　スサノヲ神話・アメノイハヤト神話との類似と相違◆◆母との別れとそれ故の号泣／人間を食う怪物を退治する（「話型」「話素」からの視点）

「10　支格阿龍《チュクアロ》」と「12　太陽を呼び、月を呼ぶ」を読むと、いくつかの話に日本のスサノヲ神話との類似が見えて驚かされる。

詳しくは第三部の散文体神話（概略神話）を読んでほしいが、支格阿龍《チュクアロ》は、生まれてすぐあとには、母の乳を吸わず、母と共に寝ず、母の作った食べ物を食べず、母の作った着物を着ず、泣きに泣いて、九日九夜泣いた。そののち、神仙の岩屋のそばを通ったときに、支格阿龍《チュクアロ》は母に捨てられ、母は済まないと思いながら母の道を歩いて行った、と語られている。

「九日九夜」は、「**26　日八日夜八夜を遊びき《ひやかよやよ》**」で触れたように「日」と「夜」を対にする様式の表現である。この「九」は〝たくさん〟の意を示すこともあるので、ここでは〝長いあいだ泣き続けた〟という意味に解してもよい。なぜ長いあいだ泣いたかの直接的な理由はわからないが、第一六九九句に「母に捨てられた」とあるので、母との別れ、あるいは母からの自立が原因になっているのであろう。

だとすれば、支格阿龍《チュクアロ》の号泣は、『古事記』神話で、「妣《はは》（亡き母）の国」を慕って「八拳須心《やつかひげむね》の前《さき》に至るまで」（長いあいだという意の常套表現）激しく泣いたスサノヲと通じるものがある。支格阿龍《チュクアロ》という武勇に優れた英雄と、スサノヲというこれまた荒々しい英雄神の〝幼年期〟の形象において、どちらもが母との別れとそれ故の号泣を語るというこのあまりの類似性をどのように受け止めるべきなのだろうか。これは地域・時代が違っても神話には似たような語り口が生じるという神話の普遍性の問題なのか、あるいは、〈古代の古代〉のある時期に、このような語り口の神話を持った民族とヤマト族とのあいだになんらかの実態的な交流があったということなのか、簡単に結論は下せそうにない。

また、「10　支格阿龍《チュクアロ》」には「巴哈阿旨《バハアジュ》をやっつける」という概略、以下のような話がある。

支格阿龍《チュクアロ》が人間界にやって来たとき、ある家の中から母と子の泣き声が聞こえてきたので、「なぜ泣いているのか」と尋ねると、「巴哈阿旨《バハアジュ》という怪物に、男たちも女たちも家族の人たちも親戚も食われたからだ」と答えた。それを聞いた支格阿龍《チュクアロ》は怒りでいっぱいになり、巴哈阿旨《バハアジュ》を捕らえようと突而《トゥル》山に行った。不気味に薄暗い洞窟があり、中には巴哈阿旨《バハアジュ》の母が、尾を竹にまといつかせ、目を丸く見開き、息を吐けば白い霧が立ち、口を開けばどす黒い赤であり、口の中は奥まで深く、歯は尖って鋭く、喉《のど》はきらきらと光っていた。支格《チュク》阿龍《アロ》が口の赤い龍に姿を変え、知恵を働かせて巴哈阿旨《バハアジュ》を絶命させ、その幼い子供も逃げ去って、このときから二度と姿を現わさなかった。

この話の骨格は、『古事記』のスサノヲのヤマタノヲロチ退治神話と酷似している。アシナヅチ・テナヅチ夫婦（「老夫《おきな》と老女《おみな》」）が、娘クシナダヒメ（「童女《をとめ》」）がヤマタノヲロチに食われることで嘆き悲しんでいるところにスサノヲがやって来て、知恵を働かしてヲロチを退治するというものだが、「家の中から母と子の泣き声が聞こえてきた」、巴哈阿旨《バハアジュ》が原因で泣いていると答えた、という情景もそっくりだ。

また、ヤマタノヲロチの目は赤いホオズキのようであり、頭と尾が八つあり、体には苔《こけ》や檜《ひのき》や杉が生え、その大きさは八つの谷と八つの丘にまたがるほどであり、腹には血がこびりついていると描写していて、バハアジュの「尾を竹にまといつかせ、目を丸く見開き、息を吐けば白い霧が立ち、口を開けばどす黒い赤であり、口の中は奥まで深く、歯は尖って鋭く、喉《のど》はきらきらと光っていた」という姿に通じるものがある。「尾を竹にまといつかせ」とあるので、ヤマタノヲロチと同じく、そのイメージは蛇系統の怪物であろう。

スサノヲ神話、チュクアロ神話共に、外部からやって来た英雄が、人間を食う魔物を退治するという「話型」になっているが、これはギリシャ神話の、ペルセウスが海の怪獣を退治して、人身御供《ひとみごくう》に差し出されていた王女アンドロメダを救う話にも通じる世界的な普遍性の問題なのだろうか。

また、「12 太陽を呼び、月を呼ぶ」の骨格は、支格阿龍《チュクアロ》に射落とされて最後に残った一つずつの太陽と月が、支格阿龍《チュクアロ》を恐れて突而山《トゥル》に姿を隠して世界が真っ暗になったため、雄鶏《おんどり》を派遣して太陽と月を呼び出して世界に夜と昼の秩序が回復した、というものである。したがって、『古事記』のアメノイハヤト神話は、洞窟に籠もるのが太陽（アマテラス）だけで月の存在が無い点を除けば、この支格阿龍《チュクアロ》神話とほぼ一致しているとしていい。支格阿龍《チュクアロ》の役割は、ヤマタノヲロチ神話と同じく、スサノヲが果たしている。

しかし、決定的な違いもある。それは、「ネウォテイ」の、複数の太陽と月が出てそれを支格《チュク》阿龍《アロ》が矢で射落とすという要素のうちの、「複数の」「月」「矢で射落とす」という要素（「話素」）が『古事記』神話には無い点である。アメノイハヤト神話は、洞穴に隠れた太陽を「雄鶏を啼かせて呼び出す」という要素が中国少数民族の神話と一致しているのに、「複数の」「月」「矢で射落とす」という要素だけが『古事記』神話には無い。これは、もともと同系統の神話が〈古代の古代〉の日本列島にも流れ込んでいたのに、そのうちのいくつかの要素が脱落して『古事記』神話のように変質したものであろうか。あるいは、日本列島独自のまったく別系統の神話が、たまたま大筋の「話型」で一致したということなのか、やはり論議を深めねばならない。

もしかすると、支格阿龍《チュクアロ》が矢で射落とすという行為は、スサノヲの場合はアマテラス（太陽）の神事（ニイナメ）の妨害というふうに転換されているのかもしれない。また、月の存在が無い点は、『古事記』神話ではツクヨミ（月）の活躍する場面がほとんど無いことでもわかるように、皇祖神アマテラス（太陽）という観念が支配的になっていたためにツクヨミ（月）の存在が消されているのかもしれない。

また、『日本書紀』（神代紀第五段第十一の一書）には、ツクヨミ（月）がウケモチの神を殺したのでアマテラス（太陽）が激怒し、それ以後は太陽と月は別々に暮らすことになったとする伝承がある。これは、太陽と月の対立神話であり、この月の部分がスサノヲに変換されたとすれば、『古事記』のアマテラスとスサノヲの対立関係になる。

しかし、タイ、インドなどアジアの神話には、三人兄弟あるいは三人姉妹の上二人が太陽と月になって幸せに暮らし、できの悪い末っ子がそれを妬んで時々太陽と月に悪さを仕掛けることで日蝕と月蝕が起きるとする神話もある。この場合には、太陽・月連合とその敵対者という関係になり、支格阿龍《チュクアロ》神話に近づく。するとスサノヲは、スサノヲ≒《ややイコール》ツクヨミ（月）とも読めるし、スサノヲ≒支格阿龍《チュクアロ》とも読めるということになる（工藤『古事記の起源——新しい古代像をもとめて』参照）。

長江流域の奥地のイ族の神話と日本古代神話が実態としても連続していたことの確かな証拠を見つけるのは困難だが、「**16　スサノヲの「妻籠《つまご》みに……」**……」で述べたように、『古事記』歌謡「八雲《やくも》立つ　出雲八重垣《いづもやへがき》　妻籠《つまご》みに　八重垣作る　その八重垣を」の「妻籠み」の「垣」と、イ族の結婚式での花嫁を籠める竹垣の類似など、イ族文化と〈古代の古代〉のヤマト族文化とのあいだにはほかにもいくつか共通点を挙げることができる。

ともかく、『古事記』神話には源も複数あったのかもしれないし、その変遷・形成の過程もかなり複雑な道筋をたどったと思われる。『古事記』神話の系統を明らかにするには、少数民族の神話資料などを援用しつつ、より論議を深めていく必要がある。

30 記紀・風土記に頻出する巡行表現の原型◆◆父親探しと道行きのモチーフ（「話型」「話素」からの視点）／巡行表現の執拗さ（「表現態」からの視点）

「13 父を探し、父を買う」は、全体が〝父親探し〟のモチーフになっている。粗筋は、大昔、生き物が絶滅したあと居日阿約《ジュズアゾ》が生き残り、その第九世代が史爾俄特《シュルウォトゥ》で、その史爾俄特《シュルウォトゥ》に子孫が九世代生まれたが、父はわからなかったので、父を買いに、父を探しに行った。長い旅をして七《しち》地《じ》という地域の上のほうに到達した。そこの一軒の家に着き、妹の史色《シュシ》に出会って、いろいろ知恵を絞って父親探しをしたが、結局父は見つけられず、先祖済度の黎姆《ニム》儀礼をしたあとで妹の史《シュ》色《シ》を娶り、俄特武勒《ウォトゥヴォル》が生まれた、というものである。

この〝父親探し〟のモチーフは、『播磨国風土記』（託賀《たが》郡）の、道主日女命《みちぬしひめのみこと》が父親のわからない子を産んだので、神々を集めてその子に酒を捧げさせると、天目一命《あめのまひとつのみこと》が父親だとわかったという伝承と通じる。

また、この「13 父を探し、父を買う」には、史爾俄特《シュルウォトゥ》の子孫が延々と旅を続けていく描写がある。ほかにも、「17 住む場所を探す」の段では、たとえば第四三二五〜四三三一句に「拉古以《ラグジ》達《ダ》に立って／莫火拉達《モホラダ》を見た／莫火拉達では／上のほうには高い山があり／下のほうには深い谷がある／王の住まいには相応《ふさわ》しくない／私はここに移住しない」のように、〝(干)は○○に着いたが、そこは××の理由で弱点があるのでそこには住まず、次に△△に着いた〟という型（表現の様式）が頻出する。この「17 住む場所を探す」（計五九八句）の段ではこの型を六十回（厳密には五十二＋α回）も繰り返している。

この、最良の土地を求めて巡行していく執拗さには驚かされる。神々の巡行の資料としては、日本国内では沖縄県宮古島狩俣の「祓《ハラ》い声《グイ》」がよく知られている。「母の神であるわたし」が、「タバリ地」に降りて「カナギ井戸《カー》の水を」口にしてみたが、「水量は多いけれども」味が薄いのでその地は選ばず、次の「クルギ井戸の水は」旨《うま》いけれども「水量は少ないので」選はず、次の「山田井戸の水は」水量は多いが塩が混じっているので選ばず、今度は「磯井《イツガー》の地」に降りて「磯の井戸の水を」口にしてみると、水量は少ないが旨いのでこの水を神祭りに使うことにした（『南島歌謡大成・宮古篇』角川書店、一九七八年、による）、というものである。ここには、〝(神)は○○に着いたが、そこは××の理由で弱点があるのでそこには住まず、次に△△に着いた〟という「17 住む場所を探す」に登場したのと同じ型があるが、その繰り返しはわずか四回である。これと比較したとき、「17 住む場所を探す」の約六十回の繰り返しがいかに多いものであるかがわかるであろう。

このように、神話の中の人物が何かの目的のために延々と旅を続けて行くモチーフは、『古事記』『日本書紀』『風土記』に頻出する、神々や天皇また英雄的人物などが諸国（諸地域）を〝巡行〟していく「話型」の物語に通じるものであろう。また記紀歌謡や万葉歌にもしばしば見られる〝道行〟様式の原型にあたるものであると思われる。

31 最古層の神話では系譜も主役級だった◆◆系譜の異伝の多さ／口頭性が強いのに系譜は詳細を極める（「表現態」からの視点）

「13 父を探し、父を買う」には、居日阿約《ジュズアゾ》→阿約惹曲《アゾズチョ》→惹曲夥阿《ズチョホア》→夥阿史茲《ホアシュズ》→史茲史拿《シュズシュラ》→史拿《シュラ》孜阿《ズア》→孜阿迪利《ズアディリ》→迪利蘇尼《ディリスネ》→蘇尼阿書《スネアシュ》→阿書阿俄《アシュアウォ》→阿俄書補《アウォシュプ》→書補史爾《シュプシュル》→史爾俄特《シュルウォトゥ》→子孫の九世代、という系譜があるが、摩瑟磁火《モソツホ》氏らが付けた「注」によれば、諸本・諸伝承によって多数の異伝があり、「これらのうちのどれがより正確かは、判断しかねる」ということであった。これは、生きている神話の中に〝完全に正確な系譜〟を求めることの不可能さを示している。

ということとは、生きている神話の時代からはるかに遠ざかり、さまざまな変質を経て文字記録化された『古事記』や『日本書紀』の系譜が、どれほど不完全で、信用できないものであるかを示すであろう。この視点を欠くと、現代の『古事記』『日本書紀』の系譜研究の中に見られる、必要以上に近代的な整合性を求める論理が生まれるのであろう。

それにしても、典型的には「11 阿留居日《アニュジュズ》」や「21 歴史の系譜」を読めばわかるように、「ネウォテイ」の全般において系譜を伝承しようとする熱意は非常に強い。口頭伝承なのだから徐々に系譜の記憶は薄れていって分量が少なくなるというのではなく、口頭伝承であるにもかかわらず膨大な系譜を伝承しようとしていることは注目すべきである。

イ族はイ文字を持ったとはいえ、ビモがこれを唱えるときは暗誦が原則だから、文字の系譜と比較すれば至る所に混乱があって正確さでは劣るが、それでもなお系譜を伝えようとする情熱は極めて強い。従来は、「神話」と言えば物語形式の部分を思い浮かべるのが普通だったが、ムラ段階の生きている神話では、系譜もまた重要な部分であったことがわかる。文字文化社会で系譜が文字記録の積み重ねで詳細になるのは理解できるにしても、無文字を原則とする口頭神話の系譜がここまで詳細になる理由を説明するには、また新たな視点が必要となるかもしれない（工藤『中国少数民族と日本文化――古代文学の古層を探る』参照）。

ただし「ネウォテイ」の系譜では、漢族の中央政府に任命された「土司」についての記述も混じっていることからわかるように、漢族政府の国家段階の系譜意識の混入が見られる。したがって、『古事記』の系譜のように、ムラ段階の系譜を引きずりつつも国家段階の系譜であるような構造の解明には、ムラ段階の系譜と〈国家〉段階の系譜の違い、無文字の口誦の系譜と文字の系譜との違いなども視界に入れなければならないだろう。

32 ヤチホコの「神語《かむがたり》」の三人称と一人称◆◆三人称と一人称の入れ替わり現象（「表現態」からの視点）

ところで、「30 記紀・風土記に頻出する巡行表現の原型」で引用した「17 住む場所を探す」の表現では、三人称と一人称の入れ替わり現象の例が見られる。たとえば第四三一六〜四三二四句では、「精以格則《ジジコジ》を出発し／拉古以達《ラグジダ》を見た／拉古以達では／上のほうには王の権威を押さえつける山があり／斯葉阿莫《スジアモ》が王の権威を押さえつける／下のほうには王の足を阻む土手があり／則俄《ジオ》にある土手が王の足を阻む／王の住まいには相応《ふさわ》しくない／王はここに移住しない」となっているのに、次の第四三二五〜四三三一句では、「拉古以達《ラグジダ》に立って／莫火拉達《モホラダ》を見た／莫火拉達では／上のほうには高い山があり／下のほうには深い谷がある／王の住まいには相応しくない／私はここに移住しない」というふうに、最後の句の主語が「私」になっている。この約六十回繰り返される様式表現では、最後の一句の主語の三人称の「王（あるいは君）」が、時々一人称の「私」に転じているのである。

この第四三三一句の「私」は四三七〇句で再び三人称の「君」（王）に戻るのだが、このように口頭の叙事歌の中で三人称と一人称が入れ替わる現象は、生きている神話においてはそれほど稀なことではないと考えてよさそうだ。

すると、『古事記』のヤチホコの神の「神語《かむがたり》」で、「八千矛《やちほこ》の　神《かみ》の命《みこと》は　八島国《やしまくに》　妻枕《ま》きかねて……押《お》そぶらひ　我《わ》が立たせれば　引《ひ》こづらひ　我が立たせれば……」というふうに、同じ一つの歌の中で「八千矛《やちほこ》の神《かみ》の命《みこと》」という三人称的呼び方と「我《わ》」（私）という一人称が混在しているのは、生きている神話の表現に生じる現象の残存だと考えていいだろう。

この三人称から一人称への転換のもう一例として、『古事記』（応神天皇）の歌謡を挙げる。

この蟹《かに》や　何処《いづく》の蟹　百伝《ももづた》ふ　角鹿《つぬが》の蟹　横去《よこさ》らふ　何処《いづく》に到る　伊知遅《いちぢ》鳥　美《み》島に著《と》き
鳰鳥《みほどり》の　潜《かづ》き息《いき》づき　しなだゆふ　佐佐那美路《ささなみぢ》を　すくすくと　我《わ》が行《い》ませばや　木幡《こはた》の道
に　遇《あ》はしし嬢子《をとめ》　後姿《うしろで》は　小楯《をだて》ろかも　（略）　遇はしし女人《をみな》　かもがと　我《わ》が見し子ら
かくもがと　我《あ》が見し子に　うたたけだに　対《むか》ひ居《を》るかも　い添ひ居《を》るかも

この歌謡では、「この蟹《かに》」と三人称で語り始めているのに、やがて「我《わ》が行《い》ませばや」と「我《わ》」という一人称に転じている。しかも、「行《い》ませ」というふうに尊敬の助動詞「す」を自分自身に用いている。この自己に対して尊敬の助動詞を用いる表現は、ヤチホコの神の「神語《かむがたり》」でも「我《わ》が立たせれば」にも見られる。

ヤチホコの神の「神語《かむがたり》」や応神記歌謡での三人称と一人称の入れ替わり現象の原因を、歌い手であるシャーマンの神懸かりの〝忘我状態〟の精神状態に求める見解があるが、創世神話「ネウォテイ」を唱えるときのビモはきわめて冷静である（「表現態」）。先に触れた「祓《ハラ》い声《グイ》」でも、

「にだりノシ（根立て主の）　わんな（わたしは）／やぐみかん　わんな（恐れ多い神のわたしは）」、「んまぬかん（母の神である）　わんな（わたしは）／やぐみうふかんま（恐れ多い大神は）」のように、最後の句の「やぐみうふかんま」の部分では自分自身を指す一人称の「わんな（わたしは）」が欠けて、三人称になっている。しかし、この「祓い声」を歌っているときの神女たちは、きわめて統制のとれた冷静な状態にある。

したがって、このような、神話歌における三人称と一人称の入れ替わり現象は、歌い手（シャーマン）の神懸かりによる混乱というよりも、叙事的神話における表現の一つの様式だとしたほうがよい。その神話の主人公が三人称で語られているときは〝描写〟という感じが強く、一人称で語られるときは〝その神の現前を強く印象づける効果〟があり、この両方を組み合わせることによって、よりいっそう神の行動の神聖性が高まる、といった表現の様式である。

そのうえで、応神記歌謡で、「我《わ》が行《い》ませばや」では自称敬語なのに、終わり近くの二つの「我《わ（あ）》が見し子」という句では敬語無しになっているように、〝歌う神話〟では、表現の細部で揺れが生じやすいのであろう。

また、引用した応神記歌謡では、「蟹」が「伊知遅島《いちぢ》」に着き、さらに「佐佐那美路《ささなみぢ》」を移動して行って「木幡《こはた》の道」で「嬢子《をとめ》」に出会ったと語っている。これは、「蟹」をなんらかの「神」に置き換えれば、神が巡行して行ってその先々で「をとめ」に出会って神婚するという、「**30 記紀・風土記に頻出する巡行表現の原型**」で触れた〝道行〟様式の一変形だとしていい。これは、ヤチホコの神の「神語《かむがたり》」で、「八千矛《やちほこ》の　神《かみ》の命《みこと》」が妻を求めて巡行していく表現と基本的に同型である。

33 「上《かみ》つ瀬は瀬速し、下《しも》つ瀬は瀬弱しとのりたまひて、初めて中《なか》つ瀬に堕《お》り……」◆◆三にこだわる観念と上・中・下三分観（「話型」「話素」からの視点）

「17　住む場所を探す」には、第四六一七〜四六三二句に、「三人とも意見が別で／二人でも（意見が）一致しない／それで母の死体を切ることにし／死体を三つに切った／頭部を一つとして切り／上のほうに置いて／長男の阿突《アトゥ》に与え／頭部を一つとして与えた／胴体部を一つとして切り／傍《かたわ》らに置いて／次男の阿格《アグ》に与え／胴体部を一つとして与えた／下半身部を一つとして切り／下のほうに置いて／末っ子の吉咪《ジミ》に与え／下半身部を一つとして与えた」というふうに、「三」にこだわる観念が見られる。この観念は、『古事記』においても濃厚で、その典型的な例としては、ウケヒ神話（神代記）での「天照大御神《あまてらすおほみかみ》、先《ま》づ建速須佐之男命《たけはやすさのをのみこと》の佩《は》ける十拳剣《とつかつるぎ》を乞《こ》ひ度《わた》して、三段《みきだ》に打ち折りて、奴那登母母由良爾《ぬなとももゆらに》、天《あめ》の真名井《まなゐ》に振り滌《すす》ぎて、佐賀美邇迦美《さがみにかみ》て、吹き棄《う》つる気吹《いぶき》の狭霧《さぎり》に成れる神の御名《みな》は……」の「三段《みきだ》に打ち折りて」にも見られる。なお、特に触れないできたが、この「ネウォテイ」には世界を上・中・下に三分する考え方が頻出する。この上・中・下三分観は、『古事記』でも、「上《かみ》つ瀬は瀬速し、下《しも》つ瀬は瀬弱しとのりたまひて、初めて中《なか》つ瀬に堕《お》り……」そのほか、多数の例がある

第三部

イ族創世神話「ネウォテイ」（散文体日本語訳）

「ネウォテイ（勒俄特依）」の「散文体神話（概略神話）」完成までの経緯は、簡潔にまとめれば以下の通りである。

私は、第一回調査（一九九七年）の際に、私の依頼でビモが歌ってくれた「ネウォテイ」を録画した。そのあとで、録画した「ネウォテイ」をそのまま文字化して、中国語訳、日本語訳を付けた活字本を作りたいと申し出たところ、摩瑟磁火《モソツホ》・嘎哈石者《ガハシヂョ》両氏が、〝どうせなら、今回録画したものよりさらに内容の整った「ネウォテイ」をまとめてみたい〟と述べたので、私もそれに同意した。このようにして、イ語の発音をそのまま国際音標（国際音声記号）でしるし、それを中国語訳した「ネウォテイ」がモソツホ・ガハシヂョ両氏の手によって一九九七年十一月に完成した。それが翌九八年に張正軍氏のもとに届き、張氏による第一次日本語訳が終了して私のところに送られて来たのは、一九九九年六月だった。それ以後、およそ三年半を費やして、私による最終日本語訳、簡体字から繁体字への変換、国際音声記号表記の確認が終了したのである。

ところで、本書のこの「ネウォテイ」が、歌われる神話の文字化されたものとして、どのような性格を持っているかについて簡単に述べておく。私は、「神話の現場の八段階」という視点を提唱している（一一ページ参照）ので、本書の「ネウォテイ」が、そのうちのどの段階にあたるものなのかについて述べておく。

この「神話の現場の八段階」にあてはめれば、本書の「ネウォテイ」テキストは、《第二段階》（ムラ段階で現に生きている神話を、依頼に応じて歌ったもの）にあたる。しかし本書の「ネウォテイ」の原本は、すでに文字化されていた他資料も参照して〝最良のテキスト〟を作成しようという意図のもとに〝編纂〟されたものでもあるので、作業現場としては《第六段階》にあたる文字テキストだということになる。

ところで、イ族の呪的専門家（ビモ）はいつのころからかイ族独自のイ文字で経典を記述してきた。古代日本を考える場合に、文字は国家段階のものという印象が強いが、イ族の場合、社会形態はムラ段階なのに文字も持っていたのである。とはいえ、美姑《メイグー》のイ族社会は、国家段階はおろかクニ段階への上昇もなかったので、《第七段階》の「国家意志」など持ちようもなかった。したがって、文字で神話を記述するといっても、それをたとえば『古事記』のような〝権威あるたった一つの神話〟へと上昇させていこうとする意志も無いし、その作業のための専門機関も無い。したがって、「ネウォテイ」のイ文字表記本が「土司《トゥースー》」という首長の家に伝えられていたにもかかわらず、その本が『古事記』『日本書紀』ほどの権威を持つことはなかったようだ。その結果、創世神話を歌える美姑の約六〇〇〇人（全体の人口は約十五万人）のビモが、総計で約十万巻の経典を持ち、それらを分類すると約三〇〇種類もの系統になる（一九九七年現在）という〝神話の乱立〟状態をもたらした。

したがって、本書の「ネウォテイ」は、依然として《第一段階》（ムラ段階の祭式と密着して歌われている）の神話が支配的であるイ族の社会に、制度的には中華人民共和国という国家段階の一機関である美姑彝族畢摩《ビモ》文化研究中心《センター》が接触して、誕生したものである。その際に、〝乱立する神話〟から一つの最良と思われる神話をまとめ上げようと意志するきっかけは、〝外部〟から与えられた。その意志は、二十世紀末の日本国から来た一人の『古事記』研究者の意志、すなわち近代社会の側の意志であったことになる。

私が強く要望した条件は、現に美姑地域でビモたちによってごく自然に歌われている「ネウォテイ」にできるかぎり近い形のものを、忠実に文字化することである。繰り返しがどれほど多かろうと、それをそのまま載せる。前後から考えて話の筋が通らないところや矛盾するところがあっても、現在では意味不明になっているイ語表現があってもそのまま載せるというのが、私の「個人意志」である。

したがってこの「ネウォテイ」は、作業現場としては《第六段階》にあたるのだが、かなりの程度において《第一段階》のムラ段階祭式と密着した神話に近いものを、文字化できたと考える。

なお、この「ネウォテイ」の全句数は五六八〇句であった。この数字は、生きている創世神話がいかに膨大なものであるかをよく示している。しかし従来は、「神話」として報告されるもののほとんどは、「神話の現場の八段階」のどの段階のものなのかを明示していないし、実際に歌われるときの正確な句数も浮かび上がってこない。しかも、それらのほとんどは、《第四段階》

（村人によって説明され、話された神話）の散文体のものを聞き書きして整理したものか、《第六段階》（文字を使いこなせる知識人によって記録・整理・再編された神話）のものであり、しかもそれらは散文体で記述されるのが普通だから、歌詞の具体的な表現方法や、歌う（唱える）メロディー・リズムなどの「表現態」の部分がわからない。

本書収録の「ネウォテイ」は、工藤が、歌う神話の歌詞を散文体化し、しかも部分的には簡略化・整理もした〝概略神話〟である。余分な繰り返しなどを省略し、文字文章の散文体で、その段の〈核〉にあたる内容を中心にして記述する。言うまでもないことだが、このような概略神話では神話が歌われるときの「表現態」がわからないので、話の〈核〉や「話型」や「話素」のようなものはわかるにしても、『古事記』の古層の表現の全体像の復原のためのモデルとして用いるには不充分である。

ところで、私が以下の散文体神話（概略神話）を作っていく過程は、原テキストを素材とした一種の〝編集〟作業でもあった。歌われる韻文を文字の散文に移し替え、しかも不要な繰り返しを短縮し、意味のわからない部分に補いを入れた。一方で、固有名詞の大部分はもともとのイ音（イ族語の発音）で残し、また会話体の部分もなるべくそのまま残すなどのくふうをしているうちに、この作業はまさに『古事記』生成過程の擬似体験であると感じた。

もちろん『古事記』の場合は、「神話の現場の八段階」の《第一段階》から《第六段階》までを数百年から数千年の時間をかけて通過してきた書物だから、私の体験はそれらの時間を簡素化して凝縮したものである。しかし、生きている現場を失って話の〈核〉だけを散文体で伝えてできた『古事記』神話の本体に迫るには、それなりの有効性があると実感した。したがって、大づかみにいえば、私の作った概略神話の部分は現存『古事記』に対応し、『四川省大涼山イ族創世神話調査記録』収録の韻文の原テキストは、今はモデル的にしか浮かび上がらない、ヤマト族の歌われていただろう原神話に対応するとしていいだろう。

　実際には、『古事記』の生成過程は、イ族という単一民族の一貫した神話から本書収録の散文体神話を作成するのよりもはるかに複雑なものだったと思われる。それは、同じヤマト族とはいえ、さまざまな違いを持ったいくつもの民族の、しかもほとんどは断片化していたと思われる口頭伝承資料を継ぎ接《は》ぎし、さらに少しずつ蓄積していたと思われる文字記録資料も合成するという過程が、数百年以上の時間の中で進行した。したがって、『古事記』の古層を探る作業は、大げさでなく絶望的に困難なのである。試みに以下の散文体神話の部分をまず読み、そこから韻文の原テキスト「ネウォテイ」の歌詞を想像してみてほしいが、その際に感じる復元の困難さをはるかに上回る困難さが、『古事記』生成過程の復元にはつきまとうのである。

　以下、固有名たとえば「支格阿龍」の中国語音は「ヂー・グォ・アー・ロン」に近いものだが、現地のイ語音では「チュ・ク・ア・ロ」に近いものなので、以下の表記はすべて「支格阿《チュクア》龍《ロ》」とした。また、「勒俄」は、『四川省大涼山イ族創世神話調査記録』収録の原文に合わせて

「ネウォ」とした。【 】内は、工藤が補ったものである。

作成スタッフは、諸本・諸文献との整理対照／摩瑟磁火《モソツホ》（美姑彝族畢摩文化研究中心《センター》）・嘎哈石《ガハシ》者《ヂョ》（同）、注釈・イ語の国際音声記号表記とその中国語訳・イ文字表記／摩瑟磁火、中国語から日本語への翻訳／張正軍、中国語から日本語への最終翻訳・簡体字から繁体字への変換・国際音声記号の校正・概略神話の作成／工藤隆、である。

創世神話「ネウォテイ」（散文体日本語訳）

【1　前口上】（一～三五句）

大昔、上界の勒俄《ネウォ》は太陽と月を中心とする儀礼だった。一方、下界の勒俄《ネウォ》の中心は、雲、神と鬼、雲雀《ひばり》、虎、雄鶏《おんどり》、山と谷、水、蜜蜂、魚、ニシキドリ、竹鶏《たけどり》、猿、暴風だった。最初の実勺《シュシュ》部族の中心は勒俄《ネウォ》であり、その中心は人間だった。
勒俄《ネウォ》に十九の枝ができたあとに尼能《ニニ》が誕生し、尼能《ニニ》から十二人の子が生まれた。十二種類ある樹木の中心は藤、十二種類いる人間の中心は母親である。黒勒俄《ネウォ》は万物の源、花勒俄《ネウォ》は獣《けもの》の源、白勒俄《ネウォ》は人類の源であった。

【2 天と地の系譜】（三六〜七八句）

大昔、空にも大地にも穴が無く、空も大地もそれぞれが四方に繋がっていた。空も星も無く、大地も草も無く、中間に霧も無く、周囲に空間も無く、あれも無くこれも無く混沌としていて、煙霧が立ちこめていた。万物の起源の言い伝えによれば、七地《しちじ》はまだ存在していなかった。ある日、固い土のようなものが生じ、さらに水が生じた。水がザーザーと流れ、水から魚が生じ、魚が蛇に変わり、あとは治日古《チュズク》、古正洛《クジュロ》、曲正洛《チョジュロ》、拉紅拉《ロアラ》、恩治共《グジュゴ》、祖治共《ズジュゴ》となった。これが天と地の系譜である。

【3 天地開闢（天と地を分ける）】（七九〜三二七句）

天と地がまだ分かれていなかった時、上界には四十八体の神が、下界には二十四体の神が住んでいた。大きな石の板の下には阿旨《アジュ》という蛙神が住んでいて、天と地を分けるために九年と九か月も鳴き騒いだ。阿旨《アジュ》はオウムを四羽派遣して、七地の中層にいる阿普阿散《アプワサ》と、七地の上のほうの上界にいる恩梯古茲《グティクズ》に四通の手紙を渡した。恩梯古茲《グティクズ》は銅と鉄の子供を四十八人派遣して、銅と鉄の取れる四か所を調べさせた。【銅と鉄の子供たちは】調べに行った先で一日目にはきらきら光り輝き、二日目には煌煌《こうこう》と明るくなり、三日目には白くぴかぴか光り、四日目には深い青色になり、五日目には深い緑色になり、六日目には真っ赤になり、七日目には金色に輝き、八日目にはまぶしく光り、九日目には元となる四体の子神が誕生した。

東では日惹古達《ズズグダ》が誕生し、西では書惹爾達《シュズルダ》が誕生し、北では司惹氏尼《スズティニ》が誕生し、南では、阿俄《アウォ》書補《シュプ》が誕生した。上界には恩梯古茲《グティクズ》が住み、七地の中層には阿普阿散《アプワサ》が住み、七地の下のほうの下界には徳布阿爾《ドゥプアル》が住んでいた。

そののち恩梯古茲《グティクズ》は、徳布阿爾《ドゥプアル》に、天と地を分けるために子神と仙女を呼びに行かせた。徳布《ドゥプ》阿爾《アル》は黄色い鶏に乗って突而《トゥル》山の頂上に立ち、日惹古達《ズズグダ》に言い伝えると日惹古達《ズズグダ》が書惹爾達《シュズルダ》に言い伝えという具合に、阿俄書補《アウォシュプ》、司惹氏尼《スズティニ》、格莫阿爾《クモアル》に伝わり、さらに職人の頗倫阿以《ポルアジ》、阿以蘇《アジス》尼《ネ》、蘇尼勒格《スネルグ》を経て爾史阿俄《ルシュアウォ》に伝わった。爾史阿俄《ルシュアウォ》は宇宙の極地を通って上界に着き、一日目には牛を一頭殺し、酒を一壺飲んで昼も夜も話し合ったが合意できなかった。さらに二日間、牛三頭、酒三壺で昼も夜も話し合ったが合意できなかった。さらに五日間、牛五頭、酒五壺で昼も夜も話し合ったが合意できなかった。さらに七日間、牛七頭、酒七壺で昼も夜も話し合ったが合意できなかった。さらに九日間、牛九頭、酒九壺で昼も夜も話し合ったら、やっと合意できた。

恩梯古茲《グティクズ》の家で爾史阿俄《ルシュアウォ》と話し合った。続いて、蘇尼勒格《スネルグ》、阿以蘇尼《アジスネ》、頗倫阿以《ポルアジ》、日惹古達《ズズグダ》、書惹爾達《シュズルダ》、阿俄書補《アウォシュプ》と話し合った。最後に司惹氏尼《スズティニ》と話し合おうと伝えると、司惹氏尼《スズティニ》は銅と鉄の球《たま》を四個、下界まで転がした。さらに九個の銅と鉄の鉱石を取って格莫阿爾《クモアル》に与えると、格莫阿爾《クモアル》は口をふいごにし、唾《つば》を水として鉄に焼きを入れ、拳《こぶし》を金槌《かなづち》として鉄を打ち、手の指をペンチにして鉄を挟み、膝を金床《かなとこ》にして鉄を打ち、銅鉄製の刺股《さすまた》が四本できた。一本を日惹古達《ズズグダ》に与えると、日の出る東のほうを切り開き、そこから風が吹いてきた。一本を書惹爾達《シュズルダ》に与えると、日の沈む西のほうを切り開いた。一本を司惹氏尼《スズティニ》に与えると、水源のある北のほうを切り開き、そこから水が流れてきた。一本を阿俄書補《アウォシュプ》に与えると、水の出口のある南のほうを切り開いた。

そののち恩梯古茲《グティクズ》は下界を視察して、天と地がまだ良く分かれていないと言った。まだ下界にある銅と鉄の四個の球を掘り出すために、駿馬《しゅんめ》を派遣したが掘り出せなかった。次に丈夫な牛を派遣したが、掘り出せなかった。次に黄色い豚と黒い豚、次に黄色い綿羊と赤い綿羊を派遣したが、掘り出せなかった。最後に黄色い鶏と赤い鶏を派遣すると、やっと掘り出せた。

銅と鉄の四個の球は火比爾真《ホピルチュ》がそれを持ち、格莫阿爾《クモアル》に渡した。格莫阿爾《クモアル》はそれを司惹阿比《スズアツ》に渡した。司惹阿比《スズアツ》はそれを司惹氏尼《スズティニ》に渡した。神のなかの神司惹氏尼《スズティニ》が球を一つ、日の昇るほうに投げると東のほうがぱっと開き、球を一つ、日の沈むほうに投げると西のほうがぱっと開き、球を一つ、水源のほうに投げると北のほうがぱっと開き、球を一つ、水の出口のほうに投げると南のほうがぱっと開いた。

そののち格莫阿爾《クモアル》は、四個の銅と鉄の球で九個の金《かな》てこを作り司惹氏尼《スズティニ》に与えた。司惹氏尼《スズティニ》がその金てこで天を上界に押し上げると、天は深い青色になった。地を下界に押し下げると、大地が平らになった。四本の柱で天を支えた。東は赫智《フジュ》山で支え、西は赫尼《フニ》山で支え、北のほうは黎《ニ》母夥薩《ムホサ》山で支え、南は華母点蒼《ホムティツ》山で支えた。天と地の梁《はり》を四本組み立て、天と地の四つの方角に組み立て、東西に梁を交差させて組み立て、南北に梁を交差させて組み立て、四個の石を四つの方角に鎮め、天と地がひっくり返ることのないようにした。

【4　大地を改造する】（三二八～四七七句）

天と地を分けたのは司惹氏尼《スズティニ》であり、大地を改造したのは司惹約祖《スズゾツ》だった。司惹約祖《スズゾツ》が仕事を始める前、上界で恩梯古茲《グティクズ》は「天と地は分けられつつあるとはいえ、まだ天と地は切り開かれていない」と言った。「北も南もうまく切り開かれておらず、東には光が無く、西は暗くなれないし、空間はまだ区分されておらず、生物（動物と植物）もいない（無い）」と言って、天の各紅阿《ゴオア》以《ジ》を派遣した。各紅阿以《ゴオアジ》は、神の牛四頭に四つの方角の土地を耕させ、神の豚四匹に四つの方角を切り開かせた。北も南も、大地の四つの方角が切り開かれた。

そののち、上界は灰色が不完全で、星も不揃いで、霧も黒々としていて、雨も薄暗かった。下界は大地が広々としていたが不完全だった。恩梯古茲《グティクズ》は格莫阿爾《クモアル》を派遣して、銅と鉄の棒と斧と鋤《すき》を九本ずつ鍛え上げて、大地造りの司惹約祖《スズゾツ》の九人の子に与えた。司惹約祖《スズゾツ》（九人の子）は互いに話し合って、大地を改造しに行った。山と谷を改造し、山を造って羊の牧場に、野原を造って闘牛場に、盆地を造って苗代に、坂を造って蕎《そば》畑に、尾根を造って戦場に、溝を造って水の流れ道に、山の口を造って風の通り道に、千拖《チェト》という台地を造って居住地にし、大地は区切られた。

そののち、下界では、大地が果てしなく広がり、大地が白くなり、深い谷が黄色になり、野原が灰色になり、霧が水になり、雨が風になった。上界では、恩梯古茲《グティクズ》が格莫阿爾《クモアル》を派遣して、銅と鉄の箒を九本鍛え上げて九人の女神に与えると、改田阿爾《プデアル》の九人の女神は銅と鉄の箒を持って大地を掃除しに行った。空を箒で掃き上げると青い空が、大地を箒で掃き下げると黒い大地が果てしなく広がった。

そののち七地《しちじ》の中層では、阿普阿散《アプワサ》が左手に銅の刺股《さすまた》を持ち、右手に鉄の刺股を持って地上での改造に向かった。天をめくると空に白い霧がかかり、天を修繕して星を配置すると星がきらきら光り、地をめくると下界の平原は黒々となり、雨を降らせると大地に水が溢れ、山の口に風を向けると風がびゅうびゅう吹き、土を集めて積み上げると聳え立つ山となり、谷を移すと谷は暗いほどに深くなり、中央で野原を整えると野原は平らになり、坂があまりに長いので崖を移すと崖は高く険しくなり、石を平野に移すと石は黒々と積み重なった。司惹氏尼《スズティニ》は阿以蘇尼《アジスネ》を派遣し、山に穴を開けて風を通すと風が爽やかに吹いた。蘇尼勒格《スネルグ》を派遣し、石を叩いて水を入れると水の流れは途切れたり繋がったりした。

そののち、恩梯古茲《グティクズ》が下界を視察すると、水源で川は分かれず、水の出口では川は合流していなかった。霧は昇ったが山を覆わず、雨はあるのに降って来なかった。水は上流に流れて行き、樹木は下に伸びて行った。大地の改造はまだ終わっていなかったので、再び普莫普色《プモプシ》、またの名は普茲普阿莫《プズプアモ》によって改造されることになった。大きな曲り刀を持って四つの方角に立ち、三回巡って視察して、大地の脈を下に向かって切ると、谷は下に向かって伸び、大地の門は下に向かって閉じ、水が下流に流れて行き、川の中を整然と流れて行った。土をひっくり返して上に立てると、樹木が上に向かって伸びて行き、森の木々は見渡すかぎり青々と茂った。

【5　太陽と月の系譜】（四七八〜五六五句）

大昔、大地が改造されたあとも、昼に太陽が見えず、夜に月が見えず、索塔《ソタ》星も了尼爾《ニョール》星も見えず、世界は真っ暗だった。上界で恩梯古茲《グティクズ》は、神馬に乗り、神牛を走らせ、普茲普莫《プズプモ》を派遣し、普茲普莫《プズプモ》は喃爾《ナル》を派遣し、喃爾《ナル》は吉吉《ジェジェ》を派遣し、吉吉《ジェジェ》は爾石《ルシュ》を派遣し、爾石《ルシュ》は阿俄《アウォ》を派遣し、爾石《ルシュ》と阿俄《アウォ》は神蛙《パク》阿旨《アジュ》を派遣した。神蛙《パク》阿旨《アジュ》は頭は蛇、身体《からだ》は獣《けもの》で、鷂《はいたか》の爪を持ち、銀の帯、太陽と月の棒を身に着け、山と谷をめぐった。大きな川のほとりに座り、立ち、沼地や湿地で暮らし、左側は柱に寄り掛かり、右側は山に寄り掛かり、太陽が出ると太陽に寄り掛かり、月が出ると月に寄り掛かり、星が出ると星に寄り掛かった。

造り上げた太陽は雲の上を飛び回ったので、雲の上は光が一杯だった。太陽を九十九個、一日で造り、左手で六個の太陽を取って縛りつけたので、昼には六個の太陽が出て天が安定した。造り上げた月は雲の下を飛び回ったので、雲の下は月の光が一杯だった。月を八十八個、一日で造り、右手で七個の月を取って固定したので、夜には七個の月が出て暖かだった。造り上げた星は空に掛けたので、空にきらきら輝いた。星を七十七個、一日で造ると、痴苦呼《チュクフ》星（昴《すばる》星）・刹念《シャニエ》什《シュ》星・糾徳故《チョドゥグ》星・糾争波《チョジボ》星が出てきて、星たちは互いに重なり合ってきらきらと輝いた。地上の草は数えられたが、星は数え切れなかった。

そののち、昼には六個の太陽が出て、夜には七個の月が出た。太陽が必要なときに太陽を呼び出すとその光が首となり、月が必要なときには月を呼び出すとその光が腰となり、星が必要なときに星を呼び出すとその光が尾となった。六個の太陽と七個の月は、大きな川のほとりに立ち上がって大地を隅々まで照らした。東と西を六個の太陽と七個の月が渡って行き、明るい昼と暗い夜が六個の太陽と七個の月によって分けられた。

［6 雷の起源］（五六六～六二一句）

大昔、迪阿勒《ディアル》の娘は子供を育てられなかったので、上界に縛りつけられた。公正な女王が天に向かって祈願したところ、慕克匹底《モクピディ》の案内で痴爾惹格《チュルズク》に会えた。遇則《ジア》の青い髻《まげ》も黄色い髻も空を指していたが、遇則《ジア》は白い髻も結った。（このあと第五七九～五八一句の部分、意味不明）、灰色の空の白い雲の層を通り、黒い雲の層に着いた。空には雷があり、夜に稲妻が光った。雷は一本足で、一つ頭だった。（第五八九句意味不明）、左手に鉄棒を、右手に叩く道具を持っていた。雷は雲と霧に随《つ》いて行く。腕利きの職人が雷を造り、他人に見られないようにして雷を空に掛けると、空には雷鳴と稲光りが満ちた。ごろごろと鳴り、左に黄色い霧を伴い、右に気流を伴い、山が崩れるように出発した。佳假拿甲《チャチャラジャ》、芒補《マプ》山峰を経て、白い雲の山を経て、黄色い雲の山を経て、（第六一三句意味不明）、黒い雲の山を出発した。三回の雨と共に雷鳴が轟いた時、黄色い霧が随いて来たが、帰りには暴風が荒れ狂って真っ赤になった。雷が来た時には白く光ったので、空を仰ぎ見ると雷の目が太陽をちらっと見た。【雷が】手で梢《こずえ》をつかむと梢はぽきんと折れ、口を開けて岩を咬むと岩は音を立てて倒れた。【雷は】足で大地を四方に向かって踏んだ。鉄の道具は十二種類あった。これが雷の起源であった。

【7　生物を創造する】（六三二～七九八句）

そののち、徳布阿爾《ドゥブアル》は「天と地の改造は終えたが、動物と植物はまだ造られていない、造らないと美しくない」と言って、阿俄書補《アウォシュプ》に生物（動物と植物）を造りに行かせた。下界に木が無かったので、阿俄書補《アウォシュプ》は「木が無いと美しくない」と言って、きれいな竹笠を持ち、きれいな木の杖に乗り、きれいな緑のものときらきら輝くものを身に着け、コノテガシワ（ヒノキ科の常緑針葉小高木）の筒を持ち、カシワ（柏）の笠を被《かぶ》り、上界に着いた。冥冥《ミミア》山の下で九つの森林から一つの林を分け、木の種を三つまみ取って下界に撒《ま》き散らすと、一つまみの木の種は雨と一緒に降って来て水辺に落ち、桃と李《すもも》の木が三百本生え、漢《ハン》族の婦人と幼児三百人のものになった。一つまみは風と一緒に降りて来て山の中腹に落ちて松とカシワになり、松林が三百区域になって、三百本の斧で伐採された。木の中心には模様（年輪）があり、祖父は孫のために薪を割って焼き、父は子のために薪を割って焼いた。一つまみは風と一緒に降りて来て山の上に落ち、杉林とコノテガシワ林が三百区域になった。樹木はしだいに増えていき、（第六七二句意味不明）、杉林が茂った。しかし、杉林に生物（動物）はおらず、薄暗くて気味が悪かった。阿俄書補《アウォシュプ》はいったん上界に戻り、鹿を引いてきて杉林に放すと杉林は明るくなった。ノロジカを二頭捕らえて鹿の食べ物にすると、小鹿は思いのままに遊び、杉林にはこの時から生物（動物）がいることになった。

　下界にはまだ草が生えていなかったので、阿俄書補《アウォシュプ》は上界へ行き、冥冥《ミミア》山の下の九つの草むらの中から一つを分けてもらった。草の種を三つまみ取り下界に撒き散らすと、一つまみは風と一緒に降りて来て水辺に落ち、都祖甘憲《ドゥズカセ》草になった。一つまみは風に吹き下ろされて高原に落ち、山の中の草になった。一つまみは雨に連れられて山の中腹に落ち、ヨモギと蕨《わらび》になった。草類は三百区域に生えたが、野原の、草の生えている所には生物（動物）がおらず、薄暗かった。阿俄《アウォ》書補《シュプ》はまたいったん上界に戻り、雲雀《ひばり》を捕らえてきて野原に放すと野原は明るくなった。イナゴを二匹捕らえてヒバリの食べ物にすると、ヒバリは楽しく歌を歌い、杉林にはこの時から生物（動物）がいることになった。

　下界にはまだ水が無かったので、阿俄書補《アウォシュプ》は上界へ行き、冥冥《ミミア》山の下で水を探した。九つの水域の中から一つの水域を取り、三本の小川を引いて下界に流れこませると、水は三百の区域で流れた。石を叩いて水を入れると、流れる水から水蒸気が立ち上がり海水の量は最大となった。

水中に生物(動物)はいなかったので、阿俄書補《アウォシュプ》はまた上界へ取りに行き、獺《かわうそ》を捕らえてきて水の中に放すと水面がゆらゆら動いた。小魚を二尾捕らえてカワウソの食べ物にすると、カワウソは思いのままに泳ぎ、水域にはこの時から生物(動物)がいることになった。

下界にはまだ石が無かったので、阿俄書補《アウォシュプ》はまた上界へ行き、冥冥山《ミミア》の下で、九つの崖から一つの崖を取り、三つまみの石をつかんで下界に撒き散らすと、石の区域は三百になった。

九つの崖が聳え立ったが、崖には生物(動物)がおらず、薄暗かった。阿俄書補《アウォシュプ》はまた上界に取りに行き、蜜蜂を崖の中に放すと崖は明るくなった。ハエを二匹捕らえて蜜蜂の食べ物にすると、蜜蜂はぶんぶんと音を立てて飛び、崖にはこの時から生物(動物)がいることになった。ハエは端に沿って飛び、蜜蜂は中間で鳴き、ハエが飛ぶと蜜蜂に食べられた、飛ばなくても蜜蜂に食べられた。

そののち、恩梯古茲《グティクズ》は上界を三回巡った。一か所には星があるが、一か所には星が無い。下界を三回巡った。一か所には木があるが一か所には木が無く、一か所には山が聳えているが一か所には山が無く、半分には草むらがあるが半分には草むらが無く、半分には平野があるが半分には平野が無く、半分には生物(動物)がいるが半分には生物(動物)がいなかったので、まだ正常ではなかった。

斑鳩(しらこばと、じゅずかけばと)は鶏を捕った。今度は首から尾までを測ると、首はまだ形がでていなかった。一対の牛が不足したので十頭の牛を殺した。二本の普通の木では測れなかったので、四本の珍しい木で測った。銀の弓で射た、銀の矢で射た、銅の球と鉄の球で鎮めた。

【8 人類の起源】（七九九〜一三〇六句）

そののち、下界には人間がまだいなかった。上界の四本の格樹《ク》の四本の枝には四輪の花があり、四個の果物が実った。その一個が日光の層に落ち、次に白い雲の層を経て黄色い雲の層に、さらに黒い雲の層の上に落ち、霞んだ霧の中に落ち、長々と続く雨の中に落ち、突而《トゥル》山の頂上に落ちた。そこから転がって突而山の中腹から麓に落ち、麓から下界の阿枯乃溶《アガレト》に落ちた。地上に三年置いても芽が出なかったが、土の中に三年埋めたら格勒了史《クルニョシュ》という藤の芽が出た。格勒了史《クルニョシュ》は人間になりたいと思い、土手（畦《あぜ》）の下で大きくなって土手の上に這い登り、土手の上の草につながった。草から蓬《よもぎ》につながり、ヨモギから蕨《わらび》に、ワラビから竹の梢に、竹の梢から杉の梢に、杉の梢からコノテガシワの梢に、コノテガシワの梢から霧につながり、その霧が昇って天に達した。すると天上の体爾布《ティルプ》が白髪《しらが》頭の老人を生み、その老人は太陽の下に住み、太陽の下で死んだ。また体爾布《ティルプ》が黒髪頭の人を生み、その人は月の下に住み、月の下で死んだ。また体爾布《ティルプ》が金髪頭の人を生み、その人は星の下に住み、星と星のあいだで死んだ。また体爾布《ティルプ》が母留《ムニョ》を生むと、母留《ムニョ》には九人の子供が生まれ、上のほうで生まれた勒紙《ルチュ》という三人の子が天界を修理して星を配置し、天界に住み着き、腰帯を首に巻きつけた。中間で生まれた実勺《シュシュ》という三人の子が中間の世界を修理して草を植え、人間界に住み着いて武洛人《ヴォル》になり、腰帯を腰に巻きつけた。下のほうで生まれた阿仮《アジャ》という三人の子供は地上を修理して平原を整え、地上に住み着いて小さい人になり、腰帯を首に巻きつけた。

そののち、七地《しちじ》の中層では阿普阿散《アプワサ》が、普普尼尼惹《ププニニズ》が、莫莫祖祖惹《モモズズズ》が、苦斯山《クス》の上で一対の牛を殺し、麓でそれを四つに分けて空の神に祈願すると、空の神は雨を降らせてきた。上界から流れ星が一つ、恩吉吉乃《グジェジュレ》という所に落ちて燃え、九日目の夕方、九日目の明け方まで燃えた。昼には煙がゆらゆらと立ちのぼり、夜には煌煌《こうこう》と明るく、上界でも下界でも燃えた。向こうでも燃え、こちらでも焼かれたり炙《あぶ》られたりした。それは、人間に、生き物に変わろうとして、先祖に、女性の先祖になろうとして燃えていたのだ。絶え間なく下へと燃えつづけ、下で変化が起き始め、変わりに変わって一対の格俄惹《クオズ》が生まれ、小さい豚のようなものが生まれ、冷たい風がびゅうびゅうと吹き始めた。しかし、生き物、人間にはまだなれず、人間の先祖にはまだなれなかった。

そののち、上界で恩梯古茲《グティクズ》は、一日目には鉄の男と鉄の女を下界に行かせて彼らが人間に変わることを望んだが、鉄は鉄にしかなれず、人間にはなれなかった。次の日には木の男と木の女を行かせたが、木は木にしかなれず、人間にはなれなかった。また次の日には火の男と火の女を行かせたが、火は火にしかなれず、人間にはなれなかった。また次の日には土の男と土の女を行かせたが、土は土にしかなれず、人間にはなれなかった。また次の日には石の男と石の女を行かせたが、石は石にしかなれず、人間にはなれなかった。また次の日には水の男と水の女を行かせたが、【水は水にしかなれず、人間にはなれなかった】。

上界から風の男と雨の女が降りて来て、黄色い雲が赤い雲に随《つ》いて来た、白い霧が風に随いて来た。下界に着き、日波惹格《ズボズク》（杉の木の神）に変わった。日波惹格《ズボズク》は、一代目は囲炉裏《いろり》ほどの高さで、二代目は鍋掛け石ほどの高さで、三代目は家の敷居ほどの高さで、四代目は人が座ったほどの高さで、五代目は人が立ったほどの高さで、六代目は松ほどの高さで、七代目はコノテガシワほどの高さで、八代目は山の峰と同じ高さで、九代目は空まで高くなった。日波惹格《ズボズク》はゆらゆらと揺れ動いて、傾いたり倒れたりし、息絶えだえになって喘《あえ》ぎ、動きそうで動かず、人間にはなれなかった。日波惹格《ズボズク》の頭にカラスと鵲《かささぎ》が棲《す》み着き、耳たぶに蝙蝠《こうもり》が巣を作り、鼻の穴に甲《こう》虫《ちゅう》が巣を作り、脇の下のくぼみにリスが巣を作り、へそに鳥が巣を作り、腰に蜜蜂が巣を作り、膝の下のくぼみに斑鳩《しらこばと》が巣を作り、足の裏に蟻が巣を作ったが、やはり人間にはなれなかった。

そののち、日波惹格《ズボズク》は七地の上のほうに蜘蛛《くも》を派遣した。蜘蛛は蜘蛛の糸を織って上に向かったが、恩梯古茲《グティクズ》は、「怪しい虫だ」と言って左手で蜘蛛を捕らえ、右手で蜘蛛をつまんでちぎり、頭を杉林に捨て、尾を崖に捨て、腰を川に捨てた。恩梯古茲《グティクズ》は、目に蜘蛛の毒を受けたが、原因がわからなかったのでビモの恩畢阿孜《グピアズ》に占ってもらいに行った。恩畢阿孜《グピアズ》は、教典の袋を取り出してページを二枚開いてみたが、教典にははっきりした答えが無く、聖なる文字には意味が無かった。そこでページを四枚開いてみると、教典にははっきりした答えがあり、聖なる文字には

「下界の日波惹格《ズボズク》の家で使者が病気になっている」ということを示す言葉があった。恩梯古茲《グティクズ》は、この言葉を知ると、杉林の中で一対のノロジカを捕らえて一対の猟犬に与え、杉林へ（蜘蛛の）頭を探しに行かせた。頭を探すと、頭が見つかった。絶壁で一対のハエを捕らえて蜜蜂に食べさせ、崖へ（蜘蛛の）尾を探しに行かせた。尾を探すと、尾が見つかった。大きな川では一対の小さな魚を捕らえてカワウソに食べさせ、水の中へ（蜘蛛の）腰を探しに行かせた。腰を探したが、腰は見つからなかった。

　そののち、恩梯古茲《グティクズ》は、蜘蛛の尾を（頭に）くっつけて腰にして、銀で包んで虫（蜘蛛）の体を作り、金で包んで足を作り、銅で包んで目を作り、金の糸、銀の糸で繋《つな》ぐと、虫は糸を吐いて下界まで繋がった。「蜘蛛よ、小さな虫よ、春は高い山に登れ、春には食料が無くならない。冬は山を下《くだ》り、軒下に巣を作れ、血を飲めば食べ物は無くならない」と恩梯古茲《グティクズ》は言った。だから、蜘蛛は昔から首が白く、今も白い。また、「下界の日波惹格《ズボズク》は、生き物のために泣いて黎姆《ニム》儀礼を九回行ない、白い穢《けが》れ、黒い穢れを九回祓えばすぐ人間になる」と言った。

　そののち、日波惹格《ズボズク》は、黎姆《ニム》儀礼をすると言った。しかし、下界には黎姆《ニム》儀礼のできるビモがいなかったので、ヤマアラシに天上界の恩畢阿孜《グピアズ》ビモを招きに行かせた。ヤマアラシは雄《おす》鷹に乗って恩畢阿孜《グピアズ》の前に飛んで行き、「あなたを招きに来ました。下界では日波惹格《ズボズク》がまだ人間になれないでいるので、あなたに繁栄祈願の黎姆《ニム》儀礼をしていただきたい」と言った。恩畢阿孜《グピアズ》は、「お前は邪悪な怪獣ではないか、お前より上に王や（王の）臣下はいないのか？　なぜお前が招きに来たのだ！」と言った。恩畢阿孜《グピアズ》が、そばにあった小麦粉をつまんで撒《ま》くとヤマアラシに隈《くま》取《ど》りができた、だからヤマアラシは大昔から隈取りをしていて、今も隈取りをしているのだ。ヤマアラシは深い谷に逃げこんだまま、報告に帰って来なかった。

次に、兎《うさぎ》が雄《おす》鷹に乗って招きに行った。恩畢阿孜《グピアズ》に、「あなたを招きに来ました。下界では日《ズ》波惹格《ボズク》がまだ人間になれないでいるので、あなたに繁栄祈願の黎姆《ニム》儀礼をしていただきたい」と言った。恩畢阿孜《グピアズ》は、「お前は邪悪な怪獣ではないか、お前より上に王や（王の）臣下はいないのか？　なぜお前が招きに来たのだ！」と言った。恩畢阿孜《グピアズ》が、そばにあった木の棒で兎の足を殴ると、兎の足が曲がってしまった。だからウサギは大昔から足曲がりで、今も足曲がりである。ウサギは松林に逃げこんだまま、報告に帰って来ない。

そののち、ニシキドリが雄鷹に乗って招きに行った。恩畢阿孜《グピアズ》に、ヤマアラシと兎と同じように言うと、恩畢阿孜《グピアズ》は同じように「なぜお前が招きに来たのだ！」と言った。恩畢阿孜《グピアズ》が、そばにあった大きな刀でニシキドリの顔を切ると、ニシキドリの顔は赤くなった。だからニシキドリは大昔から顔が赤く、今も顔が赤いのだ。ニシキドリは深い山に逃げこんだまま、報告に帰って来ない。

そののち、恩梯古茲《グティクズ》は格俄《クオ》を派遣し、格俄《クオ》が閃散《シャシャ》を派遣して恩畢阿孜《グピアズ》を招きに行かせた。格俄《クオ》と閃散《シャシャ》は鷹に乗って行き、恩畢阿孜《グピアズ》に、「あなたを招きに来ました、下界では日波惹格《ズボズク》が間もなく人間に変わるでしょう。清い水で口を漱《すす》ぎ、黎姆《ニム》儀礼をしていただけば、間もなく人間に変わるでしょう。黎姆《ニム》儀礼は、あなたが来ないと誰もできません。招かれたのに来ないビモはいない、招かれたのに来ない職人はいない」と言った。恩畢阿孜《グピアズ》はそれを聞くと、上界の三本の竹を三節《ふし》切り、上の三節は削って三つまみの竹の籤《ひご》にして三人の弟子に与えた。下の三節は二つの笠に編み三人の弟子が被《かぶ》った。中の三節では三つの扇を作って三人の弟子に与えた。恩畢阿孜《グピアズ》が空からやって来ると、空には木の枝のペンがあり、大地からやって来ると、大地には呪具があった。恩畢阿孜《グピアズ》は、上のほうからやって来ると上に金の橋を掛けて、穢《けが》れ祓いの黎姆《ニム》儀礼をし、下のほうからやって来ると下に銅の橋を掛けて、結核除《よ》けの黎姆《ニム》儀礼をし、中間からやって来ると中間に銀の橋を掛けて、人間を創り出す黎姆《ニム》儀礼をした。軒下の鶏を捕らえ、金と銀の呪《のろ》いの神《かみ》枝《えだ》を挿《さ》し、牛と羊を生け贄にした。神枝《かみえだ》に鶏を繋《つな》いで、黒い穢《けが》れと白い穢れを三回祓い、疫病除けを三回行ない、繁栄祈願を三回行なった。恩畢阿孜《グピアズ》が発展祈願の黎姆《ニム》儀礼を行なったあと、日《ズ》波惹格《ボズク》の頭に棲み着いたカラスと鵲《かささぎ》を取り除いて林に捨て、鼻の穴に巣を作った甲虫《こうちゅう》を取り除いて溝と谷に捨て、耳たぶに棲み着いた蝙蝠《こうもり》を取り除いて崖の洞穴に投げこみ、脇の下のくぼみに巣を作ったリスを取り除いて木の枝の上に捨て、へそに巣を作った鳥を取り除いて土手（畦）に捨て、腰に巣を作った蜜蜂を取り除いて崖に捨て、膝の下のくぼみに巣を作った斑鳩《しらこばと》を取り除いて深い林に投げこみ、足の裏に巣を作った蟻を取り除いて黒い土の中に捨てた。

そののち、日波惹格《ズボズク》の得た幸せは実に大きく、その幸せは松とコノテガシワの如くであった。コノテガシワは青々と茂り、青い松は力強く真っ直ぐに立っていた。松林は鬱蒼と茂り、とても美しかった。素晴らしいお守りだ。カシワの木は雲にまで届き、一対の杉の木からは格以《クジュ》（精子）と分以《フィジュ》（卵子）が生まれ、繁栄した。日波惹格《ズボズク》は、下では杉の根を九つの群れに分け、中間では杉の幹を九度分ほど太くし、上では杉の枝を九本の股に分けた。杉の枝を一本切ると阿枯乃《アガレ》溶《ト》に落ち、三年間地表で日に晒《さら》され、雨に濡れつづけ、また土の中に三年埋められて腐り、杉が腐って気が生じ、気は昇って空に入り、空から露が降りて来た。降りた露は草を潤し、草が茂って草が腐り、霧が生じた。霧は昇って空の際《きわ》に入り、空から雪が降って来て、雪が日波惹格《ズボズク》の肉になった。霧が昇ると雨が降って来て、雨が日波惹格《ズボズク》の血になった。深い谷に氷が割れて落ち、氷が骨になった。空から星が落ち、星がその目になった。奥深い山から風が吹いて来て、風が息になった。雪が三回降って来て、九日目の夕方、明け方までかかって溶け、動物になるために溶け、植物になるために溶け、人間の始祖になるために溶け、人間になるために溶け、変わりに変わって雪族に変わった。雪族には十二人の子がいた。

「9 雪族の十二人の子」（一三〇七～一四三二句）

雪族には十二人の子がいて、血があるのは六種類である。鳥類も獣類も皆雪族の子である。翼を持つ翅類《し》も、掌《てのひら》付きの掌《しょう》類も、蹄《ひづめ》付きの蹄《てい》類も雪から生まれた子である。

第一種類は蛙で、灰色蛙は三種類に分けられる。沼に棲《す》んでいたが、長男は目が飛び出た蛙になり、黒い土の中に棲み着いた。次男は足の赤い蛙になり、沼に棲み着いた。末っ子はお守りの吉爾《ジュル》蛙になり、住居の中に棲み着いた。蛙類は三百の地域に分布している。

第二種類は蛇で、蛇も三種類に分けられる。黒い土の中に棲んでいたが、長男は小さな龍蛇《りゅうじゃ》になり、崖に棲み着いた。次男は莽蛇《うわばみ》になり、土の中に棲み着いた。末っ子は口の赤い蛇になり、土の中に棲み着いた。蛇類は三百の地域に分布している。

第三種類は鷂《はいたか》で、ハイタカも三種類に分けられる。高い峰に棲んでいたが、長男は翅《し》類の皇帝であり、空を飛ぶ巨大なハイタカとなり、白い雲の中に棲み着いた。次男は翅類の王であり、孔《く》雀《じゃく》になり、遠い彼方の大海に棲み着いた。末っ子は大きな雁であり、翅類のリーダーとなり、故《グ》讐讐夥《チョチョホ》に棲み着いた。ハイタカ類は三百の地域に分布している。

第四種類は熊で、熊も三種類に分けられる。杉林に棲んでいたが、長男は角の白い鹿になり、杉林の山の中に棲み着いた。次男は足のきれいなヤマイヌと狼になり、野原に棲み着いた。末っ子はヤマアラシになり、谷に棲み着いた。熊類は三百の地域に分布している。

第五種類は虫で、虫も三種類に分けられる。家屋のそばに棲んでいたが、長男は頭の黄色い大きな蜂になり、崖に棲み着いた。次男は大きなハエになり、平野に棲み着いた。末っ子はスズメバチになり、草むらに棲み着いた。虫類は三百の地域に分布している。

第六種類は猿で、猿も三種類に分けられる。灰色の猿と赤い猿になり、林の中に棲み着いた。猿類は三百の地域に分布している。

血の無いものは六種類ある。石や木は雪の子で、山の峰や山の頂上で、斜面で、谷で、沼で、小川のそばで、土手の上で生まれたものは雪の子である。

第一種類は草で、先の黒い草が野原に生えている。草類は三百の地域に分布している。第二種類はコノテガシワで、山の峰に生えている。コノテガシワ類は三百の地域に分布している。第三種類は蒲《がま》で、沼に生えている。第四種類は蓬《よもぎ》で、土手（畦）に生えている。蓬類は三百の地域に分布している。第五種類は桐で、奥山に生えている。桐は三百の地域に分布している。第六種類は血藤《ちふじ》という藤で、林に生えている。血藤は三百の地域に分布している。

雪族の十二人の子のうち、十一人は黎姆《ニム》儀礼をしなかったので死んだ。十一人の子は川を渡ると変わってしまった。川を渡らない者は武洛《ヴォル》人になった。黎姆《ニム》儀礼をした者は繁栄し、人間になった。人間になった者は言葉を話せるようになり、声がとても美しい。言葉を巧みに操れる者が先祖になった。先祖は九十九人いる。声がきれいな女性が先祖になった。女性の先祖は七十七人いる。

［10 支格阿龍《チュクアロ》］（一四三三～二五〇七句）

大昔、白い人と白い空が、黒い人と黒い空が結婚した。黒い空は杉と、杉は岩と、崖は大きな川と、大きな川は魚と、魚は杉林と、杉は太陽と月と、太陽と月は大きな山と、大きな山は深い谷と結婚した。深い谷は史色《シュシ》を生み、史色《シュシ》は母烏故史《ムヴグシュ》に嫁ぎ、東北で龍の子を生み、龍の子は西のほうの大きな川に住んだ。魚は龍と遊んだが、龍の食べ物になった。史色《シュシ》は大きな川で龍の子を生み、龍の子は崖に住んだ。石は龍と仲が良かったが、龍の遊び道具になった。蜜蜂は龍の食べ物になった。崖で龍の子が生まれ、杉林に住んだ。鹿は龍と遊んだが、龍の食べ物になった。杉林で龍の子が生まれた。

史色《シュシ》は故讐讐夥《グチョチョホ》に嫁いで故莫阿支《グモアジュ》を生み、故史母烏《グシュムヴ》に嫁いで母烏母古《ムヴムグ》を生み、欧尼鵈《オニティ》に嫁いで鵈尼爾覚《ティニルチョ》を生み、以欧利利《ジュオリリ》に嫁いで利利瑪柒《リリマチ》を生み、精以紹諾《ジジショノ》に嫁いで紹諾阿覚《ショノアジュ》を生み、武則洛《ヴォゼロ》曲《チュ》に嫁ぐと洛曲《ロチュ》に美しい娘が生まれ、抵史紹諾《ティシュショノ》に嫁いで紹諾瑪吉《ショノマチャ》を生み、欧爾則維《オルジヴォ》に嫁いで則維《ジヴォ》尼莫《ニモ》を生み、俄着達日《オジョダズ》に嫁ぐと達日莫史色《ダズモシュシ》が資資阿母《ズズアム》を生み、資資阿母《ズズアム》は役人の家に嫁ぎ、役人の家で生まれた娘は濮人《プ》に嫁ぎ、濮人《プ》の家では三人の娘が生まれ、濮莫旨瑪《プモチュマチ》は旨家に嫁ぎ、濮莫《プモ》達公《ダコ》は達家《ダ》に嫁ぎ、濮莫尼日《プモニジュ》は閨房（女部屋）にいた。濮莫尼日《プモニジュ》は白い機《はた》織り道具を持ち、軒下で三日三晩機織り道具を組み立てようとしたが、織機《しょっき》はでき上がらなかった。翌日は辻に座って七日七晩組み立てたができ上がらなかった。また翌日突而山《トウル》の頂上で九日九晩組み立てると、織機は立ち上がった。そののち三年間で織機を組み立て、三か月で織り杭《くい》を立て、突而山《トウル》の頂上で機織りをした。織り杭は星のように輝いた。パンパンと音を立てて機を織り、機織りの板は鷹の翼のように飛び回り、梭《ひ》は蜂のように舞い、赤い糸で虹を織った。

突而山《トウル》の頂上では、それぞれ一対のハイタカが東の深い谷から、西の治恩山《チュグ》から飛んで来て、所匹《ソピ》のハイタカが達紅山《ダホ》から、恩旨《グジュ》のハイタカが尼爾威《ニュルヴィ》から飛んで来た。四羽のハイタカが杉林の山から飛んで来た。濮莫尼日《プモニジュ》がハイタカを見に行くと、濮莫尼日《プモニジュ》のからだにハイタカの血が三滴落ちた。一滴が頭に落ちて九層の下げ髪を通り抜け、一滴が腰に落ちて九層のフェルト布を通り抜け、一滴が尾に落ちて九層のスカートを通り抜けた。濮莫尼日《プモニジュ》はからだの具合が悪くなったので、ビモを探しに行ったがビモはいなかった。十三日が過ぎて少しめまいがしたので、一羽の鳥にビモを招きに行かせた。村の真ん中にはビモがいたが留守で、弟子の呷呷《カカ》が在宅していた。呷呷《カカ》は敷き布のフェルトの上にノロジカの毛皮を敷き、（からだの）脇に虎の皮を掛け、左手に教典、右手に団扇《うちわ》を持ち、笠を被《かぶ》り、座ったまま教典を唱えた。呷呷《カカ》は左手で物入れ箱の蓋を開け、右手で箱の底を探り、教典入れの袋を取り出して、ページを二枚開いたが、何も書いていなかった。ページを外側と内側に二枚ずつ開くと、聖なる文字で「これは邪悪な怪物である」とあった。次にページを外側と内側に三枚ずつ開くと、「これは出産を順調にする」と書いてあった。次にページを外側と内側に四枚ずつ開くと、「これは人生を幸せにする、神枝《かみえだ》を挿《さ》し、白い雌鶏《めんどり》を生け贄にし、出産の霊を呼び寄せたあとに、間もなく一人の神の子が生まれる」とあった。百二十日後に、大きくて赤い蜂にビモを招きに行かせた。ビモは、林に行って篾《ひご》の筒のコノテガシワと、笠のカシワと、篾《ひご》の竹を取ってきた。漢《ハン》族の地域では白い紙を、西昌《シーチャン》では墨汁《ぼくじゅう》を、三つの町では鮮やかな花を、凹《くぼ》んだ低地では鈴を、猪の山では猪の歯を手に入れてきて、主人（依頼人）の家に行って出産の霊を呼び寄せた。木香《ムク》と維日《ヴォヴ》とポプラの枝を三本ずつ用意した。斯匹甘《スピカ》夥《ホ》山ではコノテガシワと櫟《くぬぎ》が青々と茂り、阿紅留以《アホニョジュ》では鴻《おおかり》と雁が啼きながら飛んだ。家の中にはビモと主人がいて、ビモはくつろぎ、主人は明るく笑っていた。ビモと弟子は出産の霊を呼び寄せたあとに家を出て、門を閉め、めでたいことを屋内に残した。そののち濮莫尼日《プモニジュ》は、朝、白い霧が立ち上がったときの午後に支格阿龍《チュクアロ》を生んだ。

支格阿龍《チュクアロ》は、辰の年の、辰の月、辰の日に生まれた。生まれたその夜には母の乳を吸いたくなかった。二日目の夜には母と共に寝たくなかった。三日目の夜には母の作った食べ物を食べたくなかった。四日目の夜には母の作った着物を着たくなかった。空に向かって目を見開いて太陽を楽しげに見詰め、目を転じて大地を見回して人間界を観察した。泣きに泣いて、九日九夜泣いた。そののち濮莫尼日《プモニジュ》は、「西の三つの谷にいる特別阿莫《トゥビアモ》は、《いったい何という物だろう、神秘の誕生をしたのだから、将来は私の根を切りに来るだろう》と言って、末っ子を派遣して、濮莫《プモ》尼日《ニジュ》母子を食べに来た」という夢を見た。母子二人は恐ろしい夢から醒めて、転がったり喘《あえ》いだりしながら歩きに歩き、神仙の岩屋のそばを通ったときに、支格阿龍《チュクアロ》は母に捨てられた。母は済まないと思いながら母の道を歩いて行った。子は眠ってしまっていた。岩屋は切り立った崖にあり、蜜蜂も遠くから飛んで来た。崖の縁《ふち》には龍が棲《す》んでいたので、支格阿龍《チュクアロ》が自分は龍の子だと言うと、龍は支格阿龍《チュクアロ》を見て喜んだ。支格阿龍《チュクアロ》も龍を見て喜んだ。そののち、支格阿龍《チュクアロ》は、龍の乳を飲み、龍の食べ物を食べ、龍の着物を着た。

支格阿龍《チュクアロ》は、生まれて一年後には豚飼いに随《つ》いて行き、草の茎で矢を作り、竹を弓として身に着け、土手（畦）で遊び回った。吉子《ジッ》鳥を射ると、鳥の首に当たって羽が飛び、鳥の血は一滴一滴と落ち、鳥の死骸はころころ転がった。生まれて二年後には、羊飼いに随《つ》いて行き、木を曲げて弓を作り、竹で矢を作り、坂や峰を巡った。ニシキドリや山鶉《やまうずら》を射て首に当たり、羽と血が落ちて鳥の死骸が転がった。四、五歳になるともう大人になり、旅に出る人に随《つ》いて行った。幼いのに腕は杵《きね》のように太く、脛《すね》は柱のように太かった。杉林で、ノロやノロジカを射《い》殺し、獣《けもの》の毛が飛び、血が落ち、死骸が転がった。生まれてから九、十歳になると、神聖で霊妙な弓と矢を持ち、神聖で霊妙な鎧《よろい》かぶとを身に着けて奥山を駆け巡り、豹や熊や猿の皮を剝いだ。支格阿龍《チュクアロ》は、獣や鳥の皮を集めに集めて衣裳を作った。虎の皮を当て布にし、豹の皮を上着の袖にし、熊の皮を胸掛けとし、ノロの皮を袖口の布とし、山鶉《やまうずら》の皮を紋章とし、ニシキドリの皮を縁飾りとし、猿の皮を襟とし、カワウソの皮を襟とし、鼠の皮で縫い繕《つくろ》った衣裳は派手やかで、ぴかぴか煌《きら》めき、寒いときには暖かで、暑いときには涼しく、少年も老人も声を挙げて賞賛した。首も足も美しかった。

支格阿龍《チュクアロ》は、腕で強い弓を引くと弦がパーンと響き、腕当てを着けた二の腕は屈強であり、髻《まげ》に矢を挿しこむと髻がしっかりまとまった。支格阿龍《チュクアロ》は人間の形になり、虎のようにうなり、狼のように吼《ほ》えた。南で光ると光が北にまで届き、座ると小さな山のようであり、立ち上がれば立ちのぼる霧のようであった。虎を捕らえて馬代わりに乗り、猛毒のものを取って食べた。左の目は太陽の形で、右の目は月の形だった。手に鉄の刺股《さすまた》を執《と》り、肩に銅の網袋を掛け、頭に銅のお碗型かぶとをかぶり、手を挙げると雷が鳴り、まばたきすると雨が降り、足を踏むと地震が起きた。

そののち、支格阿龍《チュクアロ》は、神女の阿妮《アニ》を娶《めと》って海のこちら側に住み、神女の阿鳥《アヴ》を娶って海のあちら側に住んだ。幾重もの翼のある神馬に乗り、海の上を行ったり来たりした。阿妮《アニ》と阿鳥《アヴ》は話し合って、「七日から十三日のうちに支格阿龍《チュクアロ》は都合が良くても悪くても帰るべきだ」と決めた。しかし、ある日、約束違反が起きた。阿鳥《アヴ》は阿妮《アニ》を妬《ねた》み、馬の翼を一重切ってしまった。阿妮《アニ》は〝姉は約束を破った〟と妬み心が激しくなり、馬の翼を二重《ふたえ》切ってしまった。支格阿龍《チュクアロ》は、七日から十三日のうちに神馬に乗り、海の上を飛びに飛んで海の真ん中に来たとき、神馬は翼を三度バタバタと広げて三度いなないた。支格阿龍《チュクアロ》は、摑《つか》まるところも寄りかかるところもなかった。神馬は海に沈み支格阿龍《チュクアロ》も沈んだ。阿鳥《アヴ》と阿妮《アニ》は互いに知らせあったが、悲しくて涙が出た。

支格阿龍《チュクアロ》がなしとげたこと

　支格阿龍《チュクアロ》がまだ仕事を始めていなかったころ、下界はまことに奇妙で怪しげな世界だった。そこではすべてが普通とは逆で、草の茎に穀物が実り、蓬《よもぎ》にはピーマンが実った。蛇は畦（土手）のように太く、積み重ねた石のように大きかった。蚤は拳《こぶし》のように大きく、ハエは斑鳩《しらこばと》のように、蟻は野ウサギのように、イナゴは牛のように大きかった。支格阿龍《チュクアロ》が仕事を始めたあとは、馬を木につなぎ、蛇を指のように細くなるまで殴り、土手（畦）の下に放り込んだ。蛙を手のひらのように小さくなるまで殴り、土手（畦）の上に放り上げた。ハエを羽が折れるまで殴り、野原に放り込んだ。蟻を腰が曲がるまで殴り、黒い土の中に放り込んだ。イナゴを足が曲がるまで殴り、草むらの中に放り込んだ。

雷をやっつける

大昔、支格阿龍《チュクアロ》がまだ仕事を始めていなかったころ、天上の雷は昼間に人間が叫ぶのと、夜に鶏が啼《な》くのを許さなかった。山の上で牧畜をする人にも、谷で耕作をする人にも、口と歯がきちんと整っている人にも落雷した。艶《あで》やかなスカートの人にも、髷《まげ》を結った丈夫な人にも、鷹のように飛べる帽子を被《かぶ》った人にも落雷した。もちろん石にも、水辺の小石にも、家の中の挽き臼にも、山の頂上の白い石にも落雷し、木にも、庭の柵にも、深い谷の林にも、崖の桑にも、野原のツツジにも、山の上のコノテガシワの木にも、家畜にも、家の中の鶏にも、崖の羊にも、山の上の綿羊にも、野原の丈夫な牛にも、沼地の子豚にも、獣《けもの》にも落雷した。もちろん杉林のノロジカにも、深い谷の子熊にも、木の梢の子猿にも、水中の魚の子にも、野原のヒバリにも、土手（畦）の上の蛇にも、土手の下の蛇にも落雷した。空の上の雷は世の中から嫌われてしまった。

支格阿龍《チュクアロ》が仕事を始めたあと、雷を探して捕らえに行くことにした。海克《ヒク》山に到着して出合った海克《ヒク》黒牛が言った、「下界にいるすべての人は、手をパチパチと叩き、帽子を振ってパタパタ響かせ、胸を叩いて悲しんでいる。犬が吠えて太陽と月を呼ぶ」と。支格阿龍《チュクアロ》は海克《ヒク》黒牛に言った、「下界にいる人たちが雷に打たれた。雷を野放しにしてはいけない」と。格留《グニョ》山に到着して出合った格留《グニョ》白牛に尋ねた、「空の上にいる雷はどういうもので、どこで暮らしているのか？」

と。格留《グニョ》白牛が答えた、「聞いたところでは、白雲山に居住し、黄色い雲の層で遊び、黒い雲の層で暮らしている」と。

支格阿龍《チュクアロ》は、白雲山を越え、黄色い雲の層に沿い、黒い雲の層を通り過ぎ、子供に姿を変えて天地山に着いた。雷爺さんは、口を鞴《ふいご》にし、手の指を火ばさみとし、拳《こぶし》を金槌《かなづち》とし、膝を金床《かなとこ》とし、焼きながら打って鉄を鍛えると火花が飛んだ。焼き入れをするとヒューヒューと音を立てた。支格阿龍《チュクアロ》は、「爺さんよ、爺さん、何を鍛えて何に使うのか？」と尋ねたが、雷爺さんは支《チュ》格阿龍《クアロ》を見ないでいた。子供のような声が聞こえてきたので、子供の好奇心だと思い、それが支《チュ》格阿龍《クアロ》だとはまったく気がつかなかった。雷爺さんは言った、「上界にいる恩梯古茲《グティクズ》は使者を三回下界に行かせた。支格阿龍《チュクアロ》は力が強いので太陽と月を射るのだから、留《とど》まらせるわけにはいかない人なので、一斉に雷を落としてやっつける。そうしておかないと彼は私の根を掘りに来る。七日から十三日のうちに逃がさないようにしなければならない」と。支格阿龍《チュクアロ》は言った、「爺さんよ、あなたの力を防ぎ止めるものは何ですか？」と。雷爺さんは言った、「鉄に落ちるとガラガラッと音を立て、石に落ちると石が砕けるが、銅に落ちると消えてしまう」と。支格阿龍《チュクアロ》は、
「雷は銅に落ちると消えてしまう」としっかり覚えた。

支格阿龍《チュクアロ》は下界に戻り、格莫阿爾《クモアル》を探して、銅を鍛えて銅を作り、銅の網袋、銅のかぶと、銅の蓑、銅の棒を作った。七日から十三日、天と地のあいだに立ち、銅のかぶとを被《かぶ》り、銅の蓑を着て、左手に銅の網袋、右手に銅の棒を持ち、大空を見上げた。雷爺さんは白い雲の層に立っ

た。支格阿龍《チュクアロ》は名前を告げてから岩の後ろに隠れた。雷爺さんが派遣した雷電甘甘《カカ》は、白い雲の層の中から黄色い雲の層を通り抜け、黒い雲の端に立ち、力を入れて雷を落とすと、大きな黒い石に当たり、砕けた石は大空に飛んで行き、音が四方に響き渡った。支格阿龍《チュクアロ》はゆっくりと立ち上がって「おっ」と叫ぶと、その声が大空を震わせた。雷爺さんはかっとなって、支格阿龍《チュクアロ》に雷を落とそうとしたが当たらずに、石に当たって硬い石がガラガラッと音を立てて倒れた。

　そののち、雷爺さんが派遣した黒い雲が下界に降りて来て、支格阿龍《チュクアロ》に言った、「石の後ろに隠れるのは恥である、強い者なら野原に立ち、丈夫な者なら平らな盆地にいるべきだ」。支格阿龍《チュクアロ》は野原にいて三群れの木の杭《くい》を挿《さ》し、九個の鉄の鍋をかぶせると、七日から十三日、夜明けには風が吹き雨が降って、白い雲がすっかり消えた。午後には空が真っ黒になって雷が鳴り響き、大地が真っ黒になって雹《ひょう》が降り、農作物が倒れ、水が至る所にあふれ、白い魚が石の割れ目に挟まれた。雷爺さんは雷電甘甘《カカ》を連れて白い雲の層から白い雲を笠として黄色い雲の層を通り抜け、黄色い雲を馬としてその上に乗り、黒い雲の層に立ち黒い雲を蓑として着て、手に雷の塊りを取った。支格阿龍《チュクアロ》は銅のかぶとを被《かぶ》っていたので、頭のてっぺんがピカピカ光った。からだに銅の蓑を着ていたので、髪の毛がピカッと光った。左手の銅の網袋と右手の銅の棒は黒々としていて、支格阿龍《チュクアロ》は野原に座っていた。雷爺さんは支格阿龍《チュクアロ》にまず一度雷を落としたが、ピカピカ光っただけで支格阿龍《チュクアロ》は少しも動かなかった。そこでまた雷を赤々と落としたが支格阿龍《チュクアロ》は少しも動かなかった。そこでまた雷を落としたら鉄の鍋に落ちた。雷電甘甘《カカ》は支格阿龍《チュクアロ》の頭を通り抜け、銅の網の中に落ちて倒れて地上に滑り落ちたが、立ち上がって空に昇った。しかし、支格阿龍《チュクアロ》は網の端を力を入れて三回引っ張って、網の中に雷を捕らえた。雷爺さんは、跳ねようとしても跳ねられず、逃げようとしても逃げられなかった。支格阿龍《チュクアロ》は殴りながら問いただした、「いま以後は人に落雷してはならない、どうだ？」。雷爺さんは、「きょう以後は二度と来ることはない」と言った。手足をそろえて跪《ひざまづ》いて降伏した。そののち支格阿龍《チュクアロ》は、二度と人間に落雷してはいけないと命じた。次に、十二種類の病気について尋ねると、雷爺さんは十二種類の薬について告げたあと、「エイ、ヤッ」と三回叫んで網の底から逃げ出した。足裂け病について尋ねると、足が裂けると「ピュー」だと答えたように思ったが、実は飛ぶ音であった。十二種類の病気は何でも直せるようになった。そのとき以後七地《しちじ》の下のほうでは、すべての鳥類、獣《けもの》類、木、石が至る所で喜び、盛んであった。

巴哈阿旨《バハアジュ》をやっつける

支格阿龍《チュクアロ》は、雷を捕らえたあと、聖なる馬に乗り、聖なる鎧《よろい》を着け、聖なる弓を引き、聖なる犬を連れ、海の中から人間界にやって来た。家の中から母と子の泣き声が聞こえてきたので、「なぜ泣いているのか」と尋ねると、「巴哈阿旨《バハアジュ》という怪物に、男たちも女たちも家族の人たちも親戚も食われたからだ」と答えた。それを聞いた支格阿龍《チュクアロ》は怒りでいっぱいになり、巴哈阿旨《バハアジュ》を捕らえようとして烏《からす》の山に行き、一対のカラスに尋ねた、「巴哈阿旨《バハアジュ》はどこに住んでいるのか？」、黒いカラスが「海にいる、海の山の上に住み、突而《トゥル》山の上で遊び、海辺に立つ。水は山奥の谷に行って飲み、人間は人間界に来て食う」と答えた。それを聞いた支格阿龍《チュクアロ》はすぐ出発し、海の山の麓から中腹へ、中腹から頂上に着くと、不気味に薄暗い洞窟があった。洞窟では巴哈阿旨《バハアジュ》の母が、尾を竹にまといつかせ、目を丸く見開き、息を吐けば白い霧が立ち、口を開けばどす黒い赤であり、口の中は奥まで深く、歯は尖って鋭く、喉《のど》はきらきらと光っていた。支格阿龍《チュクアロ》が口の赤い龍に姿を変えると、巴哈阿旨《バハアジュ》は龍を見て驚きあわてた。支格阿龍《チュクアロ》が「巴哈阿旨《バハアジュ》おじよ、恐ろしいやつだ、あんたは。たくさんの人があんたに呑まれてしまった。あんたは確かにとても強いが、なにか怖いものはあるか？」と尋ねると、「なにも怖いものはない、石は転がし、木は折り、火は吹き消す」と答えた。支格阿龍《チュクアロ》が「炎を呑むことはできるか？」と尋ねると、巴哈阿旨《バハアジュ》は本当のことを言おうとしない。支格阿龍《チュクアロ》は海に戻って、竹編みの坂利《ポリ》（楕円形の入れ物）と火燃え草を探し、平らな盆地に立って「おお」と三回叫び、三回跳ねて名を名乗ると、巴哈阿旨《バハアジュ》は良い機会に恵まれたと心の中で笑った。支格阿龍《チュクアロ》は坂利《ポリ》を盆地に置き、指を火挟みとして火種を取って草を燃やした。巴哈阿旨《バハアジュ》は「プー」と吹いて火を消したので真っ暗になった。続いて、家に向かって息を吸い込むと家は揺れて倒れんばかりになり、支格阿龍《チュクアロ》に向かって吸い込むと支格阿龍《チュクアロ》は揺れて倒れんばかりになった。あの坂利《ポリ》は黒いフェルトに包まれ、てっぺんが金色に輝き、背をぴんと伸ばして立っていたので支格阿龍《チュクアロ》によく似ていた。巴哈阿旨《バハアジュ》はそれを支格阿龍《チュクアロ》だと思い、力を入れて吸い込むと、坂利《ポリ》はごろごろ転がってバタバタと飛び、口の中に吸い込まれた。巴哈阿旨《バハアジュ》はハハハと三回笑い、「支格阿龍《チュクアロ》よ、きょうお前は死ななければならない」と言った。そののち雄鶏《おんどり》が啼く前、まだ暗かった時に巴哈阿旨《バハアジュ》はお腹が痛くなり、口から青い煙が出てきた。巴哈阿旨《バハアジュ》の幼い子供は驚いてぶるぶる震え、走って逃げて行ってしまい、巴哈阿旨《バハアジュ》も絶命した。このときからのち、巴哈阿旨《バハアジュ》は二度と姿を現わさなかった。

太陽と月を射る

大昔、六個の太陽と七個の月が出てきたあと、下界では勒格特別《ルクトゥビ》(巨大動物)が死に、木も枯れてしまい、野生の梨も絶えてしまった。水もすべて涸《か》れてしまい、石もすべて無くなってしまい、草も、農作物も、家畜も、鳥もすべて絶えてしまった。土手(畦)の上の蛙も、土手の下の蛇も死に、木の梢《こずえ》の猿も、水の中の魚も、空の鷂《はいたか》も、土の中のネズミも、山奥の虎も、野原のヒバリも死んだ。

掌《てのひら》付きの動物も蹄《ひづめ》付きの動物も嘆き悲しんだ。農業も牧畜もできなくなってしまい、やっとのことで日々を生きていた。

支格阿龍《チュクアロ》はいろいろ考えた末に、太陽も月も弓で射落とすことにした。聖なる弓を引き、聖なる矢をつがえ、聖なる鎧を身に着け、一日目には蕨《わらび》の山の蕨の先に立って射たが太陽にも月にも当たらなかったので、蕨を折ると蕨がぐんと低くなった。翌日には桃林の桃の梢に立って射たが当たらなかったので足で桃の枝を蹴ると、梢と根が巻き付いてしまった。その翌日には突而《トゥル》川の畔《ほとり》の桑の梢に立って射たが当たらなかったので桑の木の梢を曲げると、桑は蕨のように小さくなった。その翌日にも突而《トウル》山の麓の竹の先に立って射たが当たらなかったので竹の先を削ると、竹の先には枝と葉が茂るようになった。その翌日には突而《トウル》山の中腹の松の梢に立って射たが当たらなかったので剣を抜いて松の梢を切ると、松はそれ以上伸びられなくなった。その翌日には突而《トウル》山の頂上のツツジの先に立って射たが当たらなかったのでツツジの先を蹴ると、ツツジは小さくなった。

そののち、支格阿龍《チュクアロ》は太陽と月を恨み、太陽と月に向かって吼《ほ》えて、大地の南と北、東と西に視察に行こうとしたが、そこへの道が見つからなかった。支格阿龍《チュクアロ》は正義と道理を求めて、空の正義の父と大地の道理の母に、太陽と月を訴えた。すると、神神阿普《シュシュアプ》は直ちに正義と道理を与え、「太陽と月を射るとき、大地の中心を探してそこを射れば必ず当たる」と言った。支格阿龍《チュクアロ》はこれをしっかり記憶して、東と西、南と北で代わる代わる、昭通《チョトウ》という大地の中心に向かって射た。もしもあなたがこれを信用できないと言うのなら、今でもまだその聖なる痕跡が残っているよ。

そののち、支格阿龍《チュクアロ》は昭通《チョトウ》に行った。昭通《チョトウ》には山々が聳《そび》え立っていたが、最も高い昭通《チョトウ》山には根の太いコノテガシワが生え、高い梢《こずえ》にはカラスと鵲《かささぎ》が棲《す》み、中ほどには斑鳩《しらこばと》が、根の所には豹が棲み、木の上を雄《おす》の鷹が飛び、枝では狐が遊び、木のそばではノロジカが遊んだ。支格阿龍《チュクアロ》がコノテガシワの梢に立って強い弓を引き、髷《まげ》に挿し込んだ槍の柄《え》のように長い矢を引き出して一本射た。聖なる矢はブンブンと音を立てて飛び、その音が道に響き渡ったが、その矢は太陽に当たったか、どうだ？　その矢は太陽に当たった。もう一本射ると、聖なる矢は真っ直ぐ飛んで行き、その音が谷に響き渡ったが、その矢は月に当たったか、どうだ？　その矢は月に当たった。眼を斜めにした太陽を一つだけ残し、半分欠けている月を一つだけ残した。射落とした太陽と月は七地《しちじ》の下のほうの石の下に鎮めた。支格阿龍《チュクアロ》は手を伸ばしてコノテガシワの梢を引っ張ったので、コノテガシワの林が九つの地域に生えることになり、コノテガシワは真っ直ぐに伸びることになり、コノテガシワは昔も真っ直ぐだったし、今も真っ直ぐなのである。

【11　阿留居日《アニュジュズ》】（二五〇八～二六三八句）

大昔、人類の起源は阿留居日《アニュジュズ》に始まる。第一世代は武正阿史《ヴォジュアシュ》、第二世代は阿史鄭紅《アシュジュホ》、第三世代は鄭紅武咪《ジュホヴォム》、第四世代は武咪復必《ヴォムフビ》、第五世代は復必自才《フビズチ》、第六世代は自才日皮《ズチヴプ》、第七世代は日皮《ヴプ》波母《ボム》、第八世代は波母慕弥《ボムモム》、第九世代は慕弥諾地《モムノディ》、第十世代は諾地佳仮《ノディチャチャ》である。その次の第一世代は佳仮母烏《チャチャムヴ》、第二世代は母烏格日《ムヴクズ》、第三世代は格日格張《クズクチャ》、第四世代は格張哈母《クチャハム》、第五世代は哈《ハ》母阿蘇《ムアス》、第六世代は阿蘇濮咪《アスプミ》、第七世代は濮咪張紙《プミチャチュ》、第八世代は張紙張氏《チャチュチャティ》、第九世代は張氏阿留《チャティアニュ》である。第十世代の阿留居日《アニュジュズ》は、人間の体《からだ》に猿の如き声で、キダイコンの蔓《つる》を着物として着て、イシガガイモを食べ、目はあるが道を見ず、口はあるが肉を食べず、手はあるが手仕事をせず、熊のように木の枝にまつわりつき、猿のように木の梢によじ登ったので、人間にはなっていなかった。

そののち、阿留居日《アニュジュズ》から七人の子供が生まれた。第一世代は尼能母次《ニニムツ》、第二世代は母次徳阿《ムツドウワ》、第三世代は徳母利《ドウムリ》、第四世代は利阿古《リアク》、第五世代は古恩斯《クグス》、第六世代は斯烏孜《スヴズ》、第七世代は孜阿《ズア》糾《チョ》、第八世代は糾阿都《チョアドゥ》、第九世代は都斯自《ドゥスズ》、第十世代は自阿普《ズアプ》で、尼能《ニニ》は十世代だった。尼能《ニニ》は知識が多くなく、先祖済度の黎姆《ニム》儀礼をせず、客にご馳走をせず、十世代で滅んだ。

尼能《ニニ》犬科の狐は尼能が絶滅したあと、独りで放浪して歩き回り、そのあと居日格俄《ジュズクウォ》が生まれた。その第一世代は夥烏以《ホヴジュ》、第二世代は以欧布《ジュオブ》、第三世代は布欧日《ブオズ》、第四世代は日烏孜《ズヴズ》、第五世代は孜烏紙《ズヴチュ》、第六世代は紙烏斯《チュヴス》、第七世代は斯孜日《スズジュ》、第八世代は日次次《ジュツツ》、第九世代は次波波《ツボボ》で、格俄《クウォ》は九世代だった。格俄は知識が多くなく、緻密に考えることもせず、根本を治める儀礼も、屍《しかばね》を清める儀礼もせず、九世代で滅んだ。

格俄《クウォ》犬科の赤い狼は格俄が絶えたあと、独りで放浪して歩き回り、そのあと居日実勺《ジュズシュシュ》が生まれた。その第一世代は日欧曲《ズオチュ》、第二世代は欧曲紹《オチュショ》、第三世代は紹更雨《ショグズ》、第四世代は更雨雨《グズズ》、第五世代は雨雨甚莫阿古《ズズシュモアク》、第六世代は阿古都《アクトゥ》、第七世代は麻都尼《マトゥニ》、第八世代は尼阿波《ニアボ》で、実勺《シュシュ》は八世代だった。実勺は黎姆《ニム》儀礼をせず、客にご馳走をせず、息子に嫁をとらず、娘を嫁に行かせず、知識が多くなく、緻密に考えることをしなかったので、八世代で滅んだ。

実勺《シュシュ》鶏は実勺が絶えたあと、独りで啼《な》き続け、そのあと居日慕弥《ジュズモム》が生まれた。その第一世代は母母以《ムムジュ》、第二世代は以烏爾《ジュヴル》、第三世代は爾以糾《ルジュジョ》、第四世代は糾以孜《ジョジュズ》、第五世代は孜阿普《ズアプ》、第六世代は普俄烏《プウォヴ》、第七世代は烏研糾《ヴゼチョ》、第八世代は糾史張紙《チョシュジャチュ》、居日慕弥《ジュズモム》は十世代生存したあと絶えた。居日慕弥《ジュズモム》は知識が多くなく、緻密に考えることをせず、息子に嫁をとらせず、娘を嫁に行かせず、黎姆儀礼をせず、根本を治める儀礼も屍を清める儀礼もしなかった。

慕弥《モム》鶏である斑鳩《しらこばと》は居日慕弥《ジュズモム》が絶えたあと、奥山を放浪し、そのあと夥阿《ホア》が二十二世代生まれたが、その二十二世代も滅んでしまった。そのあと濮蘇《プス》が生まれ、その濮蘇に六人の子が生まれた。豚頭の濮蘇が五人生まれたが、その五人は死んでしまった。次に、足が不自由で手が六本ある子が生まれ、その子から四人の子が生まれたが、その四人は死んでしまった。首（肩）の赤い佳張《チャチャ》も生まれ、首の赤い子を三人産んだが、その三人は死んでしまった。以咪《ジュミ》も生まれ、子を二人産んだが、その二人は死んでしまった。爾史《ルシュ》も生まれ、子を一人産んだが、その一人は死んでしまった。阿留居日《アニュジュズ》だけを残して、人間は滅んだ。

【12 太陽を呼び、月を呼ぶ】（二六三九～二九五九句）

六つの太陽と七つの月はすでに支格阿龍《チュクアロ》に捕らえられ、下界の石盤の下に鎮められた。あとには、斜視の太陽だけが残り、彼方《かなた》に隠れ、残った半月も太陽に従って隠れた。そこで、昼には太陽の光が無く、夜には月の光が無かった。九日間、夕暮れも暁も無く、世の中は黒く沈んでいた。阿媽勒格《アモルグ》母さんは軒下に座り、派手な模様の鶏も軒下で遊ぶしかなく、農耕も牛の角に火を灯してしかできなかった。

そののち、上界にいる恩梯古茲《グティクズ》は、阿留居日《アニュジュズ》に太陽と月を呼びに行かせた。阿留居日《アニュジュズ》は頭に赤い髻《まげ》を結い、腰に黄色い帯を巻き付け、脚に白い脛《すね》当てを巻き付けて旅立ち、突而山《トゥル》の麓に着いた。麓で金と銀を精錬して金の家、銀の家を建て、金の衣、銀の衣を着た。生け贄にする白い去勢牛は、「殺さないでくれ、私を生け贄にしないでくれ、昼に太陽を呼びに行き太陽を呼び出す、夜には月を呼びに行き月を呼び出す」と言って、太陽を呼び出すためにモーモーと鳴いたが、太陽は出て来なかった。次に月を呼び出すために鳴いたが、月は出て来なかった。阿留居日《アニュジュズ》はその牛を殺したいわけではなかったが、心を鬼にして殺して生け贄にした。牛の角は天を指し、青い天である父に報告し、牛の足は土を踏み、黒い大地である母に報告し、牛の目は真ん中を見て、世の中の人に報告した。太陽と月を祀《まつ》り、牛の血を四塊り摑《つか》んで四方に撒《ま》き散らした。牛の腎臓と膵臓に竹籤《ひご》を四本挿し、牛の毛を四方に撒き散らし、牛の頭と足を切って四方に捨て、四枚の牛の皮を剝いで四方に掛けて、太陽と月を呼んだが、太陽も月も出て来なかった。

そののち、阿留居日《アニュジュズ》は突而山《トゥル》の中腹に着き、中腹で鉄と銅を精錬して鉄の家、銅の家を建て、鉄の衣、銅の衣を着た。生け贄の白い去勢綿羊は、「私を生け贄にしないでくれ、私を殺さないでくれ、昼に太陽を呼びに行き、太陽が出れば明るくなる、夜には月を呼びに行き、月が出れば明るくなる」と言って、太陽を呼び出すために鳴いたが、太陽は出て来なかった。次に月を呼び出すために悲しげに鳴いたが、月は出て来なかった。阿留居日《アニュジュズ》はその綿羊を殺したいわけではなかったが、心を鬼にして生け贄にした。綿羊の角は天を指し、青い天である父に報告し、綿羊の足は土を踏み、黒い大地である母に報告し、綿羊の目は真ん中を見て、世の中の人に報告した。太陽と月を祀り、綿羊の血を四塊り摑《つか》んで四方に撒《ま》き散らした。綿羊の腎臓と脺臓に竹籤《ひご》を四本挿し、綿羊の毛を四方に撒き散らし、綿羊の足を切って四方に置き、綿羊の角を一本切って南北に捨てた。阿留居日《アニュジュズ》は太陽と月を呼んだが、太陽も月も出て来なかった。

そののち、阿留居日《アニュジュズ》は突而山《トゥル》の頂上に着き、頂上で竹の家と木の家を建て、竹の衣と木の衣を着た。生け贄の総格《ツォク》という名の白い雄鶏《おんどり》は、「私を生け贄にしないでくれ、私を殺さないでくれ、昼に太陽を呼びに行き、太陽が出れば明るくなる、夜には月を呼びに行き、月が出れば明るくなる」と言って一声啼《な》き、青い天である父に報告したが、太陽も月も出て来なかった。もう一度啼いて、黒い大地である母に「太陽と月が出て来なければ牛と綿羊を生け贄にして祀ったのに、私まで殺されてしまう」と報告した。太陽と月にお願いすると、太陽は「太陽が月のあとに出てもいいが支格阿龍《チュクアロ》が恐い」と答え、月は「月が太陽のあとに出てもいいが支格阿龍《チュクアロ》が恐い」と答えた。支格阿龍《チュクアロ》は、「恐がることはない、太陽と月を射たのは世の中の繁栄のためだ、昼は太陽が出て夜は月が出る。太陽と月を射たとき、【太陽、月と】相談しなかったのは私の間違いだった、桃が実るのも間違いで、スモモが実るのも間違いで、果実がたわわに実るのも間違いだった、だから今は出るべきだ」と言った。そこで雄鶏は太陽と月に向かって、「昼は太陽が一人で出て、夜は月が一人で出れば、支格阿龍《チュクアロ》はもう再び太陽と月を射ることはない、私は鶏冠《とさか》を九つに刻んで約束しよう、九本の針、九本の糸で約束しよう、約束は破らない」と言った。

そののち、雄鶏は東を見て翼をパンパンパンと三回広げ、大きな声で啼いた。羽根がチーチーと音を立て、尾はまっすぐに伸びて、啼きながら前に歩くと、出た、出た、太陽がキラキラと輝いて出た、出た、月が堂々と立派に出た。月は太陽と一緒に、太陽は月と一緒に出て来た。出ることは出たが、昼と夜はまだ分けられていなかった。

そののち、雄鶏は、朝三回啼いて太陽が出て来るのを迎え、正午に三回啼いて、太陽を祀り、午後には三回啼いて、太陽が沈むのを送った。すると太陽は喜び、一人で出るようになり、月も喜び、一人で出るようになった。雄鶏が啼くと、昼に太陽が一人で出た。途中、太陽を遮《さえぎ》ったので昼と夜が分けられた。次に啼くと、夜に月が一人で出るようになり、途中、月を遮ったので上弦と下弦の月に分けられた。支格阿龍《チュクアロ》は鉄の針を一握り取り、斜視になった太陽に与え、丸い太陽を見守った。鉄の塊りを一つ取り、半分欠けた月に与え、女性である月を見守った。

そののち、下界に暁があるようになり、夜が開けると室内でも明るくなり、囲炉裏の鍋の支え石が明るくなり、柱も明るくなった。夜が明けると軒下では鶏が自在に遊び、野原ではヒバリが楽しく歌い、蕨の草むらではニシキドリが声高く啼き、竹林では竹鶏がいい具合に啼き、川では魚が自在に泳ぎ、崖では蜜蜂が潮のように飛んで来て、杉林ではノロジカが楽しく飛び跳ねる。日光が深い谷を照らし、牧場は青々と茂り、牛や羊は楽しげに飛び跳ねる。日光は山の頂上を照らし、コノテガシワはそよそよと揺れる。白い鶴は美しく白く、日光は盆地を照らし、農作物は平らかに育ち、この世は安らかで楽しくなった。

［13　父を探し、父を買う］（二九六〇〜三二一〇句）

大昔、生き物が絶滅したあと居日阿約《ジュズアゾ》が生き残り、阿約惹曲《アゾズチョ》が生まれ、惹曲夥阿《ズチョホア》が生まれ、夥《ホ》阿史茲《アシュズ》が生まれた。その第一世代は史茲史拿《シュズシュラ》、第二世代は史拿孜阿《シュラズア》、第三世代は孜阿迪利《ズアディリ》、第四世代は迪利蘇尼《ディリスネ》、第五世代は蘇尼阿書《スネアシュ》、第六世代は阿書阿俄《アシュアウォ》、第七世代は阿俄書補《アウォシュプ》、第八世代は書補史爾《シュプシュル》、第九世代は史爾俄特《シュルウォトゥ》で、史爾俄特《シュルウォトゥ》には子孫が九世代生まれたが父は見当たらなかったので、父を買いに、父を探しに、お供を九人連れて行った。銀と金の匙を九本ずつ持ち、九頭ずつの家畜の背に細かい銀と金を運び、狐が銀を運び、野ウサギが金を運んだ。良い馬と丈夫な牛と肥った豚と丈夫な羊を走らせた。朝早く雄鶏が啼くと起き、歩きに歩いて野原を通り過ぎると、野原の精霊此平《ツピ》は一対のヒバリを捕まえて史爾俄特《シュルウォトゥ》をもてなした。しかし史爾俄特《シュルウォトゥ》はその宴に出席したくなかったし、その宴のご馳走を食べたくなかった。杉林では精霊魯朶《ルト》が一対のノロジカを捕まえて、崖では精霊死領《スリ》が一対の蜜蜂を捕まえて、川では精霊母覚《ムジュ》が一対の魚を捕まえて史爾俄特《シュルウォトゥ》をもてなしたが、史爾俄特《シュルウォトゥ》はどの宴にも出席したくなかったし、その宴のご馳走を食べたくなかった。さらに歩きに歩いてイ族の郷に到着すると、小さい黄牛を二頭捕まえて史爾俄《シュルウォ》特《トゥ》をもてなしたが、史爾俄特《シュルウォトゥ》はその宴に出席したくなかったし、その宴のご馳走を食べたくなかった。イ族地区を旅立ち、漢《ハン》族地区に到着すると、左に白い錦の布、右に黄色い絹の布があった。漢族地区を旅立ち、瓦更克治《ヴァグクジュ》に到着すると、阿吉《アジ》と索索《スス》の木の梢が赤くあでやかだった。瓦《ヴァ》更克治《グクジュ》を旅立ち、瓦更克哈《ヴァグクハ》に到着し、瓦更克哈《ヴァグクハ》を旅立ち、阿着迪総《アジョディツォ》を過ぎ、故譬譬夥《グチョチョホ》を過ぎ、張《チャ》張利吉《チャレチェ》を過ぎ、阿覚夥母《アジョホム》を過ぎ、優母吉利《ゾムジレ》を通って七地《しちじ》の上のほうに到達した。

七地《しちじ》で一軒の家の側に着くと、そこは酋長の孜阿迪度《ズアディドゥ》の家であった。孜阿迪度《ズアディドゥ》は留守だったが、機《はた》を織っていた娘の史色《シュシ》は言った「下界からの兄よ、もう暗くなってきたから、我が家に泊まりなさい、旅人は家を見たら夕暮れに気づき、蜜蜂は崖を見たら夕暮れに気づき、カラスは杉の林を見たら夕暮れに気づき、ヒバリは野原を見たら夕暮れに気づき、魚は川を見たら夕暮れに気づき、鳥は木の梢を見たら夕暮れに気づき、牛や羊は巣を見たら夕暮れに気づき、仕事をする人は家を見たら夕暮れに気づく、今夜はもう遅いから我が宿に泊まりなさい」。史爾俄特《シュルウォトゥ》は、「上界にいる妹よ、私は下界にいる史爾俄特《シュルウォトゥ》である。子が九世代生まれたが父親がいないので、上界に父を買いに来た。大地で父親を探して、切ない思いで胸が一杯だ。父を探し、父を買いに行く。きょうは遅くなったが泊まらない」と答えた。史色《シュシ》は、ハハハと笑って、「下界からの兄よ、私が漢《ハン》族地区へ遊びに行ったとき、角が一本しかない水牛を見たことがあり、イ族地区へ遊びに行ったとき、耳が一つしかない黄牛を見たことがある。イ族地区と漢族地区で、母親を探し、母親を買う人に会ったことがあるが、父親を探し、父親を買う人に出会ったことはない。下界からの兄よ、私の出す謎に答えられなかったら父を探し、父を買うことはできない、答えられたら父の探し方を教えてあげよう。狩猟をしない三群れの犬、啼かない頬赤の鶏、燃えない三本の棹、食べられない三塊りの塩、織ることができない三台の機《はた》、打つことができない三両の毛は何であろう？　兕と鎧があって、兕の皮、真ん中辺りの皮、裾の皮は何であろう？」と言った。史爾俄《シュルウォ》特《トゥ》は、謎を解くことができず、悲しくて涙を三滴流した。瓦更克治《ヴァグクジュ》に戻り、妹の俄儂《ウォロ》に聞かせたら、俄儂《ウォロ》は、「我が兄よ、悲しまないでください、謎の答えを教えてあげましょう。狩猟をしない三群れの犬は、深い谷にいるキツネです。啼かない頬赤の鶏は、蕨の草むらにいるニシキドリです。燃えない三本の棹は、屋根の竹の位牌です。食べられない三塊りの塩は、深い谷にあるつららです。織ることができない三台の機は、空の虹です。打つことができない三両の毛は、山の頂上に漂う白い霧です。兜と鎧で、兜の皮はナツメ色の牝鹿の皮で、真ん中辺りの皮は豚の首の皮で、裾の皮は水牛の膝の皮です」と言った。史爾俄特《シュルウォトゥ》は、それを聞いてすぐに旅立って、史色《シュシ》に答えを告げたところ、史色《シュシ》は、「下界からの兄よ、あなたの右に出る者はいません、謎は解けました。あなたの家の位牌はどこに祀ってありますか？」と言った。史爾俄特《シュルウォトゥ》は、「水の中は鬼の居所だから位牌を入れてはいけない。杉林には獣が棲むから位牌を置いてはならない、山の峰は風が強いから位牌を置いてはいけない」と言った。史色《シュシ》は、「あなたは下界に戻って先祖済度の黎姆《ニム》儀礼をし、祖霊を呼び返して位牌を奥の部屋で供養する。祖霊のために穢れを払ってから屋根に掛け、祖霊を洞窟に入れて済度したあとで妻を娶り、家庭を作れば、子が生まれ、父に会えるようになる」と言った。史爾俄特《シュルウォトゥ》は下界に戻り、先祖済度の黎姆《ニム》儀礼をしたが、三年間、妻を娶ることができなかった。そこで上界に戻って、史色《シュシ》に、「上界の妹よ、私は下界で嫁を三年探したが出会えなかったので、あなたを嫁にする以外にない」と言った。史色《シュシ》は、「下界からの兄よ、私は十七歳で、この田は私の田ではない、たとえ私の田だとしても、いくら美人だとしても、自分で自分の結納金の額を決めてはいけない、下界に戻り、仲人の特莫阿拉《トゥモアラ》に教えてもらいなさい」と言った。特莫阿拉《トゥモアラ》は、結納金として、座ったままの人にはお金を出し、立ったままの人にはご馳走をし、嫁の親族には良い馬を与え、お供には丈夫な牛を与えた。史爾俄特《シュルウォトゥ》は史色《シュシ》を娶り、俄特武勒《ウォトゥヴォル》が生まれた。

【14 洪水が氾濫する】（三二一一～三六九八句）

大昔、武正史爾《ヴォジュシュル》が生まれ、史爾俄特《シュルウォトゥ》が生まれ、俄特武勒《ウォトゥヴォル》が生まれ、武勒曲普《ヴォルチョプ》が生まれた。武勒《ヴォル》曲普《チョプ》は知識に富み、緻密に考えて、コノテガシワの山のコノテガシワの籤《ひご》の筒を持ち、カシワの山のカシワの笠を被り、櫟《くぬぎ》の山のクヌギの笠を持ち、竹の山の竹の籤《ひご》を持ち、祖先祭祀の黎姆《ニム》儀礼を行ない、客にご馳走をした。曲普尼姿《チョプネツ》、尼革《ネキ》という二つの部族は東に住み、匹尼《ピニ》、阿張《アジャ》という二つの部族になった。曲普都斯《チョプドゥス》、都爾《ドゥル》という二つの部族は西に住み、以車《ジュチュ》、瓦利《ヴァリ》という二つの部族になった。曲普阿子《チョプアツ》、阿外《アヴォ》という二つの部族は南に住み、烏斯《ヴス》、烏来《ヴリ》という二つの部族になった。一説には曲普《チョプ》には六人の子が生まれた。生業は、一人は瓦の板を割ること、一人は竹細工、一人は蕨取り、一人は蜂捕り、一人は狩猟、一人は魚捕りだったが、皆死んで、生き残ったのは曲普篤慕《チョプジュム》だけだった。曲普篤慕《チョプジュム》は髷《まげ》が曲がっていて長く、ズボンの裾が地に垂れ、十層にもなる黒いフェルトのマントを掛け、威風堂々と勇壮であった。俄其妮張《ウォチュニジャ》を嫁にして、三人の子が生まれた。孜孜濮烏《ズズプヴ》に住み、阿趕乃拖《アガレト》で耕した。

そののち、上界の恩梯古茲《グティクズ》は、豚頭の黒い人を派遣して、下界へ租税を取りに行かせた。豚頭の黒い人は、頭が虎のごとく、身体が豹のごとく、腰が人間のごとく、足には鴟《はいたか》の爪が生えている、大きな爬虫類であった。杉林は不気味に暗く、崖はガラガラと崩れ、大きな川は涸《か》れてしまった。曲普篤慕《チョプジュム》の三人の子は、奇怪な奴だと思い、殺して龍頭山に埋めた。七日から十三日経ったときに、恩梯古茲《グティクズ》は、豚頭の黒い人が行ったきりで戻って来ないのはなぜだろうと思って、格《ク》俄《ウォ》を派遣し、格俄《クウォ》は閃散《シャサ》と阿爾《アル》を派遣した。閃散《シャサ》と阿爾《アル》は鴟《はいたか》に乗り上界から下界に着くと、華母《ホム》底才《ティチ》山に向かって叫び、武則洛曲《ヴァゼルチュ》山、沙瑪瑪夥《シャママホ》山に向かって叫んだ、「おれたちは上界の閃散《シャサ》と阿爾《アル》だ、豚頭の黒い人が下界へ税を取りに行ったきりで戻って来ない、下界の大きな山と深い谷よ、豚頭の黒い人をお前たちが隠したな」。大きな山と深い谷は、「隠したことはない、それは濡れ衣だ」と答えて、木を刻んで誓いを立て、黒と白を弁別する神判をしたあと、穢れを祓って清められた。武則洛曲《ヴァゼルチュ》山では、石も木も、鳥も獣《けもの》も皆清められた。沙瑪瑪夥《シャママホ》山は金色に輝き、華母《ホム》底才《ティチ》山は木々が鬱蒼と茂った。

そののち、下界では一羽のカラスが飛び立ち、上界の恩梯古茲《グティクズ》の家の柵の上で「カア、カア、カア」と三回啼いた。恩梯古茲《グティクズ》は、物入れ櫃《ひつ》の蓋を開け、底を探って百解経を取り出すと、百解経には「イナゴを二匹捕らえてカラスに食べさせれば、カラスはやって来たわけを話し出すだろう」とあった。恩梯古茲《グティクズ》がそのようにすると、カラスは「豚頭の黒い人が下界で曲普篤慕《チョプジュム》の三人の子に殺されて、龍頭山に埋められた」と言った。

恩梯古茲《グティクズ》はそれを聞いて激怒したが、公正を期するため太陽を招き、裁定をするため月を招き、知恵に富んだ賢者も招いて王と臣下に訴えた、「下界の曲普篤慕《チョプジュム》の三人の子を許すことはできない」と。三人の子には、阿趕乃拖《アガレト》に田も畑もあったし、頭の禿げた奴僕も、牛も羊も、雌牛もいた。その雌牛は阿乍《アジャ》という黒い牛を産んだ。その黒い牛の角も蹄《ひづめ》も尖っていて、目は湖水のごとく、眉は森林のごとく、前足は地を掘り、後ろ足は土埃りを上げた。水を飲むと九つの湖が涸《か》れてしまい、草を食べると九つの地域の芝草が枯れてしまい、角を磨くと九本の堤が崩れてしまい、闘牛で戦うと九頭の牛が死んで転がった。

そののち、隕石のようなものが馬母接乃《マムジレ》に落ち、牧人がそれを拾って持ち帰って王と家来に見せたが、王にも家来にもその正体はわからず、ビモにも普通の人にも見せたがわからなかった。職人に見せると、職人は知識に富み、手も器用だったので、鋤《すき》の刃を作り、コノテガシワで鋤の柄を作って杉の木を綴じ合わせた。鋤の頭を作って刃を付け、鋤の曲がり柄と楔《くさび》を作り、竹の縄を鋤の縄にし、黄色い竹を牛の鞭《むち》にした。頭の禿げた奴僕は黒い牛を走らせて、阿趕乃拖《アガレト》の畑を耕した。しかし、耕した所は次の日には元に戻ってしまったので、奴僕は力を落として畑に姿を隠した。曲普篤慕《チョプジュム》の三人の子が捜しに来て奴僕を見つけると、奴僕は「鋤で耕した畑は次の日には元に戻ってしまった」と言った。三人の子の長男は長い矛《ほこ》を持って田畑の前を守り、次男は大きな刀を持って田畑の真ん中を守り、末っ子は短い棒を持って田畑の後ろを守った。夜が深くなったとき、恩梯古茲《グティクズ》が上界から阿趕研苦《アガザク》と、尾のない雌豚と、鶴と、神女の仙女を派遣した。阿《ア》趧研苦《ガザク》はコノテガシワの籤《ひご》入れ筒を背負い、カシワの笠を被《かぶ》り、金のマグワで土をひっくり返した。尾のない雌豚は土を鼻で突き上げ、神女の仙女は銅の箒で土を掃いて田畑を平らにし、鶴は銀のかぎ型の物を持って田畑に草の実を蒔いた。曲普篤慕《チョプジュム》の三人の子は一斉に立ち上がって捕まえに行った。鶴は山奥に駆け込み、雌豚は深い谷に駆け込み、仙女は空に飛び上がったが、阿趧《アガ》研苦《ザク》は年を取っていたので捕まってしまった。曲普篤慕《チョプジュム》の長男は彼を殺せと主張し、次男は彼を殴れと主張し、末っ子は田畑をひっくり返しに来た理由を尋ねるべきだと主張した。そこで彼に尋ねると、阿趧研苦《アガザク》は答えた、「曲普篤慕《チョプジュム》の三人の子よ、上界で恩梯古茲《グティクズ》は、豚頭の黒い人のために九つの海を切り開き、下界へ流したので、もう牧畜も耕作もする必要はない。丑の日と寅の日に雷が鳴り響き、卯の日に天気がどんよりとし、辰の日に龍の王が豪雨を降らせ、巳《み》の日に水がこんこんと流れ、午《うま》の日にはすべてが異常な状態になり、未《ひつじ》の日に洪水が大地に氾濫する。しかし、恩梯古茲《グティクズ》の家の王と二人の奴僕は共に莫欧洛尼《モオルニャ》山に立つだろう」と。そこで三人の子は「どうしたらいいだろう？」と聞くと、阿趧研苦《アガザク》は「長男は強い男だから丈夫な鉄の物入れ櫃《ひつ》を作り、その中で鉄の蓋《ふた》を被《かぶ》り、鉄の道具、農具を中に入れ、種と食料は外に置き、ヤギと綿羊を中に入れ、豚と鶏は外に置き、一番高い山の深い谷に住めばよい。次男は才知に優れた男だから質の良い銅の物入れ櫃を作り、その中で銅の蓋を被り、鉄の道具、農具を中に入れ、種と食料は外に置き、ヤギと綿羊を中に入れ、豚と鶏は外に置き、高い山の深い谷に住めばよい。末っ子はまぬけなでのろまな男だから木の物入れ櫃を作り、その中で木の蓋を被り、鉄の道具、農具を外に置き、種と食料は中に入れ、ヤギと綿羊を外に置き、豚と鶏は中に入れ、一番高い山に住み、雌鶏《めんどり》が卵を抱いているとき物入れ櫃の蓋をしっかり閉め、雛が孵《かえ》ったとき物入れ櫃の蓋を開ければよい」と、こう言い終えると上界に昇って行った。

そののち、阿趕研苦《アガザク》が言ったとおりになった。丑の日に雷が鳴り、寅の日に雷が鳴り響き、卯の日に天気がどんよりとし、辰の日に龍の王が豪雨を降らせ、巳の日にはすでに水がこんこんと流れ、午の日にはすべてが異常な状態になり、未の日に洪水が大地に氾濫し、大地は洪水で覆われた。

そののち、恩梯古茲《グティクズ》はよくしゃべる者を派遣して、下界に巡察に行かせると、その報告では「下界では何の問題もなく、家屋は相変わらず白く、男は毛を打ってフェルトを作り、女は機《はた》織りをして着物を作っている。男の子は相変わらず弓の練習をし、矢で遊び、女の子は相変わらず着物を縫ったり、着てみたりしている。昼は雄鶏《おんどり》が相変わらず啼き、夜は犬が相変わらず吠えている」ということだった。

そこで恩梯古茲《グティクズ》は、黒いロバに乗って下界を視察に行った。流れの源も先も中間も平らなのが見えた。武則洛曲《ヴァゼルチュ》山は指輪ほどに小さくなり、華母底才《ホムティチ》山は挽き臼ほどに小さくなり、母夥巴了《ムホパニョ》山は馬小屋ほどに小さくなり、紹諾阿糾《ショノアジョ》山は狐ほどに小さくなり、沙瑪瑪夥《シャママホ》山は九人の兵士が立てる所だけ残り、阿茲達公《アズダコ》山は蕨《わらび》ほどに小さくなり、治爾治日《チュルチュズ》山は豹ほどに小さくなり、俄喫母《ウォチュム》欧《オ》山は馬の頭ほどに小さくなり、英母則母《イムジム》山は太鼓のばちほどに小さくなり、憲克母曲《セクムチュ》山は鎧兜ほどに小さくなり、母請勒海山《ムチルヒ》は一頭のノロジカが立てる所だけ残り、欧爾則維山《オルジヴォ》は雹《ひょり》ほどに小さくなり、英啊恩哈山《イアグハ》はトウモロコシほどに小さくなり、維格痴苦山《ヴォクチュク》はヤギほどに小さくなり、母熱紹夥山《ムジショホ》は一頭の馬が立てる所だけ残り、書祖瓦根山《シュズヴァク》は杉の木が立てる所だけ残り、黎母夥散《ニムホサ》山はイ族が立てる所だけ残り、西則塔古山《シジタグ》は松の実ほどに小さくなり、莫莫拉尼山《モモラニ》は一頭の虎が立てる所だけ残り、出曲張張山《チュチュジャジャ》は棘《とげ》の木の生える所だけ残り、阿布才洛山《アプツェロ》は一頭の鹿が立てる所だけ残り、母烏赫治山《ムヴフジュ》は一頭の豚が立てる所だけ残り、母克赫尼山《ムクフニ》は一匹の犬が立てる所だけ残り、格都海曲山《グドゥヒチュ》は銀の塊りほどに小さくなり、紹母積烏山《ショムチヴ》は漢族の人が立てる所だけ残った。

そののち、恩梯古茲《グティクズ》は、下界には残る場所がほとんどなくなってしまったので「やりすぎた」と言って、慕魁阿研《モコアニャ》を派遣した。慕魁阿研《モコアニャ》は、銅を鍛えて鋤《すき》を作り、鉄を溶かして鋤の刃を作り、銅を担《かつ》ぎ、牛を牽《ひ》き、黄金の鋤を背負い、頭の黒い牛を走らせ、川の源と出口と中間を開いた。慕魁阿研《モコアニャ》は、北と西で銅の水門を作り、鉄で川に桟橋を架けたので、突而山《トゥル》の上には水が無くなった。南では、大地に鍵《かぎ》をつけて安定させ、川の出口を下に向かって開くと、大河は下に向かって流れて行ったが、小さな川へと分かれてしまい、岩盤の下で消滅した。

そののち、長男の篤慕篤斯《ジュムジュス》は鉄の物入れ櫃の中にいて、水の底に巻き込まれて死んだ。篤暴篤爾《ジュムジュル》は銅の物入れ櫃の中にいて、水の底に巻き込まれて死んだ。篤慕吾吾《ジュムヴヅ》は木の物入れ櫃の中にいて水の上を漂い、突而山《トゥル》の頂上に流れ着いた。

[15 天と地の結婚の歴史]（三六九九～四一五九句）

そののち、篤慕吾吾《ジュムヴヴ》は卵を二十一日間抱いて、雛が孵《かえ》った。木の物入れ櫃の蓋《ふた》を開けて突而山《トゥル》の頂上に立ったが、立っている場所が無くて危うく死にそうになった。しかし、竹の根が彼の足を引き止めて命を救った。手でよじ登れる場所が無くて危うく死にそうになったが、魂草《たまくさ》が彼の腕を引き止めて命を救った。そののち、祖先祭祀の黎姆《ニム》儀礼を行なうとき、竹の根と魂草は欠くべからざるものになった。篤慕吾吾《ジュムヴヴ》は突而《トゥル》山の頂上に座り、水のほとりを眺めると間もなく、洪水が引いた。真っ黒になった物入れ櫃を開けて底を探り、小さい斧とキセルと槍を一本ずつ取り出した。物入れ櫃を薪にしようと思って石と石をこすり合わせたが火は出ず、鉄と石をこすり合わせたら火が出たので、干し草で火種を取った。カササギは細い柴とキセルを拾って火を付けた。九種類の獣《けもの》と九種類の鳥といろいろな虫が水に浮かんでやって来たので、救い出して仲間にした。ネズミと蛇と蛙とカラスが水に流されて来たので、救い出して火に当たらせて暖めた。カラスには喝吉草《ホチ》を抜いて餌にしたので、喝吉草《ホチ》は今でもカラスの腸の中にあるのだ。蜜蜂とカササギが水に浮かんでやって来たので、救い出して火に当たらせて暖めた。

上界に向かって、青い煙がキセルのように細く一筋立ち昇った。恩梯古茲《グティクズ》は一対のニシキドリを下界へ視察に行かせた。ニシキドリは、下界ではまだキセルのように細い煙が一筋立っていると報告した。恩梯古茲《グティクズ》は篤慕吾吾《ジュムヴヴ》を滅ぼすことができないので、三人の使者に篤慕吾吾《ジュムヴヴ》を捕らえに行かせた。篤慕吾吾《ジュムヴヴ》にはまだ一頭の黒い雄《おす》ヤギと一頭の年取った黄色い雌《めす》豚が残っていたので、黄色い雌豚を殺して三人の使者にご馳走し、黒いヤギを三人の使者に贈り、『上界の王女よ、下界へ嫁に来てください」と言った。恩梯古茲《グティクズ》は娘を下界に嫁に行かせたくなかった。

そののち篤慕吾吾《ジュムヴヴ》は恩梯古茲《グティクズ》に対して、歯ぎしりして口惜しがった。友達を集めて相談すると、座長の阿母《アム》蛙が発言した、「生き残った動物は団結しなければならない。篤慕吾吾《ジュムヴヴ》に嫁を娶《めと》ろう。上界と下界は、争うことはあったにしても一方では結婚の話を進めよう、〝妮拖《ニト》王女を篤《ジュ》慕吾吾《ムヴヴ》の嫁にする〟と私は言う。私は上界へ行けないが、もし行けるようなら牛や馬に災いをもたらすぞ」と。続いてネズミが、「私は上界へ行けないが、もし行けるようなら百解経を齧《かじ》ってしまうぞ」と言った。次に蛇が、「私は上界へ行けないが、もし行けるようなら、恩梯古茲《グティクズ》の一人っ子を咬むぞ」と言った。また蜜蜂が、「私も行けないが、もし行けるようなら、妮拖《ニト》王女を刺して冬眠させてしまうぞ」と言った。さらにカラスが、「私も行けないが、もし行けるようなら、牛や馬に悪いことが起きるようにするぞ」と言った。最後にカササギが、「私も行けないが、もし行けるようなら、餅を蒸しすぎて駄目にさせてしまうぞ」と言った。相談がまとまった。

そののち、戦いの準備をした。矛や槍はなかったが、蜜蜂が矛と槍を持っている。ネズミの武器は齧る歯だ。毒へビは毒薬を持っていた。カラスはホルモン剤のことを、カササギは解毒剤のことを知っていた。篤慕吾吾《ジュムヴヴ》は大きな鳥を一羽派遣した。蛇はその鳥の首に巻き付き、ネズミは翼に挟まり、蜜蜂は尾に引っ掛かって進んで行った。布《プ》という場所を出発し、音を轟《とどろ》かせて上界に着いた。カラスは屋根に立ち、カササギは屋敷の周りを飛び回り、蛙は凶兆を表わし、毒へビは石の隙間に棲《す》み、ネズミは屋根に隠れ、蜜蜂は奥の間に止《と》まった。

恩梯古茲《グティクズ》の所には、下界から怪しげな者が九種類やって来た。雄《おす》鷹は鶏を食い、虎と狼は家畜を食った。カラスは屋根に立ち、カササギは屋敷の周りを飛び回り、蛙は家の中に入り、悪い兆しが次々と現れた。恩梯古茲《グティクズ》は疲れ切って病み衰え、昼も夜も我慢ができなくなった。百解経を読もうとしたら、経本はネズミに齧られていた。そこでネズミを殴ろうとしたら、ネズミは石の隙間に逃げ込んだので、石の隙間まで追って行ったら、手を毒ヘビに咬まれた。屋根の祖先の位牌もネズミに齧られてしまい、妮拖《ニト》王女も蜜蜂に刺されて冬眠させられてしまった。恩梯古茲《グティクズ》は病気になったあと、ビモの昊畢史楚《ホピシュツ》に教えを請いに行った。昊畢史楚《ホピシュツ》は左手で物入れ櫃の扉を開け、右手で底を探って、経本入れの袋を取り出し、読んで次のようなことがわかった、「あなたを病気にしたのは、七地《しちじ》の下のほうにいる篤慕吾吾《ジュムヴヴ》である。篤慕吾吾《ジュムヴヴ》は、薬には十二種類あることを知っているので、下界に行って彼に聞け」。恩梯古茲《グティクズ》は格俄《クオ》と閃散《シャサ》と阿爾《アル》を派遣して、篤慕《ジュム》吾吾《ヴヴ》に教えを請うた。篤慕吾吾《ジュムヴヴ》は、「恩梯古茲《グティクズ》を病気にさせたことは忘れてしまっていた」と言った。閃散《シャサ》と阿爾《アル》は、「もしも王の病気を治してくれたら、妮拖《ニト》王女と結婚させます」と言った。篤慕吾吾《ジュムヴヴ》は、「翼がないので上界に行けない」と言った。そこで恩梯古茲《グティクズ》は、銅と鉄の柱を立てて下界まで通らせ、金の糸、銀の糸で上界と下界を結びつけたので、篤慕吾吾《ジュムヴヴ》は三種類の薬を持ち、上界に王の病気を治しに行った。最初の日には、着いたときにはよく効く薬を与え、帰るときにはホルモン剤を塗った。次の日には、着いたときにはホルモン剤を塗り、帰るときにはよく効く薬を塗った。毒へビに咬まれた所は麝香《じゃこう》で治り、蜂に刺された所はナベナ草で治った。齧られた先祖の位牌には、ネズミの糞を一握り取ってビモに法事をしてもらい、職人に作り直してもらった。恩梯古茲《グティクズ》の病気はこれで治ったが、彼は悪知恵に長《た》けていたので、病気が治ったあと、約束を変えて「娘は嫁に行かせない」と言った。そこで篤慕吾吾《ジュムヴヴ》は、知恵を働かせて阿母蛙《アム》を派遣し、ホルモン剤を塗らせた。すると病気がひどくなった恩梯古茲《グティクズ》は、仕方なく前言を翻して、「長女には金で結納の物を作り、金の服を着せてくれれば嫁に行かせる。次女には銀で結納の物を作り、銀の服を着せてくれれば嫁に行かせる。末の娘は生まれつき愚か者だから、結納の物は不要で、麻布を着せてくれるだけで嫁に行かせる」と言った。そこで篤慕吾吾《ジュムヴヴ》は阿母蛙《アム》に、よく効く薬を塗りに行かせた。恩梯古茲《グティクズ》は、少しでも早く治ってほしかった。篤慕吾吾《ジュムヴヴ》は、「金や銀がないので、末の娘を嫁にもらいたい、嫁入りの服は麻布にする」と言って、妮拖《ニト》王女を娶った。すると、ヤギは藤を見て喜んで飛び跳ね、子豚は赤い物を見て発情し、娘は夫を見て笑顔になった。

　恩梯古茲《グティクズ》の三人の娘のうちの、髪の黒い末娘が嫁に来た。嫁入りの時に、苦いソバを持って来て下界にばらまいたので、ソバは三百地域で生えた。苦いソバは生活の基本になる穀物であった。白髪の長女は末娘に随《つ》いて来て、甘いソバを盗んで来た。ごましお頭の次女も一緒に来て、麻の実と菜の花の種を盗んで来た。

　結婚式では、座っている人にはお礼のお金を出し、立っている人にはご飯を出したが、九種類の獣には食べ物がなく、九種類の鳥も忘れられ、虫にも食べ物がなかった。小さな虫はお金をもらえなかったし、披露宴のとき蟻にも食べ物がなかったので、小さな虫はとても怒り、田の畦や畑の台地を掘り、鉄の柱の根もとを掘った。蟻も怒り、銅の糸をほどいた。虫は柱の根もとを掘り、金の糸、銀の糸が断ち切られ、銅の柱、鉄の柱が倒れ、上界と下界の婚姻関係が断ち切られた。

そののち、篤慕吾吾《ジュムヴヴ》は三人の妻を連れて孜孜濮烏《ズズプヴ》にたどり着き、三年後に愚かな子が三人生まれた。篤慕吾吾《ジュムヴヴ》は、カラスを一羽上界に派遣して教えを請うたが、カラスは黒い鍋の底に追い払われたので、今でも真っ黒なのだ。次に斯爾鳥《スル》を派遣したが、斯爾鳥《スル》は俎板《まないた》の上に追い出されて嘴《くちばし》が血で染まったので、今でも嘴《くちばし》が赤いのだ。次に狐を派遣したが、杵《きね》で殴られて醜く変わってしまったので、狐は今でも醜いのだ。次に兎を派遣したが、火ばさみで殴られて鼻が削られたので、兎は今でも鼻が欠けているのだ。次に鵲《かささぎ》を派遣したが、小麦粉の中に追い払われて羽がきれいに染められたので、カササギの羽は今もきれいなのだ。次に以曲鳥《ジチュ》を派遣すると、以曲鳥《ジチュ》は部屋の隙間を通り抜けて、竹籠の中に隠れた。雄鶏《おんどり》が啼いたとき恩梯古茲《グティクズ》の妻は夫に、「あなたがもしなにかいきさつを知っているのなら、なぜ教えてくれないのですか」と尋ねた。恩梯古茲《グティクズ》は、「娘は嫁ぎ先の家で苦しんでいる。指の爪が竹の箕《み》で擦《こす》られて剝《む》けた。篤慕吾吾《ジュムヴヴ》は私の娘を誘拐し、穀物と野菜の種も盗んだ。七地《しちじ》の下のほうでは、野菜の葉から石の塊りが出、大根は草となった。苦いソバを蒔いたが、種は虫に食われてしまい、伸びても白い花が咲き、ソバの実を取ろうとすると人間の魂と命が消えるから、食料にはならない。麻の実の取り入れをしても、麻の実は食料にならない。私は、娘たちの生活が苦しくても楽でも、彼を恨む。しかし、黒雲山の上に行き青い竹を三節《ふし》切り、それを三か所で弾《はじ》けさせて三人の愚かな子に聞かせ、谷川の水を三つの桶に汲み、三つの鍋に湯を沸かし、その湯を三人の愚かな子に掛ければ言葉を発するようになる」と言った。以曲鳥《ジチュ》は、恩梯古茲《グティクズ》が本音を言ったのを聞いて部屋の中に出て来た。恩梯古茲《グティクズ》が捕らえようとして尻尾《しっぽ》の毛をむしり取ったので、以曲鳥《ジチュ》は今は尻尾の毛が無く、鍋の底に逃げたので今は黒く変わってしまったのだ。

　以曲鳥《ジチュ》が下界に戻って報告すると、篤慕吾吾《ジュムヴヴ》はすぐ出発して黒雲山の上に行き、青い竹を三節《ふし》切り、弾けさせて三人の愚かな子に聞かせ、谷川の水を三つの桶に汲み、三つの鍋に沸かした湯を三人の愚かな子のからだに掛けると、まず長男が話せるようになり、チベット語で「俄茲俄《ウーズウォ》朶《ド》」と言って敷居に座り、両足をそろえて跪《ひざまず》き、チベット族の先祖になった。次に次男が話せるようになり、イ語で「阿子改一《アツキジ》」と言って竹の蓆《むしろ》に座り、イ族の先祖になった。次に末っ子が話せるようになり、漢語で「比子利革《ピツリキ》」と言って囲炉裏《いろり》の石台に座り漢族の先祖になった。篤慕吾《ジュムヴ》吾《ヴ》の三人の子は互いに言葉が通じず、それぞれ東西に別れて住んだ。

　長男の吾吾斯閃《ヴヴスシャ》はチベット族になった。チベット族は絹織物で作った腰飾りを大事にし、杭で柵を作り、中くらいの山の地域内ではチベット族と言い、その地域の外ではラマと言い、チベット族は九つの支系に分かれ、九つの地域に住み着いた。部族は、武羅羅《ヴォロロ》、武色史《ヴォシシュ》、武喇嘛《ヴォラ》、武帕《ヴォハ》

四《プ》、武迪拖《ヴォディト》、武迪本《ヴォディポ》、武旨孜《ヴォチュズ》、武旨拱《ヴォチュコ》、武紙紙《ヴォジュジュ》、武波都《ヴォボドゥ》、武梯尼《ヴォティニ》、武阿地《ヴォアディ》、武挺夥《ヴォティホ》、武阿史《ヴォアシュ》、武《ヴォ》迪古《ディク》があるという。

次男の吾吾格自《ヴヴキッ》はイ族になった。イ族は黄金の髻《まげ》飾りを大事にし、草を結んで田の境界にし、高い山の地域内では古候《グホ》、曲涅《チョニ》と言い、その地域の外では阿布《アブ》、阿爾《アル》と言い、イ族は一塊りになって一つの地域に住み着いた。

末っ子の吾吾拉一《ヴヴラジ》は漢《ハン》族になった。漢族は金の鈴を掛けた足飾りを大事にし、石を積んで田の境界にして、平地はすべて自分たちのものにした。漢族は三つの塊りになり、三つの地域に住み着いた。漢族は十二の支系に分かれ、黒い漢族と白い漢族があり、四方八方に住み着いた。

「16 賢くなる水と愚かになる水を飲み分ける」（四一六〇～四二四四句）

大昔、曲普篤慕《チョプジュム》の時代、虎が一声吼《ほ》えると空から雹《ひょう》が降り、豹が一声吼えると峠から強い風が吹き、猿も熊もたくさんいて、森には棲《す》み家が足りなかった。蛇や蛙は畦の上でも下でも棲み家が足りなかった。カワウソや魚は水中に棲み家が足りなかった。山も谷も吼えていた。九種類の鳥と九種類の獣《けもの》も、九種類の石と九種類の木も吼えていた。上界には恩梯古茲《グティクズ》がいたが、下界にはずるがしこい奇怪な者が数え切れないほどいて、爬虫類も威嚇していて、飛ぶ虫もぶんぶんと鳴いていたので、人間は本当に口惜しい思いをしていた。ずるがしこく奇怪な者たちは、人間に、賢くなる水と愚かになる水を別々に飲ませた。ある日には愚かになる水を、ある日には知恵礼儀と知恵の水を注ぎ、麓には竹と木の杯を置いて賢くなる水と愚かになる水を別々に注いだ。九種類の木と九種類の石は突而《トゥル》山の中腹に集まり、九種類の鳥と九種類の獣《けもの》は皆突而《トゥル》山の頂上に着き、九種類の鳥と九種類の獣も、九種類の石と九種類の木も、人間たちも、我先の水を送った。突而《トゥル》山の頂上に金と銀の杯《さかずき》を置いて知識の水を注ぎ、中腹に銅と鉄の杯を置いて賢くなる水と愚かになる水を飲む日に、九種類の鳥と九種類の獣は皆突而《トゥル》山の麓に集まり、人間たちは皆突而《トゥル》山の麓に集まった。阿母《アム》蛙はゆっくり歩いたので、九種類の鳥と九種類の獣も、九種類の石と九種類の木も、人間たちも、我先にと蛙を踏みつけたり、跨《また》いだり、膝をぶつけたりしながら進んで行った。

篤慕《ジュム》鳥は、踏まれて道端に押し出された阿母《アム》蛙を拾い上げて道の上に置いた。阿母《アム》蛙は、賢くなる水と愚かになる水の分け方をもとから知っていたので、立ち上がってこう言った、「賢き人よ、良き人よ、麓の木の杯《さかずき》の水を飲みなさい、木の杯の中の水は知恵の水である、私にも少し残しておいてくれるといいのだが」。九種類の木と石は、知恵を手に入れようとして頂上に行って、金の杯を取って飲むと話ができなくなり、繁栄もしなくなった。九種類の鳥と獣《けもの》は、知恵を得ようとして中腹に行って、銀の杯を取って飲むと発音が不明瞭になり、話はしても意味のない言葉だった。人間たちは篤慕《ジュム》鳥に案内されて麓に行き、木の杯を取って飲むと賢くなった。阿母《アム》蛙は最後にやって来て、木の杯の底に残った水をなめたが、喉《のど》をふくらませてやかましく鳴くだけで、話そうとしても言葉にならなかった。そこで蛙は昔からこのようにやかましく、今もまたそうなっているのだ。

【17 住む場所を探す】（四二四五〜四八四二句）

大昔、人類が誕生して、篤慕烏烏《ジュムヴヴ》が生まれ、次に烏烏格自《ヴヴキッ》が生まれ、大いに発展して普夥《プホ》の子が三人生まれた。普夥《プホ》の三人の子は住む場所を探して移動して行った。孜孜濮烏《ズズプヴ》に向かって出発し、孜孜《ズズ》山に沿って斯俄梯維《スウォティヴォ》に着き、斯俄恩維《スウォグヴォ》に着き、斯治阿維《スジュアヴォ》に着き、拉巴三東《ラパサト》に着き、孜阿《ズア》留地《ニョディ》に着き、諾以平山《ノジュプシュ》に着き、英莫則俄《ジモジヴォ》に着いたが、英莫則俄《ジモジヴォ》では王が命令しても民《たみ》は従わなかったので、鶏と犬を一対ずつ捕らえて広い道に掛けて王の権威を高め、牛と馬を一対ずつ捕らえて広い道に掛け、杉林の中にはノロジカとノロを掛けて区別し、虎と豹、ニシキドリと竹鶏《たけどり》も掛けて区別し、主人と奴僕、王と民の区別をつけると、やっと王の命令が行なわれるようになった。普夥《プホ》の三人の子は田と畑を測る道具を持って田と畑を探しに行った。英莫則俄《ジモジヴォ》から民提《ミティ》山の麓に着くと、上のほうは杉林が深く、下のほうは谷が深いので、王が住むのには相応《ふさわ》しくない。ほかの人はここに移住したが、王はここに住まない。甘児莫波《カルモボ》に着くと、そこでは身分の違いが区別されず卑しい人間が騒ぎ立てて、王が苦しむ場所なので、王はここに住まない。古子《クツ》盆地に着くと、竹で笛を作り蓬《よもぎ》の枝に鈴を掛け、草の茎は矛や槍のようなので王の住まいには相応《ふさわ》しくない。精以格則《ジジコジ》に着くと、木の杭が立ち並んでいるのでカラスも王もここには住まない。拉古以《ラグジ》達《ダ》に着くと、王の権威を押さえつける山があり、下には王の足を阻む土手があるので、王はここには住まない。莫火拉達《モホラダ》では、高い山と深い谷があるので、王はここに移住しない。甲紙以達《ジャチュジダ》では、北風が下へ吹き南風が上へ吹くので、王はここに移住しない。甲谷甘洛《ジャグコロ》は、鹿が角を磨き、猪が牙を磨いている所なので、王はここに移住しない。頗火拉達《ポホラダ》では、上には深い杉林があり、下には濃い霧が漂っているので、王はここには移住しない。西則拉達《シジラダ》では、雄《おす》鷹が蛙を食って九つの山が穢《けが》れ、黒い鳥が人の血を飲んで九つの地域が穢れ、黒い犬が人の肉を食って九つの家が穢れ、カラスが煙を吸って九つの地域の杉林が穢れた。阿歯比爾《アチュピル》では、頭の禿げた黒牛が田を耕し、柄の欠けた杓子を使うので、王はここに移住しない。諾以爾覚《ネジュルジャ》にはイ族も漢族も来てはいけないし、王もここに移住しない。阿紅留以《アホニョジュ》では、尻が日に焼けて水ぶくれができるので、王はここに移住しない。勒格俄着《ルグウォジョ》では、千人も一か所に集中して居住するので、王の住まいには相応しくない。母特都爾《ムトゥトゥル》では、イ族は生まれつき漢語ができ、漢族は生まれつきイ族のような髷《まげ》を結い、違いがはっきりしないので、王はここに移住しない。鋪史甘拖《プシュカト》では、土は固くて大地が荒れているので子孫は貧しくなるだろうし、草は蒲《がま》しかないので敷物を作れず、また身分が上の黒イ族の住居も広いから王の住居は狭くなる。王はここには移住しない。撒爾迪坡《サルディポ》では、空は狭く、下には鹿が棲み着き、中間の広い盆地では猪が争っている所である。軒下にはつららが下がり、蓬《よもぎ》の枝は曲がり、杉の木は真っ白で、コノテガシワの木にはつららが下がり、耕作しても収穫が無く、口をすすぐ水も汚いので、王はここに移住しない。四開拉達《スケラダ》は、豚の餌桶のように中心のはっきりしない土地だから、王はここに移住しない。糾突母古《チョトゥムグ》は悪鬼が会議を開く所であり、狩り取った頭を手で持つと北風も南風も吹くし、首を狩ったあと手を洗う水を王が飲むのはよくないから、王はここに移住しない。利母交覚《リムチョジョ》では、山の中腹に生えているのは松が一本だけであり、北風が吹いても南風が吹いても凍るし、馬も良くないうえに、奴僕も主人も馬に乗るという具合なので、王はここには移住しない。利母竹核《リムチュヒ》では、一晩で十人にご馳走することもあるが常に料理を出せるわけではないし、熱いご飯はあっても熱いお湯は無いので、王はここには移住しない。斯請精爾《スチジル》では木の葉が落ち続けているので、王はここに移住しない。日阿洛莫《ジュワロモ》では、林が鬱蒼と茂り、北風も南風も吹くので、王はここに移住しない。精以紹諾《ジジショノ》では、山々が聳え、石が積み重なり、川は進むのを妨げ、草は毒草ばかりだからイ族も漢族もその毒に当たっていずれ死ぬだろうから、王はここに移住しない。格都海曲《クドゥホチョ》では、太陽がギラギラ照りつけ、湿疹や下痢が多い。草なのに竹の根が生《は》え、翼のある生き物は飛ぶ虫しかいないので、王はここに移住しない。母孜拉火《ムズラホ》では、馬は、乗ることはできても物を載せて運ぶことはできないので、王はここに移住しない。三以特度《サジュトゥドゥ》では、鋤で大根を掘り鉄の杵で水を汲むので子孫は飢えるだろうから、王はここに移住しない。有母甲乃《ソムジェレ》はカラスが集まる所なので、王はここに移住しない。阿利拿瓦《アリラヴァ》では、頭にあかぎれができ、風で腰が折れ、足も土に取られるので、王はここに移住しない。特覚《トゥジョ》拉達《ラダ》では、田畑が豚の餌桶のように痩せているので、妻と交換して得た食料を食べるくらいだから、王はここに移住しない。精拉布拖《ジラプト》では、麦のぬかが食料で、阿争《アジ》の四人娘は我先に食べ物を争い、苦いソバの餅でもとても美味しいと言っているくらいなので、王はここに移住しない。你《ニ》請勒海《チルヒ》では、ノロを家畜としニシキドリを家禽としているくらいなので、王はここに移住しない。留恩洛洛《ニュグロロ》には、木は桑しかないので鋤の柄には使えないし、砥石《といし》はあっても引き臼に使える石は無いから、王はここに移住しない。阿涼瑪火《アネマホ》では、コノテガシワの木は銀色で杉の木は金色だから、神枝《かみえだ》に使える木は無いので、王はここに移住しない。以使特布《ジュシトゥブ》では、蛙は虎のように吼え、セミは豚のように鳴くので、王はここに移住しない。以史威洛《ジュシュヴィロ》では、虫は人間のように鳴くので、王はここに移住しない。以史博克《ジュシュボク》では、木の杖の先端の鉄は磨《す》り減ってしまい、馬の蹄の毛も落ちてしまった。母親もここで病気になり、死んだあとの母親の死体を打った石、切った石盤、焼いた柴もあり、母親を葬った場所もある。普夥《プホ》の三人の子は、兜と鎧や田畑の大きさで争った。長男の阿突《アトゥ》は、「長男は母親のあとを継ぐのだから、母の遺体は私のものだ」と言った。次男の阿格《アグ》は、「次男は真ん中に住んで、母が生きていたとき私は世話をしたから、母の遺体は私のものだ」と言った。末っ子の吉咪《ジミ》は、「末っ子は母の仕事を継ぎ、末っ子が祖霊を供養するのだから、母の遺体は私のものだ」と言った。普夥《プホ》の三人の子は、三人とも意見が別だったので、母の死体を三つに切った。頭部を上のほうに置いて長男の阿突《アトゥ》に与え、胴体部を傍《かたわ》らに置いて次男の阿格《アグ》に与え、下半身部を下のほうに置いて末っ子の吉咪《ジミ》に与えた。末っ子の吉咪《ジミ》は母の死体を古祖《グズ》金乃《ジレ》で焼き、次男の阿格《アグ》は母の死体を古祖金紙《グズジェジュ》で焼き、長男の阿突《アトゥ》は母の死体を古祖《グズ》金哈《ジハ》で焼いた。古祖金乃《グズジレ》では母のために供養の儀礼を行なった。

普夥《プホ》の三人の子は、繁栄祈願の黎姆《ニム》儀礼のために、ビモを招きに行った。上界の昊華史梦《ホピシュッ》と提《ティ》畢午穆《ピジャム》に頼み、弟子の阿迪《アディ》に頼んだ。阿迪《アディ》は、コノテガシワの籤入れ《ひご》の筒を背負い、カシワの笠を被《かぶ》り、竹の神聖な籤を持ち、櫟《くぬぎ》の神聖な団扇《うちわ》を持って主人の家に着いた。白イ族のビモはトに座り、黒イ族のビモは上に座り、普通のビモは傍らに座り、悪い行ないと災いを三回ずつ祓って、昊畢史楚《ホピシュツ》が言った、「コノテガシワで祖霊の杭《くい》を作り、松の根を墓に巡らせ、鷹の骨と鼠の骨で占い、奥山の虎の肩胛骨と杉林のノロの肩胛骨で占い、金の枝、銀の枝を插し、ノロを神枝に縛り付け、ノロを生け贄にする。ニシキドリは〝縛り生け贄〟にし、竹鶏《たけどり》は生け贄にする。祖霊の位牌を屋根の下に掛け、供養してから水の中へ送り込む」。提畢乍穆《ティピジャム》が言った、「そういうことだと、祖先がもらえれば父親の世代はもらえず、父親の世代がもらえれば、子供の世代はもらえない。家の中で羊の肩胛骨で占い、軒下で鶏の骨で占い、鶏を〝縛り生け贄〟にし、豚を生け贄にする。阿吉《アジュ》の木で祖霊の杭を作り、竹の根を墓に巡らせ、杉の枝、コノテガシワの枝を插し、祖霊の竹の根を清めて屋根の上に掛け、供養してから岩の洞窟の中に送り込む」。

　提畢乍穆《ティピジャム》は立ち上がって繁栄祈願の黎姆《ニム》儀礼を行なった。阿哲《アジュ》部族の黒い雌鶏《めんどり》を穢れ祓いの鶏にし、敵を殺して親族を助け、結婚して後代につなげる。黎姆《ニム》儀礼を行なって自分の根本を保つ。儀礼のあとにビモにお礼を出し、紛争の仲裁をした人にはズボンを与える。金と銀をビモへのお礼にすれば、九代にもわたって子孫は豊かになる。着物や鎧をビモへのお礼にすれば、子孫は立派に育つ。大きな刀をビモへのお礼にすれば、子孫は腕が丈夫になる。良い馬をビモへのお礼にすれば、子孫は遠くまで歩けるようになる。猟犬をビモへのお礼にすれば、子孫は見聞が広くなる。

　そののち、普夥《プホ》の三人の子は、古祖金乃《グズジレ》に立って英母夥母《イムホム》を見ると、そこでは竹に鈴を掛け、草は鋤のように太く、大根は斧で割らなければならず、水を汲むのに棒を使っているので、王はここに移住しない。英莫則母《イモジム》では、王が命令しても民《たみ》は従わず、賤しい民が王の政治に逆らった。鶏と犬を三対ずつ捕らえて道に掛けておき、牛と馬を一対ずつ捕らえて道に掛けておいたので、主人と奴僕の区別がつけられた。好古以諾《ホクジュノ》では、田畑が痩せているから、子孫は貧しくなるので、王はここに移住しない。三古克研《サククニャ》では、田畑を測量したが、大きい川が下流に流れているので、王はここに移住しない。特別母阿《テベムア》にも、王は移住しない。研濮維讐《ニャプヴォチョ》では奴僕も馬に乗るし、犬と蛇が戦っているので、王はここに移住しない。好古熱口《ホグジコ》にも、威阿恩哈《ヴィアガハ》にも王は移住しない。日阿爾曲《ズワルチョ》では風の災害がひどい。母車俄洛《ムチュウオロ》では、人が混雑していて、良い馬が虎に食われてしまうので、王はここに移住しない。（第四七六八〜四七七二句意味不明）また別の所では、虎は奥山に逃げ込んだまま野放しなので、王はここに移住しない。維阿好古《ヴォアホグ》にも、母研古爾《ムニャクル》にも王は移住しない。母研巴梯《ムニェパティ》では、犬に眼が四つあり、鹿が虎を食い、ノロジカが豚を捕まえ、獣《けもの》が犬に向かって吠えるので、王はここに移住しない。諾以濮閃《ノジュプシャ》にも、拿巴三東《ラパサト》にも、孜孜迪嶐《ズズディサ》にも、孜孜拿甲《ズズラジャ》にも王は移住しない。

しかし、孜孜濮烏《ズズプヴ》には、王の居住地があった。臣下の居住地もあった。上のほうには羊を飼える山があり、下のほうには闘牛に使える盆地があり、中間には王の住める田があり、盆地では馬に乗ることができ、沼地では豚の放牧ができる。家の下のほうには稲の苗を植える平地があり、家の脇には野菜を栽培できる畑があり、軒下には女が座ることができ、庭では子供が遊べ、家のそばでは客をもてなすことができ、家の上のほうで柴を拾うとコノテガシワが随《つ》いて来て、家の下のほうで水を背負うと魚が随いて来る。放牧をしているときには神聖な綿羊を追い走らせ、孜《ズ》孜《ズ》山の頂上に放ち、神聖な牛を孜孜《ズズ》盆地に放ち、神聖なヤギを孜孜《ズズ》岩に放ち、神聖な豚を孜孜《ズズ》沼地に放つ。家を出るときには神聖な馬を牽いて孜孜《ズズ》盆地で乗り、狩猟のときには神聖な猟犬を牽いて孜孜《ズズ》谷に放つ。耕作のときには神聖な牛で孜孜《ズズ》田を耕す。孜孜濮鳥《ズズプヴ》では、生まれた子馬が元気すぎるので馬の鞍九つが壊れ、生まれた子牛が元気すぎるので鋤九つが割れ、生まれたヤギの子が元気すぎるのでヤギの油は九塊りも取れる。第七世代と第八世代はここで軍馬に乗り、刀や槍を振るって戦い、第九世代の徳古《ドゥグ》が生まれた。祖先の家の基礎と子孫の発展の基礎はここに定まった。

【18 兜と鎧の祭祀】（四八四三〜四九六一句）

そののち、普夥《プホ》の三人の子は、神聖な犬を四群れ馬尼洛莫《マニロモ》で放つと、そのうちの一匹が奥山に逃げ込んだ。普夥《プホ》の三人の子はそれを追って母研西威《ムニェセヴィ》に着いた。母研西威《ムニェセヴィ》では、神兵と仙兵が叫び声を挙げ、神鶏や仙鶏が群れになって啼き、神馬や仙馬が激しくいななき、神犬や仙犬が一斉に吠えていた。神犬や仙犬は昼は九日間、夜は九日間吠え続けたので、普夥《プホ》の三人の子が「お前は何を狩ろうとして吠えていたのだ？」と尋ねると、神犬と仙犬は「神聖な兜と鎧を狩ろうとして吠えた、神女や仙女を狩ろうとして吠えた」と答えた。神聖な兜と鎧はきらきら輝き、神女や仙女はあでやかだった。

普夥《プホ》の三人の子は、兜と鎧の祭祀を行なおうとし、妻を娶り、橋を架けようとした。最初の日には、長男の阿突《アトゥ》が祭祀を行なった。家畜を四頭生け贄にし、髭《ひげ》の赤い羊の毛と白い雄鶏《おんどり》で祀《まつ》った。しかし、祀ったら鎧が消えた。翌日には次男の阿格《アグ》が鎧の祭祀を行なった。髭の青い羊の毛と白い去勢綿羊で祀った。しかし、鎧を祀ったら鎧は消えた。また次の日には末っ子の吉咪《ジミ》が祭祀を行なった。髭の白い羊の毛と白い去勢牛で祀った。すると、兜の糸が抜け落ちて兜も鎧も落ちた。吉咪《ジミ》はフェルトのマントを広げて兜と鎧を受け取った。鎧を祀ると鎧が手に入り、妻を求めると妻を得た。

神聖な兜と鎧は、胸の部分は太陽の形のようであり、背の部分には月の目があり、胸と背には目が四十八ある。鎧の鱗《うろこ》は八千八百枚あり、鱗を結びつける糸は四百八十本ある。吉咪《ジミ》は神聖な兜と鎧を身に着けて敵と戦い、敵を殺して勝利した。敵の死体はごろごろ転がり、敵の血はぽたぽた落ちた。

そののち、普夥《プホ》の三人の子は、鎧を着け、兜を被《かぶ》り、何千何百の兵を率いて神兵と仙兵を甘洛《カロ》領匹《リピ》に追い払った。敵を何千人も殺し、三百頭の戦馬を一つの籠で覆い、三百人の捕虜を一本の縄で牽いてきた。長男の普夥阿突《プホアトゥ》と次男の普夥阿格《プホアグ》には鎧がなかったのでこのとき死に、末っ子の普夥吉咪《プホジミ》だけが生き残った。第一世代は普夥吉咪、第二世代は吉咪吉尼《ジミジヌ》、第三世代は吉伲維《ジリヴォ》乃《ヌ》、第四世代は維格瓦乃《ヴォクヴァヌ》、第五世代は拉格波乃《ラクボヌ》、第六世代は拿瑪波乃《ラマボヌ》、第七世代は紙総阿拉《チュゾアラ》、第八世代は勒紙張威《ルチュチャヴィ》、第九世代は張威古爾《チャヴィクル》だ。張威古爾《チャヴィクル》には子供が三人生まれ、陳火母烏《チョホムヴ》に住んだ。古爾候阿《クルホア》が生まれて北に住み、古候《グホ》部族になった。古爾涅阿《クルニア》が生まれて南に住み、曲涅《チョニ》部族になった。三人目の古爾阿争《クルアジ》は死んだ。

【19 川を渡る】（四九六二～五〇二二句）

そののち、孜孜濮烏《ズズプヴ》は防御が難しい場所だが住むにはいい所なので、古候《グホ》、曲涅《チョニ》兄弟は、黒い漢族と白い漢族を追い出して爾威克治《ルヴィクジュ》に閉じ込め、濮《プ》人と巴《パ》人を追い出して、史爾威治《シュルヴィジュ》に閉じ込めた。蛇を追い出して土手（畦）の上と下に閉じ込めた。孜孜迪散《ズズディサ》では、阿哲《アジュ》は盆地の前部に住み、烏撒《ヴサ》は盆地の後部に住み、勒格《ルグ》は盆地の中央に住んだ。中央には迪阿《ディア》が官印を持ってやって来て住んだ。烏撒《ヴサ》は三年、阿哲《アジュ》は九年抵抗したあと逃亡した。烏蒙《オム》でまず渡し場から渡り、次に阿扎《ワザ》から渡り、さらに爾母《ルム》から渡った。

　鳥類では雄鷹《おすたか》は渡らなかったが、鷹の羽で作った針入れの筒を娘が背負って渡った。蹄《ひづめ》類動物ではラクダは渡らなかったが、ラクダの皮で作った盾を勇士が持って渡った。掌《てのひら》類動物は渡らなかったが、猿は若者が連れて渡った。肥料にする炭の灰は、餅に粘りついて渡った。利母美《リモム》姑《グ》では、雌馬を三百頭残し、三百頭の子馬を連れて渡り、雌の綿羊を三百頭残し、子綿羊を三百頭連れて渡り、雌豚を三百頭残し、三百頭の子豚を連れて渡り、雌ヤギを三百頭残し、三百頭の子ヤギを連れて渡り、雌鶏《めんどり》を三百羽残し、三百羽の雛を連れて渡った。古候《グホ》部族は左側から渡り、曲涅《チョニ》部族は右側から渡った。

【20 曲涅《チョニ》と古候《グホ》の化け競べ】（五〇二三～五三二 四句）

そののち、曲涅《チョニ》部族と古候《グホ》部族のあいだには、皇帝の銀器を奪い取ろうと争いが起き、古爾阿争《クルアジ》（「18 兜と鎧の祭祀」の最後の句「三人目の古爾阿争《クルアジ》は死んだ」参照）の遺産を奪い取ろうと争いが起きた。奪い取った印鑑の大小をめぐって争いが起き、自分のほうが大物だと争い、自分のほうが能力が高い、力が強いと争った。奴僕を少しでも多く奪い取ろうと争い、良い馬を奪い取ろう、武器を奪い取ろう、食肉の多いほうを取ろう、田畑を奪い取ろうと争いが起きた。雌豚は餌を取り合って争い、牛や羊は家畜小屋を飛び越えようと争い、雌鶏《めんどり》が井戸水を汚したと争って、互いに敵同士となった。唆《そそのか》す者や誹《そし》る者も来た。

曲涅《チョニ》部族が古候《グホ》部族を食べようとし、古候《グホ》部族も曲涅《チョニ》部族を食べようとして、互いに我先にと変身しようとした。まず曲涅《チョニ》が化けると古候《グホ》には見えなくなり、古候《グホ》が化けると曲涅《チョニ》には見えなくなった。曲涅《チョニ》が行った道の上のほうが静かになり、古候《グホ》が行った道の下のほうには砂ぼこりが立った。次の日には、曲涅《チョニ》が草の茎に化けると、古候《グホ》は黄牛に化けて草を食べようとしたが、草が跳ね返って牛の目を引き抜いたので曲涅《チョニ》の勝ちだった。次の日に古候《グホ》が火に化けると、曲涅《チョニ》は雨に化けて降って来て火を消したので、また曲涅《チョニ》の勝ち。次の日にまた曲涅《チョニ》が豚に化けると、古候《グホ》はヤマイヌに化けて豚を食ってしまったので、この日は古候《グホ》が勝った。次の日に古候《グホ》が鶏に化けると、曲涅《チョニ》は雄鷹に化けて食ったので、曲涅《チョニ》の三回目の勝ち。次の日に曲涅《チョニ》が綿羊に化けると、古候《グホ》は恐ろしい虎に化けて綿羊を食ってしまったので、古候《グホ》の二回目の勝ち。次の日に曲涅《チョニ》が木の葉に化けると、古候《グホ》は黄金に化けたので、木の葉は水面に浮き、黄金は水の底に沈んだから、曲涅《チョニ》の四回目の勝ち。次の日に曲涅《チョニ》が一本の木に化けると、古候《グホ》は斧に化けて木を切り倒したので、古候《グホ》の三回目の勝ち。次の日に曲涅《チョニ》が人間に化けると、古候《グホ》は熊に化けて人間を食おうとしたが、かえって人間に矢で射られたので、曲涅《チョニ》の五回目の勝ち。次の日に曲涅《チョニ》が濃い霧に化けてきらきら光っていると、古候《グホ》は鉄の鉱山に化けて真っ暗になったので、古候《グホ》の四回目の勝ち。次の日に古候《グホ》が雲に化けると、曲涅《チョニ》は風に化けたので、曲涅《チョニ》の六回目の勝ちとなった。

そののち、仲裁人が来て、「曲涅《チョニ》よ、殺すな、古候《グホ》よ、射るな。傷つけ合ってはならない、仲良くしなさい、私が仲裁をする」と言った。最初の日は突而《トゥル》山の頂上で話し合った。崖の精霊死《ス》領《リ》が灰色の馬に乗って仲裁に来たが、失敗した。次の日には突而《トゥル》山の麓で話し合った。川の精霊母覚《ムジ》が尾の白いロバに乗って仲裁に来たが、また失敗した。次の日には突而《トゥル》川の川辺で話し合った。阿烏《アヴ》神の子が口の赤い神馬に乗って仲裁に来た。鞍を土手（畦）の上におろすと土手の上は一面に真っ黒になり、籠を垣根に置くと垣根は真っ赤になり、馬を土手の下に放すと馬は高々といなないたが白い虎に食われてしまった。阿烏《アヴ》神の子は良い馬を虎に食われてしまったので、「もう仲裁はやめた」と言った。

曲涅《チョニ》部族と古候《グホ》部族は、白い虎を恨み溝を三つ跳び越えて追いかけ、虎を射《い》殺した。阿烏《アヴ》神の子は殺した虎を食べず、正しい道を求めて祈った。虎の血を四握りつかんで天地の四方を祭った。虎の血の一滴が太陽の身に落ちたので、太陽は雲の層の中に逃れた。一滴が雲の層に落ちたので、雲は四方に散ってしまった。一滴が霧の中に落ちたので、霧は山の頂上に立ちこめた。一滴が雨の中に落ちたので、雨は土の中に潜り込んだ。一滴が風の中に落ちたので、風は峠に向かって吹いた。そののち、虎の胆嚢を四つ取って四方に撒き散らすと、赤い雪が三回降った。虎の血を四握りつかんで四方に撒き散らすと、雷雨が三回降った。牛の皮を四枚剥いで四方に張り付けると、霧は峰に昇り、雨が大地に降った。

特匹《トゥピ》鳥も鶏もすばしこい。特匹阿仮《トゥピアジャ》が曲涅《チョニ》の前に立って古候《グホ》のことを報告し、古候《グホ》の前に立って曲涅《チョニ》のことを報告した。曲涅《チョニ》部族が態度を変え、曲涅《チョニ》部族の涅畢阿仮《ニピアジャ》が仲裁に来た。古候《グホ》部族も態度を変え、古候《グホ》部族の候畢黎更《ホピネグ》が仲裁に来た。前日には牛を殺し、互いに相手を敵とし、敵を倒すために牛を三百頭殺した。牛の肺も肝臓も真っ黒で、世の中も真っ暗だった。空では雷が鳴り続け、大地は不気味に薄暗く、激しい風を伴って雨がどっと降って来た。翌日には二つの部族を一つにするために牛を三百頭殺したが、牛の肺も肝臓も真っ黒で、太陽は薄暗く、雨が降り続けた。しかしその翌日、婚姻のために牛を三百頭殺すと、牛の肺も肝臓も真っ白で、空は雲一つなく晴れ渡り、霞が漂った。曲涅《チョニ》部族と古候《グホ》部族は、敵対してはならないし、一つの部族になってもいけない。もともと互いに婚姻を結ぶべきだったのだ。このときから曲涅《チョニ》部族と古候《グホ》部族は、婚姻を結ぶことになった。約束を守ると誓いを立て、曲涅《チョニ》が約束を破っても古候《グホ》は約束を守り、古候《グホ》が約束を破っても曲涅《チョニ》は約束を守る。二つの部族は、誓いを立てた鉄の鎖を土の中に埋めた。牛の胃袋を切って誓いを立て、牛の皮を四枚剝いで四方に張り付け、四頭の牛の頭を切って庭に埋めた。誓いの言葉を相手に伝える役は、杉林の精霊魯朶《ロト》に任せた。誓った言葉は、川の精霊母覚《ムジ》が見届け役になった。親戚付き合いの決まりは、野原の精霊此平《ツピ》が監督した。仲裁の仕事は、崖の精霊死領《スリ》に任せた。

曲涅《チョニ》部族と古候《グホ》部族は、毛の生えない三種類のものを付け加えて誓いを立てた。魚にも、蛇にも、蛙にも毛が生えない。また、白くならない三種類のものを付け加えて誓いを立てた。ツキノワグマも、カラスも、黒豚も永遠に白くならない。また、黒くならない三種類のものを付け加えて誓いを立てた。白い綿羊も、白い鶴も、白鳥《はくちょう》も黒くならない。また、胆嚢が無い三種類のものを付け加えて誓いを立てた。良い馬にも、豹にも、ニシキドリにも胆嚢が無い。また、偽物でない三種類のものを付け加えて誓いを立てた。石も、木も、水も偽物でない。

そののち、曲涅《チョニ》部族の畢阿仮《ピアジャ》が家畜を何千頭も牽いて来て、古候《グホ》部族の娘史色《シュシ》を娶った。曲涅《チョニ》部族には九人の子ができ、六人は東のほうに、三人は西のほうに居住して、子孫が何千人にもなった。古候《グホ》部族の畢黎更《ピネグ》が家畜を何千頭も牽いて来て、曲涅《チョニ》部族の娘曲利《チュリ》を娶った。古候《グホ》部族には九人の息子ができ、日の出る方向に群れを成して居住して、子孫が何千人にもなった。

左側には古候《グホ》部族が向かい、右側には曲涅《チョニ》部族が向かった。曲涅《チョニ》部族の子孫は数が少なく、日の落ちる方向に住んだ。古候《グホ》部族は印鑑を九つも管理したが、曲涅《チョニ》部族は印鑑を一つしか管理できなかった。古候《グホ》部族は九食も食べられたが、曲涅《チョニ》部族は一食しか食べられなかった。古候《グホ》部族は祖先祭祀の黎姆《ニム》儀礼を九回行なうが、曲涅《チョニ》部族は一回しか行なわなかった。神様に人口を報告する際に、曲涅《チョニ》部族は「苦阿以迪迪《クワジュディディ》」と唱えるが、古候《グホ》部族は「苦阿諾俄俄《クワノウォウォ》」と唱える。古候部族は九つの地域に住んでいるのに、曲涅《チョニ》部族は一つの地域に住んでいるだけだ。古候《グホ》部族は縁《へり》のあたりに立つが、曲涅《チョニ》部族は中央に立つ。古候《グホ》部族は知識が多いが、曲涅《チョニ》部族は気が利くだけだ。古候《グホ》部族は馬に餌を食わせるが、曲涅《チョニ》部族は馬に水を飲ませるだけだ。

【21 歴史の系譜】（五三一五～五六八〇句）

古候《グホ》の系譜

普夥母諾《プホムノ》が生まれ、母諾很孜《ムノフズ》が生まれ、很孜很徳《フズフドゥ》が生まれ、很徳很洛《フドゥフロ》が生まれ、很洛克布《フロクブ》が生まれ、克布克馬《クブクマ》が生まれ、克馬母烏《クマムヴ》が生まれた。

古候《グホ》部族の先祖は慕雅臥《ムアヴ》であり、慕雅臥《ムアヴ》が第一世代、臥洛洛《ヴロロ》が第二世代、洛洛波《ロロボ》が第三世代、波阿恩《ボアグ》が第四世代、恩阿紅《グアホ》が第五世代、候阿突《ホアトゥ》が第六世代で王になり、候阿格《ホアグ》が臣下に、候阿烏《ホアヴ》はビモになった。候阿突《ホアトゥ》の世には、（第五三三三～五三四一句意味不明）いろいろあって、大きな川にたどり着き、古候《グホ》部族はみな川を渡ったが、候阿突《ホアトゥ》は渡らなかった。洛洛夥克《ロロホク》に着いたが、娘たちは働こうとせず、山の斜面でアハハと大笑いしているだけで、祖先祭祀の黎姆《ニム》儀礼をしようとしなかった。木に登って木の枝で遊んだ。斯俄梯維《スウォティヴォ》に着いて、斯俄梯維《スウォティヴォ》を出発し、斯達阿《スダア》維《ヴォ》、拉巴三東《ラパサト》、俄日書利《ヴォヴシュリ》、格都夥克《グドゥホク》、有特精来《ゾトゥジレ》、母尼火威《ムニホヴィ》、母尼古爾《ムニクル》、研尼鋪熟《ニェネプシュ》を経て、英莫則《イモジ》維《ヴォ》に着いた。英莫則維《イモジヴォ》では、（第五三七〇、五三七一句意味不明）王が命令しても民《たみ》は従わなかったので、鶏と犬を一対ずつと、牛と馬を一対ずつ捕らえて道に掛けておき、王の権威を高めようとした。ノロとノロジカ、虎と豹、ニシキドリと竹鶏《たけどり》も杉林の中に掛けておき、雁もほかの鳥から区別し、主人と奴僕も分けたので、民は王の命令を聞くようになった。このとき自分の命にかけて誓いを立て、主人と奴僕は区別され、強者と弱者が区別された。

洛洛夥克《ロロホク》は、古候《グホ》部族の九人の子が分かれた場所である。古候恩啊《グホグア》が生まれ、布爾分克《プルフィク》に住み、官印持ちの彩接《ツェジェ》土司となり、管轄する領地は瓦書利克《ヴァシュリク》から仮紙以烏《チャチュジュヴ》まで、左の山の頂上から右の山の麓までだった。古候爾惹《グホルズ》が生まれ、官印持ちの古吉《グジュ》土司となり、甘仮甘母《カジュカム》に住み、管轄する領地は阿迪《アディ》山の頂上から馬威《マヴィ》山の峰までだった。古候孜孜《グホズズ》が生まれ、官印持ちの波普《ボプ》土司となり、尼以甘吉《ネジュカジェ》に住み、管轄する領地は巴留乃烏《パニョレヴ》から巴梯《パティ》山の頂上までだった。古候瓦尼《グホヴァニ》が生まれ、莫欧吉塔《モオジタ》に住み、官印持ちの阿著《アチョ》土司となり、管轄する領地は夥氏母古《ホティムグ》から史爾《シュル》山の峰までだった。古候瓦張《グホヴァジャ》が生まれ、馬夥吉牠《マホジタ》に住み、官印持ちの哈拉《ハラ》土司となり、管轄する領地は哈氏《ハティ》盆地から甘洛雷波《カルモボ》までだった。古候氏氏《グホティティ》が生まれ、官印持ちの拿甲《ラチャ》土司となり、仮研普烏《チャニャプヴ》に住み、管轄する領地は留洛《ニョロ》山から氏蒼《ティチ》山までだった。古候氏惹《グホティズ》が生まれ、迪波甘帕《ディポカパ》に住み、官印持ちの古祖《グズ》土司となり、管轄する領地は氏紅仍烏《ティホレヴ》から莫尼有火《モニゾホ》までだった。古候威著《グホヴィチョ》が生まれ、塔《タ》塔洛莫《タロモ》に住み、官印持ちの色曲《シチュ》土司となり、管轄する領地は爾度了洛《ルドゥニュロ》から海才《ヒチ》山までだった。古《グ》候馬布《ホマブ》が生まれ、夥散《ホサ》山の麓に住み、官印持ちの芒布《マブ》土司となり、管轄する領地は赫尼《フニ》山から散《サ》迪《ディ》山までだった。古候格日《グホクズ》が生まれ、官印持ちの阿迪《アディ》土司となり、阿迪波普《アディボプ》に住み、管轄する領地は日夥《ズホ》山から莫尼有夥《モニゾホ》までだった。古候注爾《グホチュル》が生まれ、官印持ちの迪俄《ディオ》土司となり、阿利尼紙《アルニジュ》に住み、管轄する領地は馬馬《ママ》峰から馬著爾哈《マジョルハ》までだった。これは遠隔地の古候《グホ》部族の歴史であった。

第一世代は古候注爾《グホチュル》、第二世代は注爾注研《チュルチュニャ》、第三世代は注研迪利《チュニャディリ》、迪利迪俄《ディリディウォ》が生まれた。迪利《ディリ》迪俄《ディウォ》には九人の子が生まれた。これは近くの古候部族の歴史であるが、迪俄母母《ディウォムム》が生まれ、官印持ちの阿黎《アニ》土司となった。迪俄母甘《ディウォムカ》が生まれ、官印持ちの特覚《トウジョ》土司になった。迪俄母白《ディウォムジュ》が生まれ、官印持ちの洛欧《ロオ》土司になった。迪俄兵惹《ディウォビズ》が生まれ、官印持ちの特自当自《トウツタツ》土司になった。迪俄《ディウォ》英阿《イア》が生まれ、官印持ちの布迪《ブディ》土司になった。迪俄兵啊《ディウォブア》が生まれ、官印持ちの布烏《ブヴ》土司になった。迪俄欧啊《ディウォオア》が生まれ、官印持ちの布爾《ブル》土司になった。迪俄阿一《ディウォアジ》が生まれ、青撒《チサ》の黒イ族になった。迪俄曲利《ディウォチュリ》が生まれ、曲利曲阿《チュリチュワ》が生まれ、曲阿頗勒《チュワポル》が生まれ、曲阿頗勒《チュワポル》には五人の子が生まれた。官印持ちの頗勒阿孜阿利《ポルアズアリ》土司と、官印持ちの頗勒布谷以火《ポルブグジュホ》土司と、官印持ちの頗勒欧母自曲《ポルオムツチョ》土司と、官印持ちの頗勒阿俄海来《ポルアヴォヒレ》土司と、官印持ちの頗勒海拿阿都《ポルヒラアトゥ》土司だ。

曲涅《チョニ》の系譜

第一世代は普夥海次《プホヒツ》、第二世代は海次此烏《ヒツツヴ》、第三世代は此烏海憲《ツヴヒセ》、第四世代は海憲利莫《ヒセリモ》、第五世代は利莫烏阿《リモヴァ》、第六世代は烏阿阿爾《ヴァアアル》、第七世代は阿爾阿拉《アルアラ》、第八世代は阿拉阿恩《アラアグ》、第九世代は阿恩阿曲《アグアチョ》、第十世代は阿曲阿史《アチョアシュ》、第十一世代は阿史阿格《アシュアガ》であり、阿史阿格《アシュアガ》から阿格曲涅《アガチョニ》が生まれた。

曲涅《チョニ》部族の先祖は慕烏熱《ムヴジ》であり、曲涅《チョニ》部族には九人の子が生まれた。まず渡し場から渡り、最初の日には羊と頬の赤い去勢牛が何百頭も一緒に渡り、次の日には口の赤い神馬が渡り、金と銀も渡り、無数のうつわ類がそのあとに随いて渡り、最後にいつも食べていた大根が渡った。若者たちも、娘たちも、人も家畜も数えきれないほど渡った。家畜を連れて少しずつ移動して日阿布《ズアブ》都《ドゥ》に着いた。日阿布都《ズアブドゥ》を出発し、布都留迪《ブドゥニョディ》、以博烏匹《ジュポヴピ》、阿爾迪拱《アルディコ》、古阿爾母《クアルム》、斯克喈尼《スクツァニ》を経て、治恩日格《チュグズク》に着いた。治恩日格《チュグズク》にはビモも四人来ていたので、牛と羊、鶏と犬を一対ずつ道に掛け、ビモに呪文を唱えてもらった。黒イ族も白イ族も二家族になった。

曲涅《チョニ》部族の九人の子のうちの六人の子は東に移動して、絶えてしまった。三人の子は西に移動し、栄えた。日阿洛莫《ジュアロモ》は曲涅《チョニ》部族の三人の子が分かれた場所である。長男は官印持ちの母烏斯孜《ムヴスズ》土司になり、その三人の子の則英拿布《ジイラブ》は土司になり、維格夥散《ヴォクホサ》は臣下になり、馬史倒黎《マシュドニ》はビモになって利母特拱《リムトゥコ》に住んだ。斯補宜地《スプリディ》では母烏斯孜《ムヴスズ》が官印持ちの総領土司となり、昼に徴収した金と銀を夜は食事のために使った。晩ご飯に牛九頭を、朝ご飯にも牛九頭を殺し、昼ご飯には子牛を殺した。一食に牛九頭、二食で十八頭、三食で二十七頭だ。金の笠も母烏斯孜《ムヴスズ》がもらった。

次男は官印持ちの勒紙安撫《ルチュグフ》土司になり、その三人の子の四更維研《スクヴォニャ》も土司になり、阿仮書祖《ワジャシュズ》は臣下になり、偉母尼日《ヴィムニジュ》はビモになって勒紙洛母《ルチュロム》に住んだ。勒紙安撫《ルチュグフ》土司は、昼に徴収した牛と羊を夜は食事のために使った。晩ご飯に綿羊九頭を、朝ご飯にも綿羊九頭を殺し、昼ご飯には小さい綿羊を殺した。一食に綿羊九頭、二食で十八頭、三食で二十七頭だ。

末っ子の吉母《ジム》は、三人の子の黎姆利利《ニムリリ》が土司になり、爾欧黎更《ルオニグ》は臣下になり、阿爾《アル》はビモになった。阿爾《アル》ビモは、粗末な家でもさげすんだりせず、粗末な食事でも食べられる。しかし、農作業がどれほど忙しくても、ビモは働かない。黎姆利利《ニムリリ》は官印持ちの土司だったので、昼に徴収した稲と茶と五穀を夜は食事のために使った。晩ご飯に豚九頭を、朝ご飯にも豚九頭を殺し、昼ご飯には中くらいの豚を殺した。一食に豚九頭、二食で十八頭、三食で二十七頭だ。

曲涅《チョニ》部族の先祖は慕烏熱《ムヴジ》である。第一世代は慕烏日欧《ムヴズオ》、第二世代は日欧日哈《ズオズハ》、第三世代は日哈《ズハ》哈欧《ハオ》、第四世代は哈欧哈克《ハオハク》、第五世代は哈克領欧《ハクリオ》、第六世代は領欧阿次《リオアツ》、第七世代は阿次阿迪《アツアディ》、第八世代は阿迪阿色《アディアシ》で、阿色《アシ》・迪工《ディゴ》・阿海《アヒ》・阿都《アトウ》・爾普《ルプ》と続いた。

末っ子の吉母《ジム》には三人の子が生まれ、吉母《ジム》・欧阿《オア》・阿爾《アル》には七人の子が生まれ、紹諾来烏《ショノレヴ》に住んだ。阿爾《アル》ビモは病気を治せるが、土司にはならず、黒イ族でもなかった。自分の家が豊かだったら土司と結婚すればいいし、貧しかったら黒イ族と結婚すればいい。迪波《ディボ》皇帝は、金の籤筒《ヒゴ》を作って阿爾拉則《アルラジ》（阿爾《アル》ビモ）に与えた。

吉母《ジム》・欧阿《オア》・阿張《アジャ》・以古《ジュグ》・以曲《ジュチュ》・尼迪《ニティ》と続き、さらに閃尼《シャニ》・阿紙《アジュ》・母克《ムク》という三人の子が生まれた。母克《ムク》子神は、赤い口の神馬に乗って空を飛んで行き、「教育経」を残した。母克《ムク》神から母《ム》克書哈《クシュハ》が生まれて利母美姑《リムモグ》に住んだ。母克特口《ムクトウコ》が生まれて特口以洛《トウコジュロ》に住んだ。母克趕倒《ムクガト》が生まれて、昭通《チョトウ》地区に住んだ。母克史黎《ムクシュニ》が生まれて沙馬美姑《シャマモグ》に住んだ。阿史《アシュ》の六人の子として、吉母《ジム》・爾一《ルジ》・阿氏《アティ》が生まれて、日阿爾母《ジュアルム》に住み、阿氏《アティ》で清い水を汲むと、阿氏《アティ》・以則《ジュジ》・以烏《ジュヴ》が生まれて、好古昭覚《ホグチョジョ》に住んだ。これら六人は、阿史《アシュ》の六人の子でもあった。吉母《ジム》・波紅《ボホ》・好支《ホジュ》が生まれ、好支爾恩《ホジュルグ》が生まれ、布拖特母《プトウトウム》に住んだ。波紅《ボホ》・巴哈《バハ》・尼格《ネグ》には七人の子が生まれた。尼格《ネグ》・三紙《サチュ》・三研《サニャ》が生まれ、馬海《マヘ》の官印持ちの土司になった。尼格《ネグ》・普色《プシ》・茲色《ズシ》・茲讐《ズチョ》が生まれ、爾石《ルシュ》・比子《ピズ》・属補《シュプ》に三人の子が生まれた。属補俄口《シュプウォコ》が生まれ、治海莫色《チュヒモシ》家となって利母竹核《ニムチュヒ》に住み、属補尼一《シュプニジ》が生まれた。利母利利《ニムリリ》家となって尼以爾覚《ニジュルジョ》に住み、属補欧氏《シュプオティ》が生まれ、比爾《ピル》の官印持ちの土司になり、阿恥比爾《アチョピル》に住んだ。尼格拉匹《ネグラピ》には三人の子が生まれ、拉匹迪俄《ラピティウォ》には二人の子が生まれ、巴且《バチ》家の子孫となった。拉匹阿海《ラピアヘ》が生まれ、斯欧格吉《スオクジ》家となって卯工乃烏《モゴレヴ》に住んだ。拉匹紹曲《ラピショチュ》が生まれ、紹諾乃烏《ショノレヴ》に住み、尼格《ネグ》・更布《ガプ》・紹共《ショコ》が生まれた。川の向こう側に住み、尼格讐莫《ネグチョモ》が生まれ、共洛拉打《ゴロラダ》に住んだ。尼格《ネグ》・諾更《ノク》が生まれ、四趕以烏《スカジュヴ》に住んだ。

おわりに

私が初めて中国雲南省のミャオ（苗）族の村を訪問したのは一九九四年の八月である。最初のころは、少数民族の文化調査が実際に『古事記』など日本古代文学の研究にどのように貢献するのか、確かな予測ができていたわけではなかった。しかし、翌九五年四月から一年間雲南省昆明に居住していくつもの少数民族の集落訪問を続けているうちに、ぼんやりと何かが見えてきた。『古事記』の中に、それを文字作品としてだけ読んでいたときには見えていなかった、無文字時代のヤマト族文化の痕跡が少しずつ見えてきたのである。また、そのような『古事記』の古層は、時間的には少なくとも縄文・弥生期にまで遡り、空間的には日本列島内にとどまらずアジアの全域と関係していることも見えてきた。

そのような中で私は、少数民族の集落訪問を単なる旅行記や紀行文のようなもので終わらせるのではなく、『古事記』の表現分析に援用できるようにするために、少数民族文化の特にことば表現そのものに即した第一次資料を形にする必要があると思うようになった。その結果、歌垣や神話の資料を所属大学の紀要を中心にして発表し始めたのだが、一般研究者に広く知ってもらうためにはできるなら単行本として市販されることが望ましいと考えていたときに、大修館書店との交流ができた。その交流の中心にいたのが、本書の刊行でもお世話になった玉木輝一氏である。

いつの時代でもそうだが、新しい研究の芽が登場したときにそれを見逃さずに出版物として世に出して行くには、編集者の側にかなりの見識と勇気が備わっていなければならない。そのような編集者の存在と新しい研究の成果との両方が揃うことによって初めて、『ヤマト少数民族文化論』（一九九九年）、『中国少数民族歌垣調査全記録1998』（岡部隆志と共著、二〇〇〇年、ビデオ編も）、『四川省大涼山イ族創世神話調査記録』（二〇〇三年、ビデオ編も）、『七五調のアジア――音数律からみる日本短歌とアジアの歌』（岡部隆志・西條勉と共編著、二〇一一年）が誕生できたのである。そして、玉木氏の力があったことで、手塚恵子『中国広西省壮族歌垣調査記録』（二〇〇二年、ビデオ編も）、遠藤耕太郎『モソ人母系社会の歌世界調査記録』（二〇〇三年、ビデオ編も）も刊行された。また、出版社は異なるが、私の『雲南省ペー族歌垣と日本古代文学』（勉誠出版、二〇〇六年）や遠藤耕太郎『古代の歌――アジアの歌文化と日本古代文学』（瑞木書房、二〇〇九年）も刊行された。これらの著書は、いずれ少数民族社会の原型性を残す文化がほぼ消滅するであろう遠くない将来になって、その真の価値に気づく研究者の数が増えることであろう。

ところで、一九九四、九五年ごろの調査では、たとえばハニ族の貴重な神話歌などの録音記録を持っているハニ族出身の研究者に会うことがあったときに、録音テープの値段が高いのでスペア（予備）の録音テープは作っていないと聞いて、私は手持ちの録音テープを何本か提供してきたこともあった。また研究者の多くは、給料が安いので遠隔地へのフィールド調査に出かける経済的余裕がほとんど無いとのことだった。

こういう状況の中では、日本など経済的に恵まれた国の研究者が積極的にフィールド調査をして、その成果を『中国少数民族歌垣調査全記録 1998』、『四川省大涼山イ族創世神話調査記録』、手塚『中国広西省壮族歌垣調査記録』、遠藤『モソ人母系社会の歌世界調査記録』のような形で外国（日本）で刊行する以外になかった。しかし、二〇〇〇年くらいからあとの中国経済の顕著な発展によって、これからは中国少数民族出身の研究者自身が、自分たちのことば表現文化を丸ごと記録して単行本として刊行できる状態になりつつあるのではないか。とすれば、工藤・岡部・手塚・遠藤の著書のようなものが、少数民族出身の研究者によって中国国内でも刊行されるような時期が近いうちに来るのではないかと私は期待している。

なお、本書の提案した「古事記以前への視点」はあくまでも、私が感じとった範囲内のものである。読者には、私とは別の部分に新たな視点を感じとる自由があるし、これからは当然そのような新たな指摘がなされることであろう。そのようにして、創世神話「ネウォテイ」や生きている歌垣の現場資料などから触発されて、『古事記』の読みにより多くの新たな視点が加えられていくのを楽しみにしている。

二〇一一年九月七日

工藤　隆

引用・参照の著書・論文等一覧

＊『古事記』『日本書紀』『風土記』『万葉集』および工藤『四川省大涼山イ族創世神話調査記録』（大修館書店、二〇〇三年）は登場回数が多いので、以下には採録しない。

アードルフ・E・イエンゼン『殺された女神』（大林太良・牛島巖・樋口大介訳、弘文堂、一九七七年）
33
飯島奨「日本上代文学における歌垣の機能に関する一研究」（二〇一〇年度博士論文、未刊） 77
池田源太「ポリネシアにおける口誦伝承の習俗と社会組織」（池田『伝承文化論攷』角川書店、一九六三年） 51
『イヨマンテ――日川善次郎翁の伝承による』（アイヌ民族博物館、二〇〇二年） 125
袁珂『中国古代神話』（伊藤敬一・高畠穣・松井博光訳、みすず書房、一九六〇年） 67
『延喜式』 121
遠藤耕太郎『古代の歌――アジアの歌文化と日本古代文学』瑞木書房、二〇〇九年 38・242
遠藤耕太郎「音楽的リズムと言語的リズムの交差」（『アジア民族文化研究8』二〇〇九年） 134
遠藤耕太郎『モソ人母系社会の歌世界調査記録』（大修館書店、二〇〇三年） 135・242・243
岡部隆志・遠藤耕太郎「中国雲南省小涼山彝《イ》族の『松明祭り』起源神話および『イチヒェ儀礼』」（『共

立女子短期大学文科紀要』第44号、二〇〇一年） 114
岡部隆志・工藤隆・西條勉編『七五調のアジア――音数律からみる日本短歌とアジアの歌』（大修館書店、二〇一一年） 134・242
『沖縄大百科事典』（沖縄タイムス社） 109
小野重朗『南島の古歌謡』（ジャパン・パブリッシャーズ、一九七七年） 63
金関寿夫「訳者あとがき」（ポール・G・ゾルブロッド『アメリカ・インディアンの神話 ナバホの創世物語』金関寿夫・迫村裕子訳、大修館書店、一九八九年、所収） 6
『魏志』倭人伝（『新訂 魏志倭人伝・後漢書倭伝・宋書倭国伝・隋書倭国伝』岩波文庫） 118
工藤隆『ヤマト少数民族文化論』（大修館書店、一九九九年） 9・242
工藤隆・岡部隆志『中国少数民族歌垣調査全記録1998』（大修館書店、二〇〇〇年） 4・17・24・242・243
工藤隆『中国少数民族と日本文化――古代文学の古層を探る』（勉誠出版、二〇〇二年） 34・128・155
工藤隆『雲南省ペー族歌垣と日本古代文学』（勉誠出版、二〇〇六年） 17・24・134・242
工藤隆『古事記の起源――新しい古代像をもとめて』（中公新書、二〇〇六年） 16・30・34・86・139・151
工藤隆「〝負を語る神話〟モデルから見た海幸山幸神話」（『日本・起源の古代からよむ』勉誠出版、二〇〇七年） 88・96
工藤隆「中国湖南省鳳凰県苗《ミャオ》族歌垣調査報告」（『アジア民族文化研究7』二〇〇八年） 135

工藤隆『21世紀 日本像の哲学』（勉誠出版、二〇一〇年） 15
工藤隆「声の神話から古事記をよむ――話型・話素に表現態・社会態の視点を加える」（『アジア民族文化研究9』二〇一〇年） 17・45
『源氏物語』 110
『古語拾遺』 119〜121
坂野信彦『七五調の謎をとく――日本語リズム原論』（大修館書店、一九九六年） 134
清水克行『日本神判史』（中公新書、二〇一〇年） 102
『続日本紀』 118
「創世紀（記）」（楊亮才・陶陽整理『西山白族叙事長詩（打歌）』中国民間文芸出版社、一九五九年） 46・104
大宝律令 115
『隋書』倭国伝（『新訂 魏志倭人伝・後漢書倭伝・宋書倭国伝・隋書倭国伝』岩波文庫） 99・102
「そこが知りたい／カムイ・イオマンテ」（一九八五・三・十二、TBSテレビ） 125
『中国語大辞典』（角川書店、一九九四年） 44
『中国少数民族事典』（東京堂出版、二〇〇一年） 25・41
『中国民間情歌』（上海文芸出版社、一九八九年） 133
張正軍「彝族の祭司―畢摩について」（沖縄県立芸術大学附属研究所『沖縄と中国雲南省少数民族の基層文化の比較研究』二〇〇一年） 42

手塚恵子『中国広西省壮族歌垣調査記録』（大修館書店、二〇〇二年）135・242・243

『天地楽舞』西南編15（日本ビクター・中国民族音像出版社、一九九七年）63

奈良県立橿原考古学研究所『黒塚古墳』（学生社、一九九八年）85

『南島歌謡大成・宮古篇』（角川書店、一九七八年）153

古橋信孝『古代歌謡論』（冬樹社、一九八二年）45

古橋信孝『古代和歌の発生』（東京大学出版会、一九八八年）63

マリノウスキー『未開人の性生活』（泉靖一・蒲生正男・島澄訳、新泉社、一九七八年）111

三輪磐根『諏訪大社』（学生社、一九七八年）118

李子賢編『雲南少数民族神話選』（雲南人民出版社、一九九〇年）105

『琉球国由来記』109

著者略歴

工藤　隆（くどう　たかし）
1942年栃木県生まれ。東京大学経済学部卒業、早稲田大学大学院文学研究科（演劇専修）修士課程修了、同博士課程単位取得退学。経済学・演劇学を経て日本古代文学に歩を進め、古代研究の新分野の開拓に挑む。同時に、10数年にわたる沖縄文化調査のあと、1994年からは中国を中心とするアジアの少数民族文化の現地調査を継続中。大東文化大学文学部教員（日本古代文学）。【著書】『日本芸能の始原的研究』『大嘗祭の始原』（いずれも三一書房）、『中国少数民族歌垣調査全記録1998』（共著）『ヤマト少数民族文化論』『四川省大涼山イ族創世神話調査記録』『七五調のアジア』（共編著、いずれも大修館書店）、『中国少数民族と日本文化』『雲南省ペー族歌垣と日本古代文学』『21世紀 日本像の哲学』（いずれも勉誠出版）、『祭式のなかの古代文学』（桜楓社）、『歌垣と神話をさかのぼる』（新典社）、『古事記の生成』（笠間書院）、『声の古代』（編著、武蔵野書院）、『古事記の起源』（中公新書）など多数。

古事記以前《こじきいぜん》

　NDC913／vi, 250p／20cm

初版第1刷——2011年10月1日

著　者——工藤《くどう》　隆《たかし》
発行者——鈴木一行
発行所——株式会社大修館書店
〒113-8541 東京都文京区湯島2-1-1
電話 03-3868-2651（販売部）　03-3868-2290（編集部）
振替 00190-7-40504
[出版情報] http://www.taishukan.co.jp

装丁者——井之上聖子
印刷所——壮光舎印刷
製本所——牧製本

ISBN 978-4-469-23265-3　Printed in Japan